Seelen - Glück

Vom selben Autor bei BoD erschienen:
Der programmierte Tod
N - Ich
Andere Zeiten - Andere Menschen
Sinnlose Morde

Sachbücher:
Über den Kosmos Reihe:
Ursprung und Evolution
Homo sapiens und Transzendenz
Individualität, Freiheit und Moral

Der Autor

Volker Schopf, wurde 1958 in Gerlingen bei Stutt-gart geboren. Nach Schule und Ausbildung lebt er heute im nördlichen Schwarzwald.
Bisher veröffentlichte er erzählende Prosa, Theater-stücke und drei Fachbücher.
Außerdem ist er Naturforscher und setzt sich seit 30 Jahren mit den neuesten wissenschaftlichen The-orien auseinander und er ist der Überzeugung, dass wir in einer Übergangszeit leben, wie er in seinen Fachbüchern 'Über den Kosmos' darlegte.

Volker Schopf

Seelen - Glück

Ein Friedpark Roman

Titelbild: nuvolanevicata/Shutterstock.com

Herstellung und Verlag: BoD – Books on Demand, Norderstedt.

ISBN: 9783744896597

Wir werden alt, wir werden älter, wir werden Friedwälder

Philosophie der Agentur Friedwald, aus der später das Unternehmen Friedpark hervorging.

12.08.2015 Abends

'Es gibt eine Zeit, die zeitlos ist', dachte Renick und schüttelte den Kopf, wodurch sein großer Schopf aus lockigem braunen Haar hin und her wogte. 'Eine Zeit, in der das Jetzt und die Ewigkeit zu etwas Neuem verschmelzen, das bisher keinen Namen besitzt. Wie wir hier im Friedpark', wisperte ein Gedanke mit kleiner, trauriger Stimme. ‚Und es gefällt mir nicht.'

Die Notbeleuchtung spielte mit seiner schmalen Gestalt, hüllte sie in sanftes Grün, das ihn an das Rascheln der Blätter an lauen Sommerabenden erinnerte, wenn die Vorboten der Nacht durch die Häuserschluchten strichen, wie eine flüchtige Brise oder der Lufthauch eines Geistes im Vorübergehen. Noch wehrte sich der Tag, kämpfte mit dem wachsenden Anspruch der Schatten, hielt er den letzten Atemzug in der Hoffnung zurück, er verliehe ihm Unsterblichkeit. Vergeblich!

„Du solltest nicht so viel Zeit mit dir selbst verbringen", sagte Lara, als sie neben Renick trat. Ihre grauen Augen tasteten sein Ohrläppchen, die Silhouette seiner ausgeprägten Hakennase ab und folgten dann seinem Blick zur Stadt hinüber. Ihr Haar hing schlaff bis über die Schultern herunter und sie trug ihr blaues Kattunkleid, wie jeden Tag.

„Jetzt sind die Straßen verwaist. Nicht so, wie in

den frühen Morgenstunden, bevor die Menschen aus ihren Häusern quellen und die Straßen füllen. Sie klettern in ihre Wagen, warten an den Bushaltestellen oder strömen in die S-Bahn-Schächte, um wenig später von ihren Büros, ihren Arbeitsplätzen, aufgesaugt zu werden. Am Abend beginnt das Spiel von Neuem. Das ewige Spiel der Zeitmaschine." Renick verstummte und lächelte wehmütig. Die Erinnerung an alte Gewohnheiten ließ ihn mit der Hand über sein Gesicht streichen.

„Kannst du dich noch an ihre Geräusche erinnern?" Lara, die bereits mit fünfzehn zu wachsen aufgehört und genauso dürr ausgesehen hatte wie heute, folgte seinem Blick. „Die der Stadt, meine ich."

„Nur zu gut - und ich vermisse sie nicht."

„Ich schon." Sie wandte den Blick von der Stadt ab und sah, wie Renicks Augen sie fixierten.

'Sein Blick ist so fahl, ohne Tiefe, als ob sie etwas Schreckliches mit angesehen hätten. Sie passen überhaupt nicht zu seinem romantischen Charakter.' Sie musste an die Gesichter der Jünglinge denken, wie sie auf mittelalterlichen Gemälden dargestellt wurden.

Die Bilder der Kindheit, die Renick in dieser Stadt verbracht hatte, zehrten an seiner Gestalt. „Links neben der Kirche, das war mein Viertel, meine Straße, das Haus mit der ewig knarrenden Holztür. Ich weiß nicht, wie oft Vater die Scharniere geölt, sie dabei verflucht und ihr angedroht hat, sie zu verheizen. Nichts hat jemals geholfen.

Um diese Zeit tritt dort die erste Katze aus dem überhitzten Hausflur und reckt die Nase in die Höhe, schnuppert die Gerüche ihres Reviers. Fenster werden geöffnet und das Scheppern von Töpfen dringt auf die Straße, gefolgt vom Klirren des Geschirrs, das von hungrigen Kindern aus dem Schrank und fantasievoll auf dem Tisch verteilt wird."

Renick grinste spitzbübisch, wie damals, als sie den alten, stets griesgrämig dreinblickenden Händler geärgert hatten. Sich diese Dinge ins Gedächtnis zu rufen, war für ihn insofern von Bedeutung, als er fürchtete, dass sein jetziges Dasein seinen Geist früher oder später in den Irrsinn treiben würde.

Auf seiner inneren Leinwand sah er die beiden säuerlichen, früh verblühten Schwestern aus dem Haus gegenüber, die den lieben langen Tag auf der wurmstichigen Holzbank verbrachten und sich über jeden und alles zankten. Zwei Häuser weiter, an der Haltestelle der Straßenbahn, Hausers Kiosk, der am Nachmittag, wenn die Schule vorbei war und die Jungen vor lauter ungebändigter Energie nicht wussten, was sie zuerst unternehmen sollten, von diesen kreischend umringt wurde, bis Hauser brüllte: „Haut ab!", und sie auseinander stoben wie die Glasperlen einer zerrissenen Halskette. Auf dem Schaufenstersims hockte Werner, der in der Wohnung unter ihnen lebte und auf sein Mädchen wartete. Gierig verschlang er sein Popcorn, und während er von ihr träumte, kam ein frecher, kleiner Vogel verstohlen näher und pickte das Popcorn auf, das wie Schnee um seine Füße verstreut lag. Und Renick dachte an Marie, seine Jugendliebe, deren Lippen er nie anders als aufgesprungen gesehen und die - als er ihr zum letzten Mal begegnet war - vor

9

unausgesprochenem Versprechen gezittert hatte, wie es die Art von aufgeschreckten Schüchternen war, ehe sie aus seinem Blickfeld verschwand und als Schlagzeile in der Zeitung zu ihm zurückkehrte, weil das Wasser des nahe gelegenen Sees nach ihr gegriffen hatte.

„Heute sind die Häuser modernisiert, die Wohnungen teuer und ihre früheren Bewohner entweder fortgezogen oder gestorben. Der lärmende Straßenverkehr hat selbst die meisten Vögel vertrieben und anstatt ihres Gesangs, dringen Abgase, Flüche und die hektische Betriebsamkeit des alltäglichen Irrsinns in die Wohnungen ein und verkriechen sich hinter den Schränken und unter den Teppichen und treiben dort ihr Unwesen mit den Bewohnern."

„Was hast du heute nur, Renick? So melancholisch kenne ich dich überhaupt nicht."

„Es ist nichts", meinte Renick und versuchte ein Lächeln, das misslang. „Dort hätte mich meine Familie begraben sollen", fügte er hinzu und in seiner Stimme lag die ganze Einsamkeit einer nächtlichen Großstadt.

„Dann würdest du anstatt hier über einen Friedhof wandern." Lara sprach die Worte so leise, dass er sie von ihren Lippen ablesen musste.

Renick zuckte auf seine vertraute, schiefe Art mit den Schultern, zog gleichzeitig den Kopf ein und legte ihn schräg wie ein Vogel, der auf Würmer lauert.

„Nein", widersprach er mit verblüffendem Eifer und einer Gewissheit, die Lara aufhorchen ließ. „Dort hätten wir die Wahl - ins Licht gehen oder auf unbestimmte Zeit bei unseren Angehörigen verweilen."

„Woher willst du das wissen?" Laras Stimme klang beunruhigt und neugierig zugleich.

Er wurde vom Strudel der Erinnerungen in die Tiefe gezogen. „Als Kind wanderte ich nach dem Abendessen oft stundenlang über den Friedhof. Mutter spülte das Geschirr, während Vater die Zeitung las und später saßen sie vor dem Fernseher, bis Mutter das Gähnen anfing und Vater fragte: 'Hast du den Jungen gesehen?' Natürlich lag ich um diese Zeit im Bett." Für den Bruchteil eines Augenblicks sah Renick froh und glücklich aus - wie einer, der seine Familie vom Bahnhof abholt.

„Nach Einbruch der Dunkelheit ließen sich die Besucher an einer Hand abzählen. Angehörige, die nach der Arbeit, schnell zum Gießen kamen oder Trauernde in ihrem frischen Schmerz. Sie wollten den Geliebten nicht loslassen, zupften die verwelkten Blüten von den Gestecken und weinten still und unaufhörlich vor sich hin."

„An meiner Statue weint niemand", warf Lara leise ein. „Nur unausgesprochene Vorwürfe, als hätte ich Schuld an meinem eigenen Tod."

Renick hörte ihre Worte nicht.

„Wenn der Wind leise um die Grabsteine wisperte, die Farben blasser wurden, weil die Schatten aus ihren verborgenen Ritzen und Winkeln krochen, und die Kreuze auf den Familiengräbern zusammenrückten wie frierende Kühe, dann setzte ich mich auf den geharkten Kiesweg, schloss die Augen und stellte mir vor, wie es ist, in dieser schmalen Holzkiste, umgeben von Erde."

Er unterbrach sich, lachte kopfschüttelnd und fuhr

fort: „Es war, als läge ich nachts unter dem Bett, nur dass ich anstatt der Matratze, der Wand und den Fü-ßen der Kommode fein geschliffenes und poliertes Holz sah. Dann würde ich einschlafen und - weiter bin ich in meiner Vorstellung nie gekommen."

„Hattest du keine Angst?"

„Darauf wollte ich ja hinaus", antwortete er. „Kinder sind sensitiv veranlagt. Sie leben in einer umfassenderen Realität - aber ich fühlte und sah nichts. Keine Stimmen, die aus der Erde drangen oder schemenhafte Gestalten, die zwischen den Gräbern irrlichterten. Nur Stille und die üblichen Geräusche der Stadt. Es existierte nichts, wovor ich mich hätte fürchten können."

„Bisher ist kein Kind auf uns aufmerksam gewor-den", erwiderte Lara, ehrlich wie immer. „So viel zu deiner Theorie."

„Weil wir im Gegensatz zu den Ersten hier anders sind", sagte Renick und aus seiner Stimme sprach eine ruhige Furcht. „Selbst Kindern bleibt unsere Existenz verborgen. Verstehst du?"

„Was hat die Wahrnehmung von Kindern hier im Friedpark, mit deinen nächtlichen Erlebnissen auf einem Friedhof zu tun?"

„Kein Geist lebt auf dem Friedhof. Entweder er geht hinüber oder er folgt seinen Angehörigen. Folglich konnte ich so spät am Abend keine Geister sehen oder eben nur, wenn ich unwahrscheinliches Glück besessen hätte."

„Hm. Weshalb sollte es auf dem Friedhof keine Geister geben? Nur weil du sie nicht gesehen hast? Vermutlich hast du ihnen Angst eingejagt", scherzte sie und ihre Gestalt flackerte, als sie lachte, wie eine Kerze, die Zugluft ausgesetzt ist. Im spärlichen Licht der Notbeleuchtung sah sein Gesicht wie das eines Vierzehnjährigen aus. Es wirkte fleckig, als habe die Erinnerung an früher, das Erlebnis seiner seltsamen Wiedergeburt, eine allergische Reaktion hervorgerufen.

„Vielleicht hast du recht." Renick löste den Blick von der Stadt seiner Kindheit. „Ich muss die Gabe nicht besessen haben. Und Adam und Karl ..." Seine Stimme verlor sich auf dem Weg zu ihr, löste sich auf wie Nebel in der Morgensonne.

Lara seufzte.

„Komm!", befahl sie und berührte mit ihren Fingerspitzen seinen Arm. „Der Neue müsste jetzt bald schlüpfen. Das wird dich auf andere Gedanken bringen."

Sie schwebte ein Stück von ihm fort in Richtung Halle acht und ihre Gestalt wirkte auf Renick wie der Same einer Pusteblume oder ein Luftballon, der sich von der Leine gelöst hatte.

„Geh schon vor", sagte er.

„Schön. Ich warte auf dich", hörte er Lara noch rufen, als ihre Gestalt längst mit der Dunkelheit der angrenzenden Halle verschmolzen war.

Murr rieb schnurrend ihren Kopf an Renicks Fuß.

„Flüchtest du vor dem Rummel?" Er kauerte sich neben der Katze auf den Boden. Zärtlich kraulte er sie hinter den Ohren und seine Finger versanken bis zum Mittelglied in ihrem langen, blaugrauen Fell. Die Zeit verstrich. Murrs Schnurren schläferte seine

Gedanken ein. Plötzlich hob er den Kopf.

„Schlecht geträumt, Murr?" Renick folgte unwillkürlich der Bewegung ihres Kopfes und sah die Gestalt. „Warum ich?", seufzte er betrübt und wäre am liebsten geflohen. „Was zieht die Verrückten nur an?"

Die Katze sprang auf und verschwand.

„Sie", stotterte der Neue aus der Tropenabteilung und seine Hand zuckte vor Renicks Gesicht vor und zurück.

Renick nickte, war jedoch nicht bereit aufzustehen, auch nicht, als die Notbeleuchtung plötzlich für einige Augenblicke ausging.

„Wo bin ich hier?" Das kehlige Atmen des Neuen hörte sich wie das Fauchen von Flammen an. „Was ist mit mir geschehen?"

„Sie sind gestorben."

„Gestorben?", wiederholte der Neue mechanisch. Dann schrie er auf und Renick hätte es nie für möglich gehalten, dass die kleine Gestalt ein solches Geräusch verursachen konnte. Wie ein wütender Drache hing er in der Luft und kreischte wie ein Mensch, der einen Arm verliert, oder dessen Kind gerade gestorben ist, wobei eine der beiden Glühbirnen der Notbeleuchtung endgültig erlosch.

„Niemals!" Schmerz und Zorn sprachen aus diesem Wort, das wie ein Fluch aus seinem Mund schoss, um den für seinen Zustand Verantwortlichen auf der Stelle hinzurichten.

„Sie sind so tot wie ein überfahrenes Tier", sagte Renick, als der Neue aus alter Gewohnheit nach Luft schnappte.

„Tot", krächzte der und wirkte plötzlich wie gelähmt. Nur widerwillig nahm die durchscheinende Gestalt ihr früheres Aussehen an. Es schien Renick, als sträube sie sich gegen die Erinnerung, die Vergangenheit als Mensch. Die Hakennase kehrte zuerst zurück, gefolgt von dem braun gebrannten, rundlichen Gesicht und den dünnen Lippen. Der starre Blick, der von ganz hinten aus den Augen kam, lag bleischwer auf ihm.

„Ist das die - Hölle?"

„Das ist Friedpark", antwortete Renick. „Himmel und Hölle sind nur für die Lebenden."

Der Mittvierziger in Tropenkleidung sah ihn verständnislos an. „Friedpark?" Er runzelte die Stirn. „Ich war Lehrer ... nichts Besonderes. Ich komme sicher in den Himmel."

„Das dürfen Sie sich nicht einreden." Ins Paradies gehen die Geistlichen, die Gläubigen und Kranken, die täglich stundenlang vor den Altären knien und Gott um Erlösung bitten. Das ist nicht unsere Welt. Wir sind anders."

„Anders?" Der Neue wusste nicht, ob er die Worte seines Gegenübers ernst nehmen sollte. „Sie meinen, es gibt für uns keinen Himmel?" Nachdenklich setzte er sich zu Renick auf den Boden.

„Wir hängen hier fest." Das alte Messegelände ist unser Zuhause. Gewöhnen Sie sich daran." Seine Stimme war sanft und mitleidlos, tröstend.

„Vielleicht löst sich dieser Albtraum auf, wenn ich ihm keine weitere Beachtung schenke", antwortete der Mann vom Amazonas, und weil Renick schwieg: „Müssen Sie mir nicht meinen Lebensfilm vorspielen?"

Renick seufzte. Tief in seinem Innern hatte er es gewusst, ja gefürchtet. Er war der Mann, dem der Ärger wie ein streunender Hund nach Hause folgt, unabhängig davon, ob es sein Haus ist oder wer ihm das Futter bringt. Renick hatte keine Ahnung, aus welcher Ecke der Ärger hervorkriechen würde, aber er konnte ihn förmlich riechen, so wie andere Regen riechen oder eine Fuhre Gülle, bevor der Bauer um die Ecke biegt.

„Renick", stellte Renick sich vor und nickte mürrisch dazu.

„Anton Rubinger. Sollen wir dann beginnen?"

„Beginnen? Womit?" Renick runzelte die Brauen.

„Meinem Lebensfilm. Bringen wir es hinter uns und dann begleiten Sie mich zur Insel der Seligen", erwiderte Anton mit einem Anflug von Wut in der Stimme und sein Kopf drehte sich suchend hin und her.

Die verbliebene Glühbirne der Notbeleuchtung flackerte wie ein Irrlicht über sumpfigem Gebiet.

Renick seufzte erneut. „Haben Sie ihren Körper gesehen?"

„Meinen Körper? Soll ich auf den Friedhof gehen und ihn eigenhändig ausgraben?"

„Denken Sie an ihn", sagte Renick und dachte dabei: 'Hoffentlich gelingt es ihm auf Anhieb.'

„Ich ..."

„Tun Sie es einfach, Anton."

„Wenn Sie es wünschen." Anton schloss die Augen. In seiner Vorstellung trat er vor den Spiegel, betrachtete sein rundliches Gesicht, die flüchtigen Spuren beginnender Krähenfüße und dachte: 'Höchstens vierzig.' Und dann hörte er die Stimmen.

16

„Sing einen Spiritual!", befahl er sich und summte leise die ersten Takte. Die Stimmen wurden lauter, ekstatischer und er dachte, dass dies wohl die letzten menschlichen Stimmen sein würden, die er zu hören bekommen würde, bevor er die jenseitigen Gefilde betreten durfte.

„Je später der Abend, desto interessanter die Gäste!", hörte er eine Frauenstimme in seinem Kopf rufen, und er fühlte sich, als ob ein Fremder neben ihm vor dem Spiegel stand, weil er die Haustür abzuschließen vergessen hatte.

Anton betete um Ruhe.

„Etwas schüchtern, unser Tropenheld", scherzte eine männliche Stimme und Anton fühlte körperlich dessen schläfrigen, leicht blasierten Blick, der ihn von oben bis unten musterte, abwog und für zu leicht befand.

Als alles Flehen und Bitten um Frieden nichts helfen wollte, öffnete Anton die Augen, und die Ungewissheit, die bis zu diesem Zeitpunkt geschlafen hatte, stieg in ihm auf und ergriff ihn hart und erbarmungslos. Trotz der Menschenmenge um ihn herum fühlte Anton sich allein. Der Übergang und der Anblick seines Körpers in Tropenmontur waren zu viel für sein Gemüt.

'So ergeht es den alten Leuten', dachte er mit trübem Herzen. 'Oder den Kindern, die im hell erleuchteten Wohnzimmer auf der Couch eingeschlafen sind und mitten in der Nacht aufwachen, allein und in einer ungewohnten Umgebung, die jetzt feindselig und unheimlich ist.'

Die Gestalten in seiner Umgebung begrüßten ihn auf ihre Weise, klatschten lautlos in die Hände und hießen ihn willkommen. Ein junges Mädchen in marineblauer Jacke, Schottenrock und weißer Bluse löste sich aus der Gruppe, und bei ihrem Anblick kam Anton sich wieder wie ein kleiner Junge mit schorfigen Knien vor.

„Zoe", sagte das Kind und vollführte einen perfekten Knicks. „Sie haben sich Zeit gelassen, Anton." Sie grinste schelmisch, als gebe es noch einen Trumpf im Ärmel, den sie nur zu besonderen Anlässen ausspielte. Zoe holte tief Luft, spie symbolisch dreimal in die Luft und sprach Wörter, die wie Glockengeläut unter einem See klangen. Sie streute eine Handvoll imaginäres Pulver auf den Boden und lachte triumphierend, als Anton wie gebannt und mit dümmlichem Gesichtsausdruck ihr Treiben verfolgte. Zuletzt murmelte sie drei weitere Worte. Sie klangen wie das Brummen von dicken Hummeln unter dem Dachgebälk.

'Ich bin von Verrückten umgeben.' Anton schluckte trocken, obwohl dies in seinem jetzigen Zustand unmöglich war und ihm lediglich von seinem Gedächtnis vermittelt wurde. 'Poltergeister, Spukgestalten ...'

„Ich habe dich verzaubert", krähte Zoe mit kindlicher Stimme. „Du bist jetzt ein Geisterprinz und musst mir zu Diensten sein."

Anton schlug die Hände vors Gesicht. Die illustre Theatergruppe wich keinen Augenblick aus seinem Bewusstsein. Wie auch, wenn die Hände durchsichtig sind.

„Renick!", rief er heiser und seine Stimme klang, als komme sie von jener Sphäre, von dem die Geister in diese Dimension der Kuriositäten eindringen, wie die Katze des Nachbarn, die wir mit Leckereien angelockt haben, damit sie unsere Mäuse fängt.

„Hallo! Vom Himmel zurück?"

„Das ist schlimmer als die Hölle, Renick." Anton war froh dessen vertraute Stimme zu hören.

„Ich weiß nicht, wie es in der Hölle zugeht", sagte Renick freundlich. „Die Hölle hier, das sind die Anderen."

„Die Anderen?"

„Familienangehörige. Ich habe übrigens die Zeremonie Ihrer Aufstellung mit angesehen."

„Ach ja!" Anton kauerte sich wieder neben Renick auf den Boden. „Wie war sie denn?"

„Sehr schön - bewegend", sagte Renick. „Ruhig, und die Frau - ich vermute, es war Ihre Frau - weinte unaufhörlich. Ihr Tod muss für sie ein schmerzlicher Verlust gewesen sein."

Anton lächelte schwach. „Was weiß ich schon vom Tod?"

„Sie werden es lernen, Anton, genau, wie Sie als Kind das Laufen lernten, oder in der Pubertät, den Umgang mit Mädchen. Zum Glück brauchen Sie sich jetzt nicht mehr zu beeilen - Sie haben ausreichend Zeit."

„Arme Bettina", sagte Anton betrübt. Seine Stimme war kaum hörbar. „Wir wollten ..." Er wurde so bleich wie die Irrlichter über dem Sumpf im Mondschein, und wenn Leichen und Geister bleich aussehen, so musste für sein Äußeres ein neuer Begriff erfunden werden.

„Herzinfarkt?", fragte Renick mehr aus Gewohnheit als wirklicher Anteilnahme.

„Es war ein kurioser Tod", erzählte Anton, und spulte von Neugier ergriffen die letzten Bilder seines Lebens ab, wie einen Film, auf dessen Premiere er seit Wochen wartete.

„Bis zu meinem Ableben war ich Lehrer - Hauptschullehrer. An meinem vierzigsten Geburtstag sagte ich noch im Scherz zu Bettina: 'Wenn die dreimal verfluchten Jugendlichen mich nicht unter die Erde bringen, dann gelingt es nur einem Erdrutsch in den Tropen.' Sie machen sich keine Vorstellung, was Jugendliche heutzutage vom Leben erwarten und was sie andererseits dafür zu tun bereit sind. Anspruch und Wirklichkeit klaffen hier so weit auseinander, dass der Grand Canyon dagegen wie ein Haarriss wirkt. Aber ich will sie nicht langweilen", sagte Anton, stützte den Kopf mit der Faust und redete unverdrossen weiter.

„Es muss jetzt vor ungefähr einem Jahr gewesen sein, da habe ich in der Pause beobachtet, wie zwei der schlimmsten Schüler der Schule Drogen verkauften. Alles, was 'anturnt', die Wirklichkeit rosiger erscheinen lässt, wird geraucht, geschluckt, geschnupft. Hauptsache es zieht ordentlich rein und treibt den öden Alltag raus. Ich verstehe die Kinder nicht mehr", sagte er auf seltsam atemlose Weise, wie ein Kind, das aus Übermut gelaufen ist, nur aus Freude an der Bewegung. „Ich habe die beiden Halbstarken zur Rede gestellt, an ihr

Gewissen appelliert, vergebliche Liebesmühe. Sie haben bloß gegrinst, blöde Sprüche über meine Generation vom Stapel gelassen, und als ich dem Jüngeren ein Tütchen mit Marihuana entrissen habe, bedrängten sie mich. Zum Glück haben zwei jüngere Kollegen das Ganze verfolgt und sind mir sofort zur Hilfe geeilt."

„Nette Tätigkeit, die Sie sich da ausgesucht haben", sagte Renick, zog leicht die Mundwinkel nach oben und zeigte Anton sein schmerzhaft wirkendes Beinahe-Lächeln.

Murr kehrte zurück, sprang ihm auf die Beine und schnupperte an Antons Arm.

„Ich kann ihren Fuß unter Ihrem Körper sehen", bemerkte Anton, und sein Gesicht veränderte sich, als sei er gerade zum zweiten Mal gestorben.

„Das ist Murr - zumindest taufte ich ihn so. E. T. A. Hoffmann."

„Gibt es hier auch eine Abteilung für Tiere?"

„Noch nicht. Nur Murr. Auch so ein Rätsel." Renick kraulte Murr am Hals. „Wie ging es dann mit dir - ich darf doch du sagen - weiter?"

„Natürlich. Ja ... Ich weiß nicht weshalb, aber ich habe das Tütchen behalten und zu Hause im hintersten Winkel des Kellers versteckt, dort wo Bettina es nie finden würde, weil sie fürchterliche Angst vor Spinnen hat. Der Teufel muss mich damals geritten haben, jedenfalls saß ich eines Abends im Wohnzimmer - Bettina war über das Wochenende zu ihren Eltern gefahren - und drehte das Tütchen in meinen Händen. Nie, selbst als Jugendlicher nicht, habe ich auch nur einen Krümel Rauschgift konsumiert, und jetzt saß ich auf der Couch und dachte ernstlich darüber nach, ob ich mir einen Joint drehen soll. Verrückt, nicht wahr?"

„Das klingt sicher ein bisschen verrückt", gab Renick ihm recht. „Aber du hast es getan."

„Ja, das habe ich - leider. Ich habe das Zeug mit einem pechschwarzen Tabak, dessen Geruch mir schon die Tränen in die Augen getrieben hat, mühsam gedreht. Und", er lächelte wie ein gemeiner Lausbub über einen gelungenen Streich, „als es endlich Nacht wurde, bin ich auf den Balkon geschlichen und habe das Ding angezündet. Zwei Züge, dann zwang mich ein hartnäckiger Hustenanfall beinahe in die Knie, aber ich behielt die Oberhand. 'Jetzt erst recht!', sagte ich im Befehlston zu mir selbst und zündete das Ding wieder an. Woran ich mich noch genau erinnern kann, ist der höllische Schmerz in den Lungen. Irgendwo dort drinnen brannte eine Lunte und es war nur eine Frage der Zeit, bis sie die Kiste mit dem Dynamit erreichen würde. Hätte ich sie in diesem Augenblick weggeworfen", sagte Anton und sah dabei traurig und seltsam verwaist aus, „dann wäre der ganze nachfolgende Schlamassel vermutlich woanders hingezogen."

Renick nickte, er war voll Mitgefühl. Murr lag zusammengerollt auf seinen Beinen, schnurrte zufrieden und sah Anton geradewegs in die Augen.

'Merkwürdig', dachte Renick. 'Er ist plötzlich zu gefasst und das bereitet mir Sorgen. Das führt zu nichts Gutem, nur zur Gefahr für uns und zu Schlimmerem für ihn.'

„Ich langweile dich doch nicht?", fragte Anton,

den Blick der Katze ignorierend.

„Nein, im Gegenteil."

„Selbsterhaltung. Eine instinktive Reaktion, die an diesem Abend bei mir außer Kraft gesetzt war. Kein Alarmsignal schrillte - vielleicht, weil ich mich bewusst dafür entschieden hatte." Er saß ganz still, bewegungslos wie eine Wetterfahne bei Windstille. Seine Konturen waren schwächer geworden, leicht verschwommen.

„Der Mensch", meinte Renick, „kommt im Laufe des Lebens auf jeden Gedanken, so wie du auf diesen mit dem Joint. Verrückt oder nicht, die Menschen sind so."

„Ich hätte es aufschieben, ganz verwerfen können. Aber ich tat es nicht. Stattdessen habe ich mir das Ding buchstäblich bis zum Nabel hinunter in die Lungen gezogen, bei jedem Zug die Luft angehalten, bis ich glaubte, an einem Schlaganfall zu sterben. Mein Körper reagierte sofort. Eine wilde Übelkeit brachte mich an einen Ort des Schreckens. Ich schaffte es noch auf die Toilette, würgte mir den Magen aus dem Hals und dann - Standbild. Das Bild der Toilette eingefroren, als würde die Zeit stillstehen. Meine Hand lag vor mir wie ein Fremdkörper, der nichts mehr mit mir, dem restlichen Körper zu tun haben wollte. 'Seltsam', dachte ich noch, ehe der Expresszug Anton so richtig Fahrt aufnahm. Mein Herzschlag beschleunigte sich, und trotz des angehaltenen Realitäts-Films nahm ich am oberen Gesichtsfeld die Geschwindigkeitsanzeige wahr. Der Zeiger näherte sich zitternd der 200er-Marke und ich fühlte mich wie ein Elektron, das im Speicherring auf nahezu Lichtgeschwindigkeit beschleunigt wird. Die Symptome waren eindeutig. Ich schrumpfte, der Kopf wurde breiter und die Zeit hatte sich längst von mir verabschiedet. 'Anton!', sagte mein Körper. 'Du hast es selbst so gewollt', und mit dieser Drohung ging er zum Generalangriff über. Irgendwann musste er den Dimmer, der meinen Kreislauf regelte, in die Hände bekommen haben, denn er drehte ihn fröhlich hoch und runter, wie ein kleines Kind mit der tiefen Überzeugung, dass die heller und wieder dunkler strahlende Lampe von seinen magischen Fähigkeiten beeinflusst wird.

Wenn ich den Kopf hob, raste der Zug auf eine Warteschleife und holperte dort so lange im Kreis, bis sich heitere Ausgelassenheit in heulendes Elend wandelte und mein Magen rebellierte ... Aber ich will dir die näheren Einzelheiten ersparen." Anton räusperte sich und verschränkte die Arme über der Brust, weil er nicht recht wusste, wohin mit ihnen.

„Als du gesehen hast, wie dein Körper reagiert und dass es unter Umständen gefährlich werden könnte, weshalb hast du nicht versucht, den Notarzt zu verständigen?"

Anton schüttelte in Zeitlupe den Kopf. „Ich dachte an Bettina. Was sie wohl sagen würde. Einen Dummkopf würde sie mich schelten und - ich hoffte nur, dass ich diese Übelkeit, das fürchterliche Herzrasen und den galoppierenden Kreislauf irgendwie überstehen würde, ohne größere Komplikationen. Wenn Kinder mit Flugzeugen spielen, dann drehen sie sich im Kreis und die Hand mit dem Flugzeug folgt einer Sinuskurve - so fühlte ich mich. Stunden später, ich muss eingeschlafen sein, wachte ich auf. Mein Körper fühlte sich steif an, und als ich aufzustehen versuchte, spürte ich erst, wie kraftlos ich war. Die Beine zitterten wie Espenlaub beim kleinsten Luftzug und so krabbelte ich wie ein Baby auf Händen und Füßen aus der Toilette, zur Couch hinüber. Ich dankte Gott - obwohl ich kein frommer Mensch bin - für die Rettung aus der Umklammerung des Todes. Aber er hat meine Worte nicht gehört, oder sie geflissentlich überhört."

Anton hielt in seinem Bericht inne und schöpfte aus Gewohnheit Atem. „Mein Mund fühlte sich so trocken an, als ob ich drei Tage ohne Wasser in der Wüste gelegen hätte. Ich zwang mich zum Aufstehen, und wie an Drähten gezogen, mit taumelnden Schritten ging ich ins Bad. Das Gesicht war weiß und feucht wie frischer Quark und der Geruch des Marihuanas strömte aus jeder meiner Poren. Plötzlich wurde mir schwindelig! Der Raum drehte sich um seine eigene Achse, und bevor ich mich auf seine Bewegung einstellen konnte, brach ich zusammen und - das Letzte, worauf ich mich entsinne, ist ein dumpfer Schlag und ein kurzer, stechender Schmerz über dem rechten Ohr."

„Wirklich kurios", bestätigte Renick Antons eigene Bezeichnung für sein unerwartetes Ableben, als Murr plötzlich aufsprang, sich an seinen Hals presste und die Krallen hinein bohrte. Sie bleckte die Zähne, plusterte sich auf, bis sie dreimal so groß wirkte.

Stimmen wehten von der angrenzenden Halle zu ihnen herüber, wurden allmählich lauter; hie und da begannen einige der Gruppe ausgelassen zu lachen.

„Sie suchen wahrscheinlich nach dir", flüsterte Renick.

„Nach mir? Aber weshalb? Was habe ich ihnen getan?"

„Deine Begrüßungsfeier - wie soll ich es ausdrücken, durch deine Nicht-Anwesenheit hast du ihnen den Abend verdorben. Keine Sorge, sie sind nicht nachtragend."

„Der Tod meint es nicht gut mit mir", stöhnte Anton. „Wo kann ich mich verstecken? Oder gibt es einen Trick, um hinüberzugehen?" In Gedanken ging er wie in Panik unentwegt auf und ab. Das Lachen nahm zu, trommelte schmerzvoll gegen seine Ohren, wie das Läuten von Kirchenglocken.

„Es gibt von hier kein Entkommen, Anton. Früher - die Ersten, aber das ist lange vorbei ..."

„Danke, dass du mir zugehört hast", rief Anton bereits vom anderen Ende des Außenganges, der die Hallen sechs bis neun miteinander verband.

Mit einem Geräusch, das Renick an das Knistern eines Kometen erinnerte, der in der Erdatmosphäre verglühte, brannte die letzte Glühbirne der Notbeleuchtung durch und hüllte ihn in Dunkelheit.

„Würde ich ihn als komischen Kauz bezeichnen", sagte Renick zu der Katze, die sich wieder beruhigt hatte, „wäre das eine Untertreibung. Er hatte Furcht in den Augen, nachdem er zurück war, lieber Murr. Aber es war nicht der gewohnte Gesichtsausdruck, wenn sie endlich begreifen, was mit ihnen geschehen ist."

Eine fröhliche Gruppe Geister enterte den Außengang. Zoe führte den Zug singend und tanzend an.

Die Musiker spielten nur in ihrem Kopf, und sie zehrten die Stunden der Suche nach dem Neuankömmling so langsam auf, wie die Brandung eine Klippe auswäscht.

Renick und Murr waren ebenso vor den Schandtaten des Begrüßungskomitees geflohen, wie Anton, der in aller Stille seine Statue näher in Augenschein nahm.

13.08. 2015   Am Morgen

Käthe Himmelstoß stemmte ihren Körper gegen die Eingangstür. Als der Spalt groß genug war, zwängte sie sich hindurch und betrat etwas außer Atem die Empfangshalle von Friedpark.

'Du bist zu früh!', hörte sie die Stimme von Franz, ihrem verstorbenen Mann, im Hinterkopf. Sie klang vorwurfsvoll und glich, wenn er sich aufregte, einem pfeifenden Wasserkessel. 'Du bist immer zu früh.'

Käthe sah auf ihre Uhr und verglich sie mit der über dem Empfang.

'Zwanzig Minuten. Ich bin gerne pünktlich.' Ihr Mund spannte und kräuselte sich in stetem Rhythmus wie ein Bogen und schoss die Worte einzeln auf ihn ab.

'Schon gut. Ich meine ja nur', kam es beschwichtigend von oberhalb des linken Ohres.

„Wo habe ich es denn?" Käthe durchwühlte ihre Handtasche nach dem Bestätigungsschreiben ihres Termins. Alles hatte sie eingesteckt - Taschentücher, Pfefferminzbonbons für den frischen Atem, selbst dieses neumodische Telefon ihres Sohnes, für den Notfall, nur den Brief offensichtlich nicht.

'In der Seitentasche, du Dummchen.'

„Ach ja!" Sie seufzte erleichtert und rollte das Pfefferminzbonbon mit der Zunge im Mund von links nach rechts.

28

„Herr Zimmermann." Käthe behielt das Schreiben in der Hand und sah sich um. Linker Hand, zehn Schritte von ihr entfernt, gruppierten sich drei dunkle Sessel um einen Glastisch mit Zeitschriften. 'Wie beim Friseur', kam es ihr in den Sinn. Dass Käthe hier in Friedpark eine Gemeinsamkeit mit ihrem gewöhnlichen Leben entdeckte, schuf ein Gefühl von Vertrautheit und hielt ihre Unruhe im Zaum. Hinter der Sitzgruppe standen drei verwaiste Schreibtische, sauber aufgeräumt. Nur die Computer deuteten darauf hin, dass hier gearbeitet wurde. Vor ihr befand sich der Empfang, ein halbkreisförmiges Gebilde aus Glas, Metall und Bildschirmen, über die tonlos das breit gefächerte Angebot von Friedpark flimmerte.

Das junge Fräulein am Empfang hob den Kopf, taxierte Käthe und ordnete sie der Schublade mit den Sonderangeboten zu. 'Ein Leben lang haben sie gespart, jeden Cent, den sie erübrigen konnten, und jetzt soll das Kapital endlich Zinsen tragen - bis in alle Ewigkeit.' Ihre knochige Gestalt knirschte, als sie sich ein Stück weit aufrichtete. 'Biederes Kostüm, seit dreißig Jahren aus der Mode, dazu die üblichen Gesundheitsschuhe, breit wie Lastkähne, damit ihre Fracht sicher ans Ziel gelangt. Und die Handtasche - echt antik. Die Griffe, aus Angst vor Dieben stets fest umklammert, hat sie in dieser Zeit so abgewetzt, dass sie wie Paketschnüre aussehen.'
'Hell und sauber', gestand Käthe dem Unternehmen zu. 'So ganz anders, als ich es mir vorgestellt habe.' Sie rückte ihre Frisur zurecht, überprüfte den

Sitz ihrer Kleidung, deren Farbe Erinnerungen an Nebel über ausgedehnten Moorgebieten wachrief, der das Land unter sich begräbt wie Erde die Verstorbenen. 'Wenn Franz wüsste ...', flüsterte ihre innere Stimme, die der moralischen Erziehung ihrer Kindheit verpflichtet war, die Käthe als rückständig, nicht mehr zeitgemäß, betrachtete und deshalb geflissentlich überhörte.

Die Dame am Empfang hob eine ihrer knochigen, unbeholfenen Hände und beorderte Käthe mehr oder weniger zu sich.

„Guten Morgen." Ihre Stimme klang gleichmütig und ein wenig erschöpft, als sei eine Erkältung im Anzug. „Kann ich Ihnen behilflich sein?", fügten die schmalen, blutleeren Lippen hinzu, nachdem sie sich von ihrem Stuhl erhoben hatte und zum Tresen getrippelt war.

„Danke ... Äh ... Guten Morgen", stotterte Käthe vor Aufregung, die so plötzlich ausbrach wie ein Vulkan oder die Aufforderung des Lehrers in der Grundschule, die Aufgabe, für alle Mitschüler sichtbar, an der Tafel auszuführen, anstatt im hintersten Winkel des Klassenzimmers, die Nase tief im Heft verborgen, still vor sich hinzuträumen.

Sie wischte mit dem Brief durch die Luft, als wollte sie Spinnweben wegfegen. „Ich habe einen Termin bei Herrn Zimmermann. Um neun Uhr."

„Einen Moment bitte", sagte das junge Ding so leise, dass Käthe glaubte, die Batterie in ihrem Hörgerät ließe nach. Sie klapperte mit der Tastatur. „Frau Himmelstoß. Wenn Sie bitte kurz Platz nehmen würden. Ich sage Herrn Zimmermann Bescheid, dass Sie hier sind."

„Danke, Frau ...?", antwortete Käthe und suchte vergeblich nach dem Namen. „Ich ...", der Gedanke entzog sich ihrem Zugriff, verhedderte sich mit dem nächsten und nur aus diesem Grund verharrte sie sprachlos auf der Stelle.

„Kann ich sonst noch etwas für Sie tun?", fragte das Fräulein höflich und ihr aufgesetztes Lächeln zog ihr Gesicht schief.

„Nein ... Alles in Ordnung." Käthe flüchtete verwirrt zu der Sitzgruppe, und als sie sich in einen der neumodischen, engen Sessel quetschte, zitterte sie am ganzen Körper. Schon einmal in ihrem Leben hatte sie ein vergleichbares Martyrium erlebt. Feuer, Blut, schwitzende Männer, und sie musste hilflos zusehen, wie die Flammen sich zu der Ecke durchfraßen, in der sie hustend und nach Atem ringend kauerte. Die Rettung, buchstäblich in letzter Sekunde. „Doch das Gefühl der Verlorenheit", murmelte sie tonlos, „zwingt mich in ähnlichen Situationen noch heute in die Knie, nach so vielen Jahren, und das Entsetzen über den unausweichlich erscheinenden Tod, lässt mich - wie damals oder bei Franz` Tod - weder klar denken, noch atmen."

'Und dein Retter?', fühlte sich ihr Mann, mit kratziger Stimme, als sei seine Kehle trocken und durch die heiße Luft wie zugeschnürt, bemüßigt anzumerken. 'Groß wie ein Hochhaus und er roch nach Milch und frischem Brot.'

„Frau Himmelstoß?", näselte der Berater von Friedpark und schob ihr seine Hand entgegen.

„Zimmermann. Darf ich bitten?"

Käthe wurde es abwechselnd brennend heiß und eiskalt. Sie ergriff dankbar die dargebotene Hand, klammerte sich daran fest wie an einem Rettungsring und kämpfte tapfer gegen das aufgewühlte Meer, das sie nicht nur auf und ab, sondern gleichzeitig hin und her schleuderte, die ganze Bandbreite der Klaviatur ihrer Gefühle ausnutzend.

'Käthe! Wenn du auch nur einen Schritt weitergehst, dann rede ich drei Tage kein Wort mehr mit dir', stieß Franz knurrend und im denkbar ungeeignetsten Augenblick aus, wobei der Tonfall seiner Stimme entsetzlicher klang als jede Grabesleere. 'Unser schönes Erspartes.' Seine Besorgnis erinnerte Käthe an die langen Abende im Hospiz, die Stunden zwischen Bangen und Hoffen, seinem letztem Atemzug ohne ein weiteres Wort. 'Wie viele Wünsche wollten wir uns in den vergangenen Jahren damit erfüllen ...?'

'Hätten wir nur', unterbrach Käthe ihren Mann und lenkte ihre gesamte Konzentration auf Herrn Zimmermann, der sie sicher durch die sturmgepeitschte See zu seinem Schreibtisch lotste.

„Einen kleinen Moment, bitte. Möchten Sie einen Kaffee?"

„Nein, danke."

„Frau Himmelstoß - wie ich gerade sehe, haben Sie einen Vorvertrag mit uns abgeschlossen und ... Mein herzliches Beileid, Frau Himmelstoß", sagte Zimmermann mit monoton klingender Stimme.

„Danke, Herr Zimmermann. Gott habe ihn selig."

„Ja, natürlich."

Käthe blickte auf und sah ihn an, und er erwiderte ihren Blick. 'Der Augenkontakt', dachte sie dabei, 'ich kann nichts Besonderes daran finden. Mit der Zeit fangen die Augen zu tränen an und der Körper, insbesondere der Nacken, werden steif. Das Innerste der Menschen ist tief verborgen und verfügt über kein Wissen, was dort oben im Kopf vor sich geht.' So starrte sie Zimmermann würdevoll an, bis er hinter seinem Bildschirm verschwamm.

„Hm ... Ihr Gatte, Franz Xaver Himmelstoß, wurde unmittelbar nach seinem Entschluss, hierher in den Friedpark zu übersiedeln, von unseren Mitarbeitern überführt und versorgt ... Ich meine, kühl aufgebahrt. Gut", setzte er zufrieden hinzu und zeigte seine Zähne.

'Sei vorsichtig, Käthe', mahnte Franz in die Stille hinein. 'Männer, die so grinsen, haben meistens etwas zu verbergen.'

'Du musst es ja wissen.'

„Ihre persönlichen Daten liegen uns vollständig vor", kommentierte Zimmermann ihre Akte im Selbstgespräch. Seine Augen huschten über den Schirm wie zwei Wiesel, die übermütig über die Felder jagen.

„Die Anzahlung haben Sie wie vereinbart überwiesen, und somit steht dem Glück Ihres Gatten und natürlich dem Ihren, nichts mehr im Weg." Wieder entblößte er seine Zähne, als trete er gerade in einem Werbespot für Zahnpasta auf.

„Gut. In welcher Weise möchten Sie ihren Gatten bei uns unterbringen?"

„Ich verstehe nicht." Käthe hätte am liebsten eine

Auszeit genommen, um darüber nachzudenken. Sie zuckte unmerklich mit den Schultern, schüttelte den Kopf, bewegte die Lippen, als befände sie sich mitten in einer Diskussion und hob theatralisch die Hände, während Zimmermann sein Lächeln lächelte, geduldig wartete und seinen rechten Fuß im Takt einer unbekannten Melodie auf und ab wiegte.

„Ein Arrangement in der Gruppe oder individuell?", fragte Zimmermann. „Hatte Ihr Gatte in seiner Kindheit einen Traumberuf?"

Käthe nickte. „Feuerwehrmann."

'Willst du ihm nicht noch von meinen Warzen erzählen!', fauchte Franz im Hintergrund. 'Feuerwehrmann?!'

„Sehr schön. Im Außengelände ...."

„Im Freien!", unterbrach Käthe ihn und ihr Gesicht geriet kurz aus den Fugen, weil die Muskeln unter ihrer Haut miteinander Krieg führten. „Wo mein Franz doch so empfindlich ist."

„Er wird nicht direkt im Freien sein", beschwichtigte Zimmermann sofort. „Wir haben einen freien Arbeitsplatz als Beifahrer und ...", er scrollte nach unten, „direkt vor Ort - mitten im Geschehen. Ein warmes Plätzchen ... sozusagen."

„Ich weiß nicht."

„Gab es Hobbys?"

„Fußball!", rief Käthe mit schriller Stimme und ihr Gesicht hellte sich auf, strahlte wie die Sonne im Sommer zur Mittagszeit.

„Schauen wir mal. Hm ... Aufgrund seines Alters ..." Zimmermann in Gedanken versunken, überflog die Daten des in Halle sieben aufgebauten Stadions, in dem der 1. FC Friedpark seine Heimspiele austrug, als sondiere er für einen besonders schwer vermittelbaren Bewerber die für ihn infrage kommenden Stellenangebote. Zimmermann legte den Kopf zuerst nach links, dann nach rechts und sagte: „Ich könnte Ihrem Gatten einen Vertrag als Co-Trainer anbieten - eventuell, wenn Ihnen das Angebot nicht zusagt, obwohl bereits zwei Sanitäter vor Ort sind ..."

„Co-Trainer. Das passt zu meinem Franz", meinte Käthe und brach, trotz des traurigen und schmerzvollen Anlasses, in Begeisterung aus. „Franz wusste sowieso alles besser", fuhr sie fort, als die Erinnerung über sie hinwegbrandete. „Wenn der Trainer hätte auswechseln müssen und warum brachte er nicht endlich einen weiteren Stürmer ..."

„Schön", stoppte Zimmermann ihren Redefluss. „Dann darf ich Ihren Herrn Gatten als neuen Co-Trainer des 1. FC Friedpark begrüßen - natürlich auch im Namen der Mannschaft." Er klatschte gedanklich in die Hände. Der Rest, das wusste er aus Erfahrung, war reine Formsache und zügig erledigt.

„Und er sitzt überdacht?", hakte Käthe nach, die Griffe ihrer Handtasche knetend, und klammerte sich an ihrer beider Glück wie ein Kind an die Weihnachtstage oder den letzten Schultag vor den Ferien.

„Sein Engagement bei uns - welche unserer Optionen darf ich notieren ... vertraglich festlegen? Zweijahresvertrag, der sich automatisch um ein weiteres Jahr verlängert, sofern er nicht drei Monate vor Ablauf gekündigt wird? Zehn Jahre oder die zeitlich unbegrenzte Variante - der sogenannte Rentenvertrag, mit der Option des Standortwechsels?"

„Zehn Jahre!" Käthe entschied aus ihrem Bauchgefühl heraus. „Was geschieht anschließend mit meinem Franz? Das geht aus den Unterlagen nicht hervor oder ..."

„Moment bitte", antwortete Zimmermann, der es hasste, wenn Kunden von einer Frage zur nächsten sprangen. „Jetzt zu Ihrer Frage, liebe Frau Himmelstoß", sagte er mit übertriebener Freundlichkeit, während Franz im linken Frontallappen von Käthe brummelte: 'Er will nur unser Liebstes!'

„Nach Ablauf der zehn Jahre besitzen Sie zwei Optionen. Erdbestattung beziehungsweise die Verbrennung des Körpers oder seine Aufbewahrung bei Friedpark, wobei damit die Rechte an seinem Körper auf uns, als das Unternehmen Friedpark, übertragen werden", erklärte Zimmermann und lehnte sich in seinem Stuhl zurück.

„Ihnen übertragen?" Käthe starrte Herrn Zimmermann an und sah vor Verwirrung und Unglauben unwirklich aus. „Wozu?"

Zimmermann zuckte unmerklich mit den Schultern. „Für einen anderen Standort von Friedpark oder die Forschung", meinte er mit schläfrigem, leicht blasiertem Blick.

Käthe schrumpfte auf ihrem Stuhl zusammen. Wortlos saß sie da, wartete auf ein Zeichen, ob von Franz oder höherer Warte war für sie ohne Bedeutung; sie wollte nur Beistand bei der Entscheidung. Entgegen ihrer Gewohnheit schlug sie die Beine übereinander, entdeckte ein Loch in ihrer Strumpfhose oberhalb des Knöchels und getrieben von ihrer Nervosität bohrte sie den Finger hinein und sah zu, wie das Loch immer größer wurde. Sie wartete, aber es war nichts zu hören.

'Ich stell mich an wie ein junges, unerfahrenes Ding, das unschlüssig vor dem Ständer mit den Brautkleidern steht und sich für keines der Modelle entscheiden kann oder will. Mein Franz in einer Art Umzugskarton, der in einer Lagerhalle über die Jahre verstaubt.' Sie fröstelte.

„Liebe Frau Himmelstoß", sagte Zimmermann und seine Stimme wurde so leise, dass Käthe sie kaum mehr verstand. „Ich dürfte Ihnen das jetzt eigentlich nicht sagen ..." Vertrauensvoll beugte er sich zu ihr herüber. „Im Allgemeinen entscheiden sich die Hinterbliebenen für die Aufbewahrung, bis ein Platz in der Forschung für ihren lieben Angehörigen frei wird. Bedenken Sie", flüsterte er Käthe hinter vorgehaltener Hand zu, „Ihr Mann in der Forschung - er marschiert sozusagen an vorderster Front der Wissenschaft in die Zukunft."

Mit verschwommenem Blick wühlte Käthe mit beiden Händen in ihrer Handtasche, bis sie die Taschentücher fand und ihre Augen trocknete. Dann schnäuzte sie gründlich und sagte mit einer Stimme, die klang wie ein Speicher voller alter Insekten, deren ausgetrockneten Hüllen in staubigen Spinnweben verfangen, jetzt bei jedem Luftzug ans Fenster stoßen. „Wenn Sie meinen Franz gekannt hätten ..."

'Forschung! Das ich nicht lache', wetterte Franz und Käthe spürte seinen Zorn bis unter die Haarspitzen. Die Gewitterfront tobte unmittelbar unter ihrer neuen Frisur. Blitze rissen ihre Gedanken auseinander und der Donner erschütterte sie bis in die

Zehenspitzen. 'Fehlt nur noch der Nobelpreis. Komm Käthe! Lass uns gehen!'

„Er war vieles, aber mit der Technik stand er auf Kriegsfuß", beendete sie ihren Satz und strich mit der Hand ihren Rock glatt.

„Was darf ich jetzt notieren, Frau Himmelstoß?", drängte Zimmermann und versuchte es dann mit dem ältesten Schulhof-Trick: Er setzte sein gewinnendstes Lächeln auf, womit er gleichzeitig Unverständnis und hundertprozentige Zustimmung, im Verbund mit äußerster Sanftheit, signalisieren wollte. 'Damit kriege ich sie', schmunzelte er in Gedanken.

„Ich weiß nicht." Käthe war innerlich zerrissen von ihren widersprüchlichen Gefühlen. „Kann ich nicht eine Nacht darüber schlafen und Ihnen morgen ... meine Entscheidung mitteilen?"

'Verdammt!' Zimmermann verzog äußerlich keine Miene. „Das bedeutet für Ihren Gatten mindestens zwei weitere Nächte in der Kühlkammer und das ist für seinen Körper nicht gerade förderlich", spielte er seinen vorletzten Trumpf aus.

„Oje!", entfuhr es Käthe ungewollt laut und Zimmermann konnte sehen, welchen Schrecken die Vorstellung ihres Gatten in der Kühlkammer auf ihrem Gesicht hervorrief. „Gut! Übergeben wir ihn der Forschung. Wäre doch schade um den gut erhaltenen Körper ..."

„Das ist die richtige Entscheidung, Frau Himmelstoß - glauben Sie mir." Er tippte die entsprechenden Daten in den Computer und erklärte die damit verbundenen Modalitäten: „Die Kleidung wird von uns gestellt. Wünschen Sie ein separates Namensschild, außer dem Trikotaufdruck?"

Nachdem sie ihre Entscheidung getroffen hatte, waren Käthes Nervosität und Unschlüssigkeit wie weggeblasen. In wachsendem Maß bereitete ihr die Unterredung mit Herrn Zimmermann tiefstes Vergnügen und so war es nicht verwunderlich, dass sie seine Frage überhörte.

„Wie? Jetzt ist alles so, wie es sein sollte." Sie nickte zufrieden und strahlte Wohlbehagen aus.

„Ob Sie ein separates Namensschild aus Holz oder Metall wünschen, oder genügt Ihnen der Namenszug auf dem Trikot?"

„Aus Metall!", sagte Käthe wie aus der Pistole geschossen. „Wenn er schon keinen Grabstein im herkömmlichen Sinn erhält, dann soll wenigstens ein schönes Namensschild an ihn erinnern. Was kann ich ihm sonst noch Gutes tun, meinem Franz?" Käthe, im Überschwang ihrer Gefühle, drehte jetzt den Geldhahn auf.

„Einen kleinen Moment, bitte."

'Bist du jetzt von allen guten Geistern verlassen, Käthe? Du stellst diesem windigen Verkäufer praktisch einen Freifahrschein aus und wirfst ihm damit unser gesamtes Erspartes in den Rachen', grollte Franz. Doch seine schlechte Laune berührte Käthe nicht im Geringsten. Sie schwebte in den Wolken.

'Ach komm schon', sagte sie gedanklich in versöhnlichem Ton. 'Erstens gebe ich das Geld für dich aus und zweitens, wozu soll ich es auf der Bank versauern lassen? Ich benötige es nicht mehr.'

„Die Reinigung ist selbstverständlich im Preis inbegriffen und soweit ich sehe, benötige ich von Ihnen nur noch die Einverständniserklärung für die kommerzielle Vermarktung ihres Gatten", unterbrach Zimmermann ihr Zwiegespräch mit Franz, während er eifrig die Tastatur bearbeitete.

„Kommerzielle Vermarktung?", wiederholte Käthe fragend und so betont langsam, als müsse sie jeden Buchstaben einzeln in Stein meißeln.

„Lediglich eine vom Gesetzgeber vorgeschriebene Formalität, Frau Himmelstoß. Sie erteilen uns die Einwilligung für den Verkauf von Postkarten, Fanartikeln und der maßstabsgetreuen Nachbildung Ihres Gatten. Hinzu kommen Anstecknadeln, Fotografien in Bildbänden, auf CDs und so weiter und so fort", betete Zimmermann die umsatzstärksten Verkaufsartikel herunter, mit einer Stimme, so sanft wie die Wolken, die Käthe umschwebten.

„Ich kann mir nicht vorstellen, dass ein Fremder bei sich zu Hause meinen Mann auf die Kommode stellt." Käthe legte ihre Stirn in Falten und kratzte sich am Hinterkopf. „Aber Sie müssen ja auch ihr Geld verdienen, nicht wahr? Allein die Kosten für das hübsche Gebäude und dann die Reinigung. Bis das alles abgestaubt ist."

Ein Seufzen durchfuhr Käthe bei der Vorstellung, wie sie mit dem Staublappen durch die Hallen spurtete und im Akkord Köpfe, Ohren, Nasen und Hände säuberte.

„Damit sind wir schon am Ende." Zimmermann drückte mehrmals und mit sichtlicher Erleichterung die Entertaste. „Sekunde noch. Dann können Sie den Vertrag unterschreiben und in einer Woche wird Ihr Gatte seine neue Tätigkeit aufnehmen können."

Der Drucker summte, und als Zimmermann seinen Oberkörper über die Lehne nach unten beugte, verursachte er ein Geräusch, das tönte wie brechende Knochen.

„Lesen Sie ihn in Ruhe." Zimmermann breitete die Seiten vor Käthe aus. „Dann unterschreiben Sie bitte hier, hier und hier. Haben Sie sonst noch Fragen? Zudem stehen wir Ihnen telefonisch während unserer Öffnungszeiten jederzeit zur Verfügung. Und wie Sie Paragraf acht entnehmen können, ist die Friedpark Hotline in den ersten vier Wochen kostenlos."

„Wie erfahre ich von seinem Arbeitsbeginn? Es ist nämlich ein ordentliches Stück Weg hier heraus."

„Der genaue Zeitpunkt wird Ihnen selbstverständlich schriftlich mitgeteilt. Mit diesem Schreiben erhalten Sie außerdem Ihre persönliche Tageskarte." Zimmermann bemühte sich, als Käthe unterschrieb, seinem Gesicht nur den Ausdruck angenehmer Überraschung zu geben, angesichts des guten Vertragsabschlusses. 'Der Zusatz mit der kommerziellen Vermarktung', dachte er, 'ist den meisten Kunden suspekt - und gerade er bringt eine stattliche Provision.'

„So fertig." Käthe lächelte zufrieden, während Zimmermann ihre Ausfertigung sortierte, heftete und ihr überreichte.

'Umarmen könnte ich sie', fuhr er in Gedanken fort. Stattdessen riss ihn sein Glück vom Stuhl hoch. Er umrundete den Schreibtisch, ergriff ihre Hand, half ihr beim Aufstehen und geleitete sie tänzelnd zur Tür.

41

„Auf Wiedersehen, liebe Frau Himmelstoß und noch einen angenehmen Tag", flötete Zimmermann und verbeugte sich ein wenig, wobei ihm sein Ischiasnerv in die Quere kam. Doch sein Gesicht spiegelte keinen Schmerz wider.

„Danke, Herr Zimmermann. Ich werde Sie und Ihr Unternehmen allen meinen Freundinnen empfehlen", verabschiedete sich Käthe und entschwebte.

14.08. 2015   Gegen Ende der Nacht

Die Nacht neigte sich ihrem Ende zu. Es herrschte eine wässrige Dunkelheit, auf der Valerie die violette Morgendämmerung heranschwimmen sah. Die Schatten der Skulpturen verdämmerten, als sie, so schien es ihr in diesem Augenblick, noch über ihre Formen und Konturen nachsann. Sie hatte die Arme um ihren Körper geschlungen, als wollte sie sich gegen die drohende Kälte schützen.

„Ich friere, obwohl es unmöglich ist", formten ihre Lippen tonlos, als fürchteten sie sich vor der eigenen Stimme.

Hier, abseits der Hauptwege, spazierte nur selten jemand vorüber, und selbst wenn er zufällig den Kopf in Valeries Richtung wandte, entging ihm ihre unscheinbare Gestalt. Vielleicht lag es an ihrem zierlichen Körperbau, der Behäbigkeit ihrer Bewegungen oder dem Ausdruck in ihrem Gesicht, der ihre tiefe Ergebenheit an das Schicksal verriet.

Valerie war in Friedpark begrüßt und vergessen worden. Wenn ein Mitbewohner ihr begegnete, sah er - wie bei Murr - durch sie hindurch. In seltenen Fällen blickte sich jemand irritiert um, als hätte er im Strom der Passanten ein bekanntes Gesicht wahrgenommen und suchte nun Gewissheit. So fristete Valerie ihr Dasein, unbehelligt von der Schar der Geister; allein mit ihren Erinnerungen. In Gedanken huschte sie durch ihr Leben, wie ein Wäschestück, das der Wind von der Leine gerissen hat.

Wenn die ersten Besucher in die Hallen strömten, gefolgt von Kindergeschrei und dem 'Ah' und 'Oh' und 'Sieh mal hier' der überraschten Erwachsenen, zog sich Valerie in ihren Körper und damit in den Bereich zwischen Schlafen und Wachen zurück. Abgeschnitten von der Außenwelt, dem Treibgut ihrer Gedanken ausgeliefert, wo Träume durch sie hindurchschwebten, - oder sie durch ihre Träume -, so, als bestünden beide aus derselben Substanz. Ein Hin und Her ohne bewusste Kontrolle, ohne Worte, um die Welt dort draußen zu benennen. Träume, Phantome einer unseligen Zukunft oder von längst Gewesenem. So dämmerte sie dem Abend, der hereinbrechenden Dunkelheit und weiteren endlosen Stunden entgegen, die angefüllt waren mit Bildern aus ihrem kurzen Leben. An manchen Tagen kam es vor, dass Valerie ihren Körper zu früh verließ und auf späte Besucher, zumeist Angehörige traf.

'Sie grüßen uns nicht mehr', dachte sie wehmütig, und ihre Augen glitten an den Lebenden herab. 'Das gibt uns die Gewähr, dass wir nicht mehr in der gleichen Welt leben wie sie, und dass unsere Befürchtung berechtigt ist, wir könnten unsichtbar, machtlos und von ihrer Dimension ausgeschlossen sein.'

Wie Renick stand sie oft stundenlang am Fenster und studierte die Silhouette der Stadt. Das Wechselspiel der Lichter verflocht sie mit ihren Erinnerungen, den Geräuschen, Stimmen, Szenen aus Büchern und leisen Melodien im Hintergrund, vom altmodischen Plattenspieler ihrer Großeltern, dessen Nadel knackend und rauschend ihre Bahn zum

44

Mittelpunkt der zerkratzten Platten zog.

„Heute", sagte sie ohne Groll zu ihrem Spiegelbild, „kann ich mich ansehen, ohne das Gesicht zu verziehen oder irgendwelche blöden Grimassen zu schneiden. Mit dreizehn, vierzehn Jahren musste ich mich stundenlang vorbereiten, um mich in Ruhe zu betrachten, damit ich mein Gesicht akzeptieren konnte, das ich für den Rest meines Lebens tragen würde. Aber die Haut hat sich verbessert - wie Großmutter prophezeite. Und das Haar ... es blieb strähnig und weder Eigelb noch Schwarzbier können daran etwas ändern. Die Form des Gesichts war für meinen Geschmack zu schmal, zu kantig - hoffnungslos. Außerdem zu viel Nase und zu wenig Mund, was den Eindruck erweckt, als stünden die Augen zu nahe beieinander, obwohl - ich habe es gemessen - das eigentlich nicht der Fall ist. Nein! Die Augen sind ok, vielleicht die Wimpern zu kurz. Jetzt ist es nicht mehr zu ändern", seufzte Valerie im Stillen.

„Im Grunde war ich ein Fehlschlag meines Vaters. Drei kurze Minuten. Der Tod ändert daran nur wenig. Früher konnte ich nie einschlafen wegen der hupenden Autos, der Krakeelerei der Betrunkenen oder Jugendlichen. Und was habe ich mehr getan, als eine Tür hinter mir zu schließen. Jetzt bleiben die Geräusche draußen."

Der alte Mann tauchte aus dem Nichts auf. Valerie schrak zusammen und stieß einen spitzen Schrei aus. Joe oder, wie er sich selbst nannte, Kapitän Grog sang: „Wir sind Kameraden geworden, nicht Tod und Verderben uns trennt." Er lachte dröhnend, und es klang wie der Schmerzensschrei eines im Frachtraum gefangenen Seeungeheuers.

„Weißt du, wer ich bin, schöne Maid?", fragte Joe, entblößte zwei Reihen makelloser Zähne und stemmte die Hände herausfordernd in die Hüfte.

„Jonathan Henkel", antwortete Valerie kaum hörbar. „Steuermann auf der Queen Anne`s Revenge." Tief in den Fiebern ihrer Nerven fühlte sie ein beängstigendes Zittern, eine gespannte, kaum beschreibbare Unruhe, die bewirkte, dass sie einige Schritte zur Seite trat.

Entgegen Joes geselliger Art, der in ihm beheimateten und ungebrochenen Tatkraft des früheren Seebären, waren seine Augen dunkel und schläfrig. Er richtete sie unbewegt auf jeden, mit dem er sprach. Die wettergegerbte Haut seines breiten Gesichts hing - trotz Friedparks Bemühen - auf beiden Seiten schlaff herunter. Ein zerknautschtes Gesicht, faltig und zerknittert.

„Yeah, Püppchen!", rief er und intonierte: „Du bist mein Augenstern, ich hab dich zum Fressen gern. Sag mir deinen Namen und ich lege dir mein Herz zu Füßen."

„Meinen Namen?", fragte Valerie erschrocken und zog sich weiter in die Dunkelheit zurück.

„Heißt du etwa Rumpelstilzchen?", scherzte Joe, torkelte auf sie zu und sang aus Leibeskräften: „Auf einem Seemannsgrab, da blühen keine Rosen, auf einem Seemannsgrab, da blüht kein Blümelein, der einz´ge Gruß, das sind die weißen Möwen und eine Träne, die ein kleines Mädel weint."

Valerie stöhnte gequält auf.

„Ah! Jetzt erinnere ich mich. Valerie! Das Mädchen mit dem Blumenkorb - Märchenwelt. Lirum Larum Löffelstiel - schöne Mädchen kosten viel." Joe - oder Kapitän Grog - folgte ihr aus dem grün schimmernden Bereich der Notbeleuchtung ins Dämmerlicht. „Der Teufel soll mich holen - sofern er das nicht längst getan hat - wenn ich dir nicht in dein Hexenhaus folge. Lass uns gemeinsam den Hänsel anknabbern." Joes Worte knarrten wie das Gebälk seines Schiffes.

Im Zwielicht wirkte er plötzlich weniger draufgängerisch, fast nervös. „Es waren zwei Königskinder, die hatten einander so lieb", stimmte er zerstreut an und sagte dann zum Abschied laut und klar: „Allein! Wieder allein! Mein Herz ist schwer und trüb mein Sinn, ich sitz im gold'nen Käfig drin." Mit dieser Verszeile verschwand Joe, lautlos wie der Abendwind.

Es herrschte wieder Stille. Längst waren die letzten Schleier der Nacht von der aufgehenden Sonne aufgesogen worden.

'Joe ist mir unheimlich', dachte Valerie verängstigt. 'Seine laute Stimme ist schrecklich und doch klingt sie menschlicher als die Stimmen aus der Vergangenheit.' Sie schloss die Augen. Losgelöst von der Enge ihres Körpers ließ Valerie sich fallen und der Zustand wäre angenehm - sogar wunderbar -, wenn nicht ein unsichtbares Band sie an diesem merkwürdigen Ort festzuhalten versucht hätte. Sie streckte die Hand aus, berührte das Glas, diese undurchdringliche Barriere, die jeden hier von der

Freiheit trennte, und sie spürte den kühlen Luftzug, den die Berührung auf ihrer Haut verursachte.

„Später wirst du mir dafür dankbar sein!", hörte sie ihre Mutter schreien. „Auch wenn du es jetzt nicht einsiehst." Die ausdruckslose Stimme wurde mit jedem Wort kräftiger; ein heißer Luftstrom, der die Bilder ihrer Kindheit und Jugend aus den Tiefen des Vergessenen herauf wehte.

'Kindheit', wisperten die Stimmen beim Anblick des kleinen Mädchens, das sich unbeholfen die Schuhe zuband - Füße auf dem Weg zum Bäcker. Die folgenden Jahre, kaum mehr als kurze, lose miteinander verknüpfte Sequenzen. Filmschnipsel, gefälschte Erinnerungen und die Frage: Was ist Wahrheit, was Dichtung?

Valerie sah sich als Zehnjährige im Bett liegen. Nur eine Nacht wollte sie damals wach bleiben, nicht schlafen, den Tag heraufdämmern sehen. Die für das Unternehmen notwendigen Utensilien lagen bereit: Radio, Ersatzbatterien, Kekse, ein Buch zum Lesen und die große, unhandliche Taschenlampe, denn das Deckenlicht konnte sie nicht einschalten, weil Mutter es durch den Türschlitz bemerkt hätte.

„Ordnung ist das halbe Leben!", brüllte ihre Mutter und verlieh ihren Anordnungen in letzter Instanz mit Schlägen Nachdruck. Dem Kleinkind den Klaps, gefolgt von Ohrfeigen für die Grundschulschülerin, die später in Links-rechts-Kombinationen übergingen. Oder sie wurde gewürgt, bis der Mutter die Kräfte schwanden und sie vor Erschöpfung keuchend neben ihr zu liegen kam. Verschwitzt und das Gesicht glühend wie eine Aschewolke, die vom Feuer aufsteigt.

„Daran bist du selbst schuld", sagte sie kraftlos wie zur eigenen Rechtfertigung. „Warum musstest du mich auch bis zur Weißglut reizen! Deine Hausaufgaben ..."

Der Lärm grölender und johlender Geister riss Valerie in die Gegenwart zurück. Die Anwesenheit der immer gleich zusammengesetzten Gruppe des Begrüßungskomitees beruhigte sie. Die kindliche Stimme von Zoe sagte: „Ich kann zaubern." Gelächter erhob sich, als Valerie lautlos wie eine Wolke zu dem Übergang in Halle fünf schwebte.

„Hier ist Magie Wirklichkeit", krähte das Mädchen und zeichnete mit ihren Händen wirkmächtige Symbole in die Luft. „Ich habe alle Macht, um dich zu verzaubern."

Es mochten gut zwanzig Geister sein, die sich im Halbkreis um die erst vor wenigen Minuten aufgestellte Statue versammelt hatten.

'Zwei Neuankömmlinge innerhalb von 24 Stunden', dachte Valerie. 'Der Forscher aus dem Themenbereich Amazonas, von dem eine seltsame Ausstrahlung ausgeht, die so gänzlich verschieden von der Unsrigen ist. Als ob er nicht hierher gehöre.'

Valerie fröstelte aus der Erinnerung heraus. Nur flüchtig hatte sie seine Gestalt wahrgenommen, als er sich, unmittelbar nach dem Schlüpfen, mit Renick unterhalten hatte. Er wandte ihr dabei zwar den Rücken zu, doch in ihrer Vorstellung sah Valerie sein Gesicht, das im Gleißen der Blitze flackerte. Ein Totenschädel mit vergilbten Zähnen und Augenhöhlen, aus denen Flammen schlugen. „Und Schlimmeres, das noch kommen wird", hörte Valerie seine Stimme im Kopf, tief und gefährlich leise, und sie brachte keinen Ton hervor, nickte nur. Zum ersten Mal, seit sie im Friedpark wiedergeboren, zu diesem unseligen Dasein erwacht war, flüchtete sie vor sich selbst und ihrer selbst gewählten Einsamkeit. Sie gesellte sich zu der bunt zusammengewürfelten Gruppe.

Der junge Mann - Valerie schätzte ihn auf Anfang zwanzig - betrachtete in stummem Entsetzen seinen präparierten Körper. Behutsam, als könne er nicht begreifen, was hier mit ihm geschah oder aus Furcht, dass, worin er bis vor wenigen Tagen sein Leben gefristet hatte, könnte unter seiner Berührung zu Staub zerbröseln, zeichnete er mit den Fingerspitzen die Konturen seines Gesichts nach.

„Gut sieht er aus", sagte Valerie halblaut und fügte hinzu: „Der dunkle Anzug, das weiße Hemd mit dem gestärkten Kragen und die schwarze Fliege - richtig adrett, als käme er von seiner Konfirmation."

Herrmann von Mandelbohm war nach links versetzt worden, um Platz für das neue Mitglied des Friedpark Orchesters zu schaffen. Mit geschlossenen Augen, ganz in seine Musik versunken, stand er hinter dem einfachen, metallenen Notenständer, und mit der Querflöte an den Lippen, den leicht geblähten Backen, erweckte er den Eindruck, als wäre sein Solo wie im Film für einen Augenblick angehalten worden.

Valerie spürte den Schmerz in sich aufsteigen - den vertrauten, nur allzu bekannten Schmerz, der nur eines Anstoßes bedurfte, um sich in Erinnerung zu bringen. 'Wie lange ist es jetzt schon her?', fragte sie sich und bemühte vergeblich ihr Gedächtnis.

'Der gleiche ungläubige Gesichtsausdruck - als wären sie Brüder oder nahe Verwandte.'

Sie erinnerte sich an ein früheres Erlebnis. Der Junge in Friedparks Orchester stand damals neben seinem Vater, der halblaut närrisch wie in Babysprache brabbelte. Als Geist schien er kleiner als die Statue des Geigenspielers, sehr zart, und im Licht der untergehenden Sonne schimmerte seine Haut rötlich. Sein Vater streckte zitternd die Hand aus, berührte sanft seine rosige Wange und der Junge hörte ihm zu, und die Statue spielte ihre Melodien.

'Jetzt', hatte Valerie damals im Stillen gedacht, 'besucht er ihn noch täglich, weil er seiner Familie zeigen will, wie sehr er den über alles geliebten Sohn vermisst. Aber in drei, vier Wochen werden seine Besuche ausbleiben, sich auf den Geburtstag beschränken. Was', so hörte sie sich voller Zorn über ihr eigenes Schicksal fragen, 'wird er dann tun?'

Ruhig griff der Junge nach der Hand seines Vaters, so, als wollte er ihm Trost spenden, ihm sagen, dass alles gut war und er sich keine Sorgen um seine Zukunft zu machen brauchte.

Dieses Bild hatte sich Valerie ebenso ins Gedächtnis eingebrannt wie ihre Gedanken, als der Junge die Hand seines Vaters suchte und seine Finger einfach hindurchglitten. Sie sah den Schmerz in seinen Augen aufflackern und hörte ihre eigenen hässlichen Gedanken.

'Er wird an der gleichen Stelle stehen wie jetzt und warten und der Vater wird nicht kommen. Die anderen in seiner Nachbarschaft werden Besuch von ihren Angehörigen erhalten, nur er nicht. Täglich wird er nach seinem Vater Ausschau halten, und wenn er Schritte hört, wird er voller Hoffnung ausrufen: Das ist er! Vergeblich, denn er wird nicht kommen.'

Mit kleinen hastigen Schritten begleitete er seinen Vater bis zum Ausgang und blieb dort, inmitten der Besucherströme, allein zurück, bis Cindy seine Hand nahm, ihn aus ihren Herbst-Nebel-Augen ansah und ihm ins Ohr flüsterte: „Komm! Er ist jetzt kein Teil mehr von dir. Für dich gibt es nur noch uns, die dir Gesellschaft leisten und mit denen du reden kannst."

Allmählich verloren die Mitglieder des Begrüßungskomitees das Interesse an dem jungen Mann, zumal er regungslos vor seiner Statue ausharrte, ohne auch nur einen Laut von sich zu geben. Umschlungen von der Dunkelheit im Augenblick seines Todes, der dunkelsten Dunkelheit, die er je erlebt hatte und die weit von der entfernt war, wie sie nach dem Untergang der Sonne eintrat. Es war eine alte, längst in Vergessenheit geratene Dunkelheit, vertraut nur mit sich selbst. Er spürte, wie sie ihn liebkoste, über Hals und Gesicht leckte, sanft und mit aller Vorsicht, so wie Katzen es tun, um herauszufinden, ob sie etwas fressen möchten. Sein Bewusstsein, verlor sich darin, schwand dahin, bis es luftig wurde und substanzlos wie wispernde Stimmen. Ihn fröstelte und einer Gewohnheit folgend suchte er nach dem Licht - vergeblich.

Valerie sah, wie die restlichen Geister sich verliefen.

„Nein!"

Der Schrei ließ sie zusammenzucken und als sie auf ihn zuging, bemerkte sie Murr, die einen Buckel machte, fauchend vom Kopf seiner Statue sprang und davonhuschte.

„Sie hat mir das Gesicht abgeleckt", sagte der Neue angeekelt und starrte Valerie mit großen Augen an.

„Das ist kaum möglich", antwortete Valerie und atmete tief durch.

„Wo bin ich hier?" Langsam trat er ein, zwei Schritte zurück, als ginge von seinem früheren Körper plötzlich eine unerträgliche Hitze aus. „Und was wollten die vielen Menschen hier? Was ist mir dir? Kennen wir uns?"

Seine Stirn warf Falten, während er ihr einen flüchtigen Blick zuwarf.

„Es wundert mich, dass du mich sehen kannst?", erwiderte Valerie überrascht und zupfte verlegen an den Ärmeln ihrer Jacke.

„Weshalb sollte ich nicht?" Obwohl er seiner Stimme einen festen Klang zu geben versuchte, spürte Valerie seine Angst und das Misstrauen, mit dem er ihr begegnete. Die Situation, in der er sich wiederfand, überforderte ihn und sie zweifelte nicht daran, dass er noch nicht einmal wusste, was mit ihm geschehen war.

„Wer hat mich hierher gebracht?", schob er ungeduldig die nächste Frage nach. „Bist du das gewesen, Klaus? Schön, ich gebe zu, du hast mir einen gehörigen Schrecken eingejagt, aber jetzt ist Schluss. Lass uns nach Hause gehen - ich habe morgen ein wichtiges Vorspiel."

Für eine Weile lauschte er in die Dunkelheit. Leises Stimmengewirr drang von verschiedenen Seiten herüber, das Hintergrundrauschen von Friedpark.

Es verstummte nur selten und dann auch nur für kurze Augenblicke. Die dann eintretende Stille barg Geheimnisse. Sie alle konnten sie spüren. Fast gewaltsam drangen sie bis ins Innerste vor und ließ sich nicht mit denen ihrer Kindheit vergleichen. Wie die Sonne ihr Licht bis in den verborgensten und dunkelsten Winkel warf, so umfing die Stille die Bewohner von Friedpark. Sie wusste Dinge, worüber hier niemand Kenntnisse besaß - von der anderen Seite des Daseins. Sie hätte davon sprechen können, doch sie schwieg.

„Wo ist der Ausgang?", durchbrach der junge Mann die beklemmende Stille und wich ein Stück von ihr fort, als würde sich, von ihr ausgehend, der Boden unter seinen Füßen in Wasser verwandeln.

„Es würde dir nichts nützen?", antwortete Valerie behutsam, den Kopf bis auf die Brust gesenkt. „Du kannst dich nicht erinnern, nicht wahr?"

„Erinnern - woran?", fragte er barsch, wischte sich über das Gesicht und schwenkte den Kopf hin und her, ob nicht doch noch ein Freund mit einer plausiblen Erklärung auftauchte.

Valerie heftete ihren Blick starr auf die schwarzen Schuhe der Statue, die von seinen Angehörigen auf Hochglanz poliert worden waren und selbst im Dämmerlicht des Morgens ihre Umgebung widerspiegelten.

„Was geschah, bevor du hier ... wieder zu dir gekommen bist?"

„Die Plastik von mir ... den Anderen ... eine Art Gedenkstätte, oder", stocherte er in seinen Gedanken und griff gezielt die heraus, welche, wie Puzzleteile, in das Gesamtbild seiner Vorstellung passten. „Ein Unfall!", rief er mit sich überschlagender Stimme und es klang wie ein Hilfeschrei. „Ich lag längere Zeit im Koma ... Ich bin gestorben - nicht wahr?", presste er unter Qualen hervor, als die Erkenntnis so weit gereift war, dass sie in sein Bewusstsein vordringen konnte. Langsam, wie in Zeitlupe, sank er zu Boden, wobei er verzweifelt sein Gedächtnis nach der Wahrheit durchforstete.

„Ich erinnere mich nicht an den genauen Tag, als ich die Treppen in den dritten Stock hinaufgestiegen bin. Das klingt jetzt unverständlich, aber ich konnte mir Daten nie gut merken." Er lächelte aufgesetzt und plapperte weiter, so als müsse alles aus ihm heraus - wie bei einer Magenverstimmung. „Ich vergesse selbst meinen eigenen Geburtstag, von dem meiner Eltern ganz zu schweigen. Es hat geregnet. Vater war noch im Büro, - er ist Angestellter bei einer Versicherung -, und Mutter ist um diese Zeit im Gymnastikkurs. Es muss am Vormittag gewesen sein ... das Vorspiel", sagte er laut, lächelte bitter und es wurde ihm eiskalt bei dem Gedanken. „Ich bin nicht zu dem Termin gegangen." Er sackte zu einem schmerzvollen Bündel Elend zusammen.

„Nicht!", stieß Valerie besorgt aus und machte einen Schritt auf ihn zu. Sie hob die Hand, zögerte und ließ sie mutlos wieder sinken.

„Der Druck ... ich konnte meine Eltern doch nicht enttäuschen", sagte er schnell, als hoffe er auf Verständnis für sein Tun, ehe sämtliche Dämme in ihm brachen und seine geisterhafte Erscheinung von heftigen Schluchzern erschüttert wurde.

„Seit der Termin von der Hochschule bestätigt worden war", fuhr er fort und zog geräuschvoll die Nase hoch. „Meine Begabung ist - war", verbesserte er sich, „nicht ausreichend. Das habe ich tief in meinem Innern stets gespürt. Aber ... wie hätte ich es ihnen sagen können, nach all den Entbehrungen, die sie seit Jahren auf sich genommen haben, um meine Ausbildung zu finanzieren? Nichts haben sie sich gegönnt. Keinen Urlaub, keine neuen Möbel. An allen Ecken wurde gespart, nur damit ich von den besten Lehrern unterrichtet werden konnte. Klingt sicher verrückt, nicht wahr?"

„Nein überhaupt nicht. Sie liebten dich einfach." Valerie öffnete den Mund, um noch etwas zu sagen, aber dann schloss sie ihn wieder.

„Hast du meinen Vater gesehen?", fragte Nick, der zwischen zwei grimmig dreinblickenden alten Männern aufgetaucht war, die unweit des Orchesters als Straßenmusikanten ihren Lebensunterhalt verdienten. Der Linke, ein ehemaliger Baron von Harthausen, fristete sein Dasein mit dem Verkauf der restlichen Äcker, Wiesen und Waldbestände des ehemals stattlichen Gutes und verdankte seinen Platz einer 'Glücklichen Fügung', die er hütete wie ein Staatsgeheimnis.

Sein Kollege, seit zwölf Jahren im Friedpark ansässig, war der Sohn eines in der Nachkriegszeit reich gewordenen Fuhrunternehmers, der bei einem betrieblichen Unfall sein Leben ausgehaucht hatte, bevor er in den Genuss des elterlichen Vermögens gelangen konnte.

„Nein, leider nicht, Nick", sagte Valerie, ging vor ihm in die Hocke und setzte ihr bezauberndstes Lächeln auf.

„Aber er wollte zu meinem Spiel kommen", krähte der Achtjährige.

„So früh am Morgen findet bestimmt kein Spiel statt." Valerie deutete auf die Uhr an der Wand, deren phosphoreszierende Zeiger fünf Uhr anzeigten. „Die Fans stehe jetzt gerade erst auf. Heute Nachmittag, Nick, wird dein Vater kommen und sich das Spiel ansehen", tröstete sie den Jungen, der ihr mit Tränen in den Augen und geballten Fäusten zuhörte. Er erinnerte sie an eine scharf gemachte Bombe oder einen kochenden Wasserkessel unmittelbar vor dem einsetzenden Pfeifton ...

„Versprochen?", wollte er mit weinerlicher Stimme wissen und wischte sich mit den Händen über das Gesicht.

„Großes Ehrenwort", flüsterte sie ihm ins Ohr und dachte an die Worte ihres Deutschlehrers aus der fünften Klasse, als er sie beim Lügen erwischt hatte. 'Wenn du einmal zu lügen angefangen hast, Valerie - und er dehnte ihren Namen dabei, wie ein Stück Kautschuk -, dann, und das darfst du mir glauben, weil ich aus Erfahrung spreche, ist es erstaunlich, wie leicht du weiter lügst, wie es dich mitreißt.'

„Kommst du auch?" Valerie konnte sehen, dass die Anspannung von Nick abfiel wie alter Putz von den Wänden.

„Lass dich überraschen", antwortete sie geheimnisvoll und es klang wie ein Orakelspruch, den allein die Zukunft zu deuten vermochte.

„Dann geh ich mal zu meinen Mitspielern", erwiderte er enttäuscht, machte auf dem Absatz kehrt und verschwand, wie er gekommen war, lautlos und mit den Gedanken bei seinem Vater.

„Entschuldige. Jeden Morgen sucht er seinen Vater - eine traurige Geschichte." Sie blinzelte ratlos und ihr Gegenüber nickte verständnisvoll. „Erzähl ruhig weiter."

„Wie hätte ich ihnen mein Versagen erklären sollen? Ich wusste es nicht, und wenn ich ehrlich zu mir selbst sein soll, stand mein Entschluss längst fest."

Valerie sah ihn an und sein Gesicht schien plötzlich vor Angst und Verwirrung fleckig geworden zu sein, wie ein seit längerer Zeit nicht geputztes Fenster im Licht der Sonne. Er schluckte trocken und sagte in seltsamen Ton: „Die Wahrheit." Dabei schüttelte er den Kopf so schnell, dass Valerie, obwohl sie ihn nur aus den Augenwinkeln sah, schwindlig wurde. „Ich wäre mir wie ein gemeiner Mörder vorgekommen." Seine Stimme nahm einen ungewöhnlich tiefen Ton an, klang aber gleichzeitig hohl und verzerrt, als liefe das Band nicht richtig.

„Eltern sind verständnisvoller als wir oft vermuten", erwiderte Valerie. Einige Augenblicke starrte sie ihn groß an und ihre Gestalt flackerte, verblasste und schimmerte dann wieder heller.

„Verständnisvoll? Nein - im Gegenteil. Nicht nur, dass sie ihr Leben für mich geopfert haben, sie mussten es mir auch bei jeder Gelegenheit unter die Nase reiben. Bei jeder Note, die nicht ihren Vorstellungen entsprach, straften sie mich mit Verachtung und schwiegen oft tagelang." Seine Stimme trieb fort und verklang, und Valerie fürchtete plötzlich, dass er mit ihr verschwinden würde.

„Du musst es mir nicht erzählen", meinte sie mitfühlend und näherte sich ihm behutsam. Er wirkte hilflos wie ein Kind, das sich im Kaufhaus verlaufen hat und weinend nach seiner Mutter sucht. Tränen füllten seine Augen.

„Darf man als Toter weinen - als Geistererscheinung?", verbesserte er sich. „Oder benehme ich mich unvorschriftsmäßig? Eigentlich - fühle ich mich überhaupt nicht als Geist. Ich bin entsetzt über meine Tat, traurig über den Verlust des Lebens. Ganz menschlich also."

„Solange du dich an Tränen erinnerst, wirst du weinen können", erklärte ihm Valerie, die noch immer nicht seinen Namen wusste, obwohl er ihr bereits nach dieser kurzen Zeit seltsam vertraut erschien.

„Wo sind wir hier überhaupt? Körperwelten? Und was geschieht mit uns, - in der Zukunft? Sollte ich nicht ein Licht oder den dunklen Tunnel sehen? Ich dachte immer, dass mich meine Großmutter erwarten würde", sinnierte der Neue im Selbstgespräch und betrachtete seinen früheren Körper. „Ist das wirklich und wahrhaftig ... unglaublich ... obwohl, in dieser Pose hätte ich ihnen gefallen - damit wäre für sie ein lange gehegter Traum in Erfüllung gegangen." Plötzlich lachte er. Es hörte sich an wie das Wimmern einer Säge, die sich in frisch geschlagenem Holz festgefressen hat. „Im Grunde war es eine sinnlose Tat", fuhr er im Zwiegespräch mit seinem Körper fort. „Als ich das Seil in Händen hielt - wie soll ich es beschreiben ... Ich wurde ganz ruhig, als hätte ich gleichzeitig mit dem Entschluss sämtliche Gefühle, das Leben selbst, abgelegt. Seltsam, nicht wahr?", fragte er sein Gegenüber, während er die Anwesenheit Valeries vergessen zu haben schien.

„Die nächsten Minuten liefen ab wie im Film, so als stünde ich neben mir und sehe zu, wie ein junger Mann im Fernsehen Selbstmord begeht. Das Seil über den Balken geschlungen, den Hals in die Schlinge und - etwas knackte fürchterlich und Dunkelheit. Kein Schmerz, kein langsames Verröcheln. Nur das Nichts." Die Worte wanden sich aus ihm heraus wie lebendige Wesen.

'Könnte ich ihm nur helfen', dachte Valerie traurig und wartete ab, aber er sagte nichts mehr.

„Was geschieht mit uns?", wiederholte er nach geraumer Zeit seine Frage, nachdem die Vergangenheit seine Gedanken wieder freigegeben hatte.

„Existieren", antwortete Valerie. „Wir sind an unsere Körper gebunden. Weshalb? Darüber gibt es unterschiedliche Ansichten. Früher, in der Anfangszeit von Friedpark, soll es anders gewesen sein. Die Ersten konnten hinübergehen, behaupten zumindest die unter uns, welche bereits seit Jahren hier leben."

Er nickte. Das Kältegefühl in der Magengegend wurde von einer angenehmen Wärme vertrieben und breitete sich langsam über den Körper aus. Er fühlte sich losgelöst von sich selbst, merkwürdig schwerelos, als hätten ihn ihre Worte an einen anderen Ort versetzt. „So ist dieses Gruselkabinett die Endstation?"

„Man gewöhnt sich."

„Wie lange bist du schon hier?" Ihr Gesicht trat in den Hintergrund seiner Gedanken und leuchtete dort sanft. 'Sie ist auf eine direkt verbotene Weise hübsch.' Er musste schmunzeln.

„Es müssen jetzt zwei Jahre sein."

„Zwei Jahre? Und wer ist der Älteste unter euch?"

„Ich glaube Renick. Er kannte noch einige der ersten Bewohner von Friedpark."

Leise, kaum hörbar, schwebte ein dünnes, leierndes Liedchen vom Karussell herüber, wie es Kinder endlos vor sich hinsingen, wenn sie im Wohnzimmer spielen. Wenn es überhaupt Worte hatte, so konnte Valerie sie nicht verstehen, aber der Klang der Stimme versetzte sie in Unruhe. Wieder einmal erfüllte sie das Gefühl, von den Klauen des Schicksals ergriffen worden zu sein. Die Melodie variierte, stieg an, als wollte sie mit den Vögeln in freundlichere Gefilde entfliegen, ehe sie wieder herabsank, müde geworden von der Anstrengung des Fluges. Trostlose Eintönigkeit des sich rhythmisch wiederholenden Singsangs. Der Moment war so schnell vorüber, wie ein Szenenwechsel im Film, der nur bemerkt wurde, weil er wie ein falsches Puzzleteil innerhalb der Handlung wirkte. Aber in diesem winzigen Augenblick spürte sie - in hellsichtiger Wachheit - alles wie früher, als ihre Seele noch von Leben erfüllt gewesen war. Das Pochen des Blutkreislaufes in den Ohren, wenn sie zu schnell gerannt war und sie keuchend nach Atem rang. Ihre Verdauung und das Gefühl, wie die Zellen fraßen, sich teilten und abstarben, ohne um ihr Dasein zu wissen. Ein letztes Mal hob das Lied an und brach dann endgültig mit einem kleinen, spitzen Schreckensschrei ab.

„Was ist?", fragte der Neue, als er ihren leeren Blick bemerkte.

„Ach, nur ein Lied oder die Ahnung davon", antwortete Valerie, noch immer von der eintönigen Melodie umfangen. Ich muss jetzt gehen", fügte sie hinzu. „Es war schön mit dir zu reden ..."

„Daniel", ergänzte er und bot ihr aus alter Gewohnheit die Hand zum Gruß. „Entschuldige - das Ganze ist noch ungewohnt für mich. Sehen wir uns wieder?"

„Ja", hauchte Valerie, lächelte verlegen, ohne viel zu versprechen und schwebte davon. Daniel sah ihr nach, bis sie von den ersten Sonnenstrahlen aufgesogen wurde.

14.08.2015 Vormittags

Schattenbilder trieben an die schwarze, zähflüssige Oberfläche dessen, was vor ewigen Zeiten von Adams Persönlichkeit umflossen wurde, und kämpften verzweifelt gegen den unbarmherzigen Sog des Vergessens an, der die Erinnerungen wieder in die Tiefe zu ziehen versuchte. Hin und wieder gelang es einer der Sequenzen, sich im Bewusstsein festzukrallen.

Adam, der aus langem Schlaf erwachte, erkannte das Bild und er glaubte zu ahnen, von welchem Stück es stammte. Es handelte vom Leben - einem Leben, einer endlosen Reise in einem endlosen Kreis - soweit die Erinnerung daran reichte, was besagte: Bis zum Anfang der Welt. Trotzdem war das nur der Bruchteil seiner Reise, auch Vergangenheit genannt und kaum mehr als ein flüchtiger Moment in Anbetracht des Weges, der noch vor ihm lag.

'Mist!', dachte es in Adam. 'Jämmerliches Maskenspiel'.

Er fürchtete sich oder glaubte, es zu tun, als dieses Leben wie ein Film vor ihm aus der Versenkung aufstieg und Bild um Bild vor seiner inneren Leinwand an ihm vorbei ruckelte. Er hinkte von Tag zu Tag, als probe er dieses Leben für ein Bühnenstück, bis an sein Lebensende. Wie ein surrender Projektor, der auf Einzelbild-Darstellung geschaltet war, sodass die einzelnen Sequenzen in Ruhe betrachtet und zu stets neuen Interpretationen zusammengeschnitten werden konnten.

'Du kannst dich ihnen nicht verweigern', höhnte die Stimme schrill und grausam.

Das nächste Bild trat widerwillig vor ihn. Selbst das rhythmische Rattern des Projektors geriet ins Stocken und es klang, als blockiere ein Gegenstand die Rolle des Films, gegen den der röchelnde Motor beständig und vergeblich ankämpfte.

Die Gestalt war Mitte dreißig. Der Körper gedrungen, kurzbeinig und schmalbrüstig, mit struppigen rötlichen Haaren, einem breiten Mund und hellen Augen. Ein freundliches, neugieriges Gesicht. Der unbekannte Regisseur zoomte Adam näher an den Körper heran, der in eine leblose Statue verwandelt worden war und sich aus einigen Metern Entfernung kaum von einer billigen Schaufensterpuppe unterschied. Sie trug ein kariertes Hemd, darüber eine blaue Latzhose wie Arbeiter sie tragen, dazu schwere Sicherheitsschuhe, die an Armstrongs klobige Schuhe seines Schutzanzuges erinnerten, den er bei seinem Spaziergang auf dem Mond getragen hatte. Langsam schwebte er näher. Für einen flüchtigen Moment überlagerte ein Gesicht das in seinem Blickfeld gefrorene Bild. Es zeigte einen jungen Mann, dessen durchscheinende Züge vor Verwirrung gelähmt waren. Sie schienen zu fragen: 'Was habt ihr getan?'

'*Adam Schirmer*', verriet das Namensschild über der linken Brust. In der rechten Hand hielt er einen Zollstock, während die linke Hand in der Hosentasche steckte. Hinter das Ohr geklemmt ein fein säuberlich gespitzter Bleistift, grau und unbenutzt. Überhaupt wirkte die Gestalt lächerlich, wie in Pose gestellt für ein Werbeplakat oder das Erinnerungsfoto für die Eltern, bei dem das wehrlose Kind als ein weiteres Requisit zwischen anderen drapiert wurde, lächelnd und mit vor Angst feuchten Händen.

'Erinnerungen sterben nie', sprach es aus der Statue. 'Sie raunen für immer in unserem Gedächtnis als mystische Träume.' Tonlos und spöttisch klang ihre Stimme, zumindest drang sie Adam so ins Bewusstsein.

Die Träume sprudelten aus einer ergiebigen Quelle. Harmlose, langweilige, freudige und schlimme Träume, die jünger waren, viel jünger und aus einer anderen Quelle stammten. Jeder Schrecken, der aus ihnen sprach, hatte lange auf den richtigen Augenblick gewartet; selbst der letzte kam hinkend, grölend und grinsend herbei, um sich ihm auf das Herz zu legen, bevor er die Augen schloss. Das Gesicht rund wie der Mond und ebenso übersät mit Narben und der riesige Mund, ein dunkles Schlammloch, aus dem Worte blubberten gleich zähflüssiger Erde. 'Du hast lange genug geträumt', sagten die platzenden Blasen. 'Es wird keine weiteren Träume geben.'

Es war eine nette kleine Beerdigung, mit Pfarrer, Rieke, seinen Eltern und den wenigen Freunden, die er zu Lebzeiten besessen hatte. Der Sarg, von vier Trägern getragen, schaukelte auf ihren Schultern zu dem ausgehobenen Grab. Der Verstorbene selbst befand sich zu diesem Zeitpunkt der Zeremonie bereits in den Behandlungsräumen von Friedpark, während die Hinterbliebenen dem Gesetz folgten, das forderte, dass jeder Verstorbene auf dem Friedhof für zwanzig Jahre seine Ruhe finden muss.

Adam war nicht überraschend gestorben, aber am Ende ziemlich schnell dem Tod entgegengefahren und hinübergegangen. Er hatte sofort gewusst, wo er sich befand und erst viel später, als das Glücksgefühl, welches seine Nachtodexistenz in ihm ausgelöst hatte, sich allmählich in den nicht enden wollenden Albtraum verwandelte, schenkte er den im Hintergrund auf ihn einredenden Zweifeln Gehör.

'Erde zu Erde', hörte er sie sagen und verwarf ihre Worte widerwillig.

„Was wollt Ihr?", hielt er den Stimmen entgegen. „Nie werde ich zu Erde zerfallen."

'Hier ist dein Haus', antworteten sie darauf mit kratziger Stimme, der Stimme eines Toten. 'Ein bisschen eng ... Dafür hast du Gesellschaft.'

Adam betete um Schlaf, und als dieser sich ihm verweigerte, versuchte er, die Zeit auf andere Weise totzuschlagen. Er katalogisierte sein Leben: Jugend, Lehre, Arbeit und die rapide fortschreitende Erkrankung, und er unterzog die einzelnen Abschnitte einer sorgfältigen Überprüfung. Zunächst kam er zu dem Schluss, dass er sein Leben nicht vertan hatte. Aber kurz darauf entschied er: Ich hätte mehr daraus machen können. Er überdachte die oft unbedeutenden Knotenpunkte der Vergangenheit, die seine sterbliche Existenz beeinflusst hatten. Einzeln zog Adam sie vor sein prüfendes Auge, wog sie auf, wie

Maat die Herzen der Ägypter mit einer Feder aufwog, und gelangte so über die Jahre zu der Überzeugung, dass sie zu ihrer Zeit unzweifelhaft Bedeutung besessen hatten. Und dann dachte er: 'Vielleicht war es doch gut so.' Die Lehre als Schreiner. Im Grunde seines Herzens hatte er immer gern in und mit der Natur gelebt, bereits als Kind Figuren geschnitzt, von denen er wusste, dass sie der Natur selbst entstammten, er sie nur seiner Vorstellung entnahm und sie sichtbar werden ließ.

Mit dem Tod war eine neue Kraft über ihn gekommen, die sich bereits in den Wochen zuvor - als er das Bett bereits nicht mehr verlassen konnte - in ihm wirksam geworden war. Eine kühle und analytische Kraft, die seinen Lebensgang sezierte, wie Ärzte vorher seinen vom Krebs aufgezehrten Körper. Gleichzeitig schälte sie ihn aus dem Leben, indem sein Interesse an so vielen Dingen spürbar abnahm oder über Nacht völlig verschwand, die noch vor Jahresfrist Teil seiner persönlichen Welt gewesen waren. Nur Rieke schien real und klammerte sich mit beiden Händen an seinen Lebensfaden, damit die Spannung nicht zu groß wurde und ihn zerriss. Seit seiner Erkrankung war sie täglich mehr und mehr zu seinem einzigen Lebensinhalt geworden, der selbst seine Eltern in den Hintergrund gedrängt hatte, trotz ihrer Fürsorge.

Nach dieser Phase versuchte Adam sich an bisher weniger bekannten oder verdrängten Erinnerungen. Welche Musik hatte er gern gehört? Hatte er an seinem ersten Schultag eine Schultüte in Händen gehalten? Er entdeckte, dass ihm - selbst unter größten Anstrengungen - nur vereinzelte Bildfetzen aus den ersten sechzehn Jahren zugänglich waren. Offenbar war sein Interesse am eigenen Dasein nur sehr gering gewesen, und das führte ihn zu der Frage, was oder welcher Umstand dafür verantwortlich zeichnete. Seine Mutter? Ihre unerbittliche Strenge in Bezug auf seine schulischen Leistungen? Ihre Herrschsucht, die auch vor ihrem Mann nicht haltmachte und ihn über die Jahre allmählich aus dem Haus getrieben hatte? Die Vorstellung, dass er unbedingt ein Instrument spielen musste und, um das von ihr geforderte Pensum in ihrem Sinne absolvieren zu können, die Notwendigkeit - so ihre Begründung -, dass er spätestens um sieben Uhr abends im Bett zu liegen habe, während die anderen Kinder noch auf der Straße ihren Spielen nachgingen. Er erinnerte sich an die qualvollen Czerni Etüden - die Kunst der Fingerfertigkeit, die er bis zum Überdruss spielen musste. Alles Übrige in Bezug auf die Musik war verweht oder in seinem von Friedpark präparierten Körper zurückgeblieben, und plötzlich schmerzten ihn die fehlenden Erinnerungen, denn er hätte liebend gern ein Lied gesummt oder früher Gehörtem gelauscht.

'Vielleicht', so dachte Adam, 'müsste der Mensch im Hinblick auf den Tod gründlicher vorbereitet werden oder einfach nur tiefer veranlagt sein.' Mit diesem Gedanken schlich sich über die Hintertür die Vorstellung dessen ein, was gemeinhin mit dem Begriff Ewigkeit bezeichnet wird und sein Ich schauderte, wie früher sein Körper geschaudert hatte, wenn er in eisigen Nächten auf dem Balkon gestanden, den bleichen Mond angeraucht und die Hände abwechselnd unter die Achseln geklemmt hatte, um sie zu wärmen. 'Es wird eine lange Nacht werden', überlegte Adam und wie damals schauerte sein Geist.

Plötzlich fiel ihm einer seiner letzten guten Tage ein. Rieke saß auf der Bettkante, hielt seine Hand und berichtete ihm in aller Ausführlichkeit von ihrem Tag. Dann stand sie auf, weil sie ihm ein Glas Milch aus der Küche holen wollte, und er beobachtete ihre Bewegungen, während ihre Füße auf dem Holzboden ein ganz leises, vertrautes Geräusch verursachten, das nach Familie und häuslichem Glück klang. Und mit der Erinnerung überfiel ihn der Schmerz. Er schluchzte auf, wollte ihren Namen, seinen fürchterlichen Schmerz hinausbrüllen, als er überraschend in sein eigenes Gesicht blickte.

Eine dicke Staubschicht bedeckte die Plastikfolie, unter der sein Gesicht seltsam grau und knittrig wirkte. Zwischen dem rechten Ohr und seiner Schulter spannte sich ein Spinnennetz, das ebenso verlassen wirkte wie sein früherer Körper.

„Wo bin ich?" Mit andächtiger Behutsamkeit berührte Adam die Statue, strich ihr über das Gesicht. Er empfand Mitleid für den jungen Mann, der er einmal gewesen war und der längst nicht mehr existierte. Es lag so viel Einsamkeit auf seinem Gesicht, aber auch Lebensfreude und Verstehen; beides konserviert für die Ewigkeit.

'Im Grunde bestehe ich nur aus Erinnerungen - Gestalt gewordene Erinnerungen. Was wusste ich - wir?', korrigierte er sich und bezog die Anderen in seine Überlegungen mit ein. 'Nichts! Nur, das unser Leben nicht mehr wie früher sein würde. Und dagegen konnten wir weder etwas einwenden noch unternehmen.'

„Karl ... Renick", flüsterte er leise, als könnte er die Freunde aus dem Schlaf reißen oder sie mit seiner bloßen Anwesenheit erschrecken, so wie die Dunkelheit die Fantasie der Kinder anregt und allerlei Monster erschafft, die in dem dunklen Zimmer ihr Unwesen treiben. „Karl ... Renick." Adam hegte die Hoffnung, dass ihr Name den Staub von seinen Erinnerungen blies, sie freilegte.

Schon als Karl hier einquartiert wurde, sah er alt und gebrechlich aus und wäre er nicht bereits tot gewesen - jedenfalls vermittelte seine Statue den Eindruck, als läge er im Sterben. Er war wie ein Stein aus seinem Körper gefallen, nachdem er den Scheitelpunkt seiner Lebensparabel erreicht und jetzt, den Gesetzen des Kosmos gehorchend, in den Abgrund des nachtodlichen Daseins gestürzt worden war ... Die Symptome des Alters, er war 93 Jahre alt geworden, hafteten seinem Geist noch an. So zitterte seine linke Hand wie Espenlaub in der frischen Morgenbrise und er ging tief gebückt, als hätte er etwas verloren und suche nun danach. Als Statue war er die Verkörperung des Liedes 'Auf du fröhlicher Wandersmann' und im Gegensatz zu seinem geisterhaften Abbild, wirkte er als Spaziergänger, als Eroberer der Berge, wie ein vor Kraft und Ausdauer strotzender Bursch.

Renick verkörperte ganz dessen Gegenteil. Jung, still, wobei sein Hang zur Mystik seinem Wesen eine Tiefe verlieh, die ihn oft melancholisch stimmte und täglich mehr in die innere Einsamkeit trieb. „Ich bin so müde", war einer der letzten Sätze von Renick, der Adam im Gedächtnis haften geblieben war, und eine seltsame Hoffnungslosigkeit sprach daraus, deren bitterer Nachgeschmack ihm selbst jetzt anhing. Neben Karl war er in den letzten Wochen sein treuester Begleiter gewesen, und an manchen Abenden, wenn sie sich unterhielten, über Gott und die Welt stritten, kam es vor, dass er mitten in der Diskussion einnickte. Gabi war die erste in ihrem kleinen, fast familiären Kreis, die, gegen Ende seiner Aufstellungszeit, tiefer gehende Betrachtungen über ihr Schicksal anstellte, wobei sie von zwei Fragen ausging: Welche Kraft oder Gesetzmäßigkeit fesselte sie an ihre früheren Körper, woher bezogen die Bewohner von Friedpark die Energie für ihr Dasein als Geist, und weshalb war ihnen, der sogenannten ersten Generation, der Übergang ins Licht möglich?

„Wir beziehen unsere Energie - so wie ich es sehe - von den Lebenden, den Besuchern und Mitarbeitern von Friedpark. An den Wochenenden sind wir wesentlich aktiver als unter der Woche, und nachts oder wenn hier geschlossen ist, weil die Statuen gereinigt, ihre Requisiten ausgebessert oder erneuert werden, schleichen viele von uns wie tausend Jahre alte Spukgestalten umher, die es satthaben, für sensationslüsterne Besucher mit den Ketten zu rasseln. Die Jüngeren unter uns, wie du Adam oder Renick, nehmen im Allgemeinen die Energie leichter auf oder verwerten sie effektiver. Jedenfalls nimmt, je älter der Körper zum Zeitpunkt des Todes ist, diese - wie soll ich es bezeichnen - Fähigkeit der Energieaufnahme stetig ab."

„Dann besteht die Hoffnung, dass ich hier in naher Zukunft meinen Wanderstab erneut zur Hand nehme und zum zweiten Mal die Pforte des Todes durchschreite", hörte er Karl sagen.

„Nicht unbedingt", antwortete Gabi und wählte ihre weiteren Worte mit Bedacht. „Heinz, Marianne und dieser Matrose, dessen Namen ich mir nie merken kann, waren um einiges jünger als du und gelten seit längerer Zeit als verschollen."

„Janosch", warf Renick in ihrer Atempause ein. „Du glaubst, dass sie ... ins Licht gegangen sind?" Zögernd, als scheuten sie das Tageslicht, krochen die Worte aus Renicks Mund und verströmten einen seltsamen Geruch, eine Mischung aus Hoffnung, Sehnsucht und früherem Glauben.

„Ich weiß es nicht", erwiderte Gabi und ihre Worte waren durchtränkt von Wahrheit.

„Aber ... die Berichte", sagte Renick erregt, wobei sich seine Gestalt straffte, die aufkeimende Hoffnung ihn mit zusätzlicher Energie versorgte. Sie strahlte von ihm aus und bedrängte ihr Dasein stärker als jemals zuvor mit der Aussicht auf Rettung. Seine Energie löste ihre Seelen aus dem präparierten Körper, schälte sie wie mit dem Schnitzmesser heraus, verlieh ihnen eine luftigere Gestalt und blies sie fort, als gehörten sie nicht an diesen Ort.

„Dass sie in beiden Welten leben können?" Gabi seufzte so leise, dass das Geräusch auf dem Weg zu ihren Freunden verloren ging. „Hier als Geist an ihren präparierten Körper gebunden und zugleich in einem jenseitigen Bereich, in dem sich ihre Seele weiterentwickelt. Ich weiß nicht, was ich von solchen Berichten halten soll."

Karl sah ziemlich mitgenommen aus. Die Vorstellung, ewig an diesen seit Jahren verbrauchten Körper gefesselt zu sein, hätte zu seinen Lebzeiten sein Herz aussetzen oder seinen Kopf vor Schmerzen dröhnen lassen. Aber jetzt hatte er keines mehr. Er dachte an Hannelore. Fast eine Woche war seit ihrem letzten Besuch vergangen und seither hatte er nicht mehr an sie gedacht, das heißt, hin und wieder hatte er schon an sie gedacht, aber nur so, wie man an ein verstauchtes Handgelenk denkt. Es ist da und aus Kollegialität schmerzt der gesamte Arm mit. Letztlich gewöhnt man sich daran und versucht, nicht mehr daran zu denken. Es bedarf nur der Zeit und der notwendigen Willenskraft. 'Jetzt', dachte Karl und blickte auf die verwaiste Stelle, die seine Uhr hinterlassen hatte, 'sitzt sie gemütlich in ihrem Sessel, schaut ihre Familienserie und löffelt, ganz in das Geschehen der endlosen Handlungsstränge, der turbulenten Entwicklungen im Leben der Beteiligten vertieft, ihren Früchtejoghurt - den mit Waldfrüchten und ohne Zuckerzusatz, wegen der Figur. Und das mit 86 Jahren.' Karl erwachte aus seinen Erinnerungen, die nachklangen und ihm die Unwirklichkeit seiner jetzigen Existenz einmal mehr vor Augen führten.

„Den ersten Verstorbenen, die Friedpark konserviert hat, können Hinübergehen", sagte Gabi und schenkte Renick einen flüchtigen Blick. „Später haben sie ihr Verfahren und die Konservierungsmittel geändert und seither ... Es ist, und diese Tatsache ist unstrittig, als ob sich damit ein Tor für die zweite Generation geschlossen hätte."

„Was ist mit dir, Adam?", hakte Renick nach und seine Stimme klang hart und unerbittlich wie die eines Vertreters der Anklage, der vor den Geschworenen sein Abschlussplädoyer hielt. „Du warst schon hier, als der Matrose und Heinz aufgestellt wurden. Und? Hast du Kontakt ... mit ..." Er verstummte.

In Zeitlupe sank Adams Kopf nach unten, bis er auf seiner Brust zur Ruhe kam, dort für kurze Augenblicke verweilte, als müsse er Kraft schöpfen für eine körperlich anstrengende Arbeit oder den schweren Gang zum Arzt, der jetzt - nach Tagen zwischen Hoffnung und Verzweiflung - das Untersuchungsergebnis vorliegen hatte, obwohl man insgeheim längst um den maroden, unheilbaren Zustand des Körpers wusste.

„Ja", raunte er unwillig, als zwinge die Situation ihn, ein bisher gehütetes Geheimnis preiszugeben, trotz des heiligen Versprechens dem Freund gegenüber. „Es geschehen Dinge, von denen ich nur halbwegs eine Ahnung habe." Mit einem Ruck kam sein Kopf nach oben, während sein Blick in eine imaginäre Ferne gerichtet war. „Ich wehre mich dagegen. Blockiere die Bilder, doch die Tür zwischen hier und ... diesem Bereich, lässt sich nicht wieder schließen. Zuerst waren es Sequenzen von Landschaften, blühenden Wiesen mit Farben, die so intensiv sind, dass sie sämtliche Sinne ansprechen.

Wälder, Kreidefelsen, plätschernde Bäche, die sich fröhlich ins tief gelegene Tal stürzten, als seien sie beseelt und tollten wie Kinder übermütig in der duftenden Natur umher. Alles, was ich wahrnehme, ist miteinander verknüpft und füllt den gesamten Raum der Hallen bis zur Decke aus. Wenn ich mich bewege, die Hand nach ihnen ausstrecke, wiegen sie sich hin und her und erinnern mich an die Getreidefelder aus meiner Kindheit, deren Ähren sich im Wind bewegten, als hielte dieser ein Kind in seinen Armen und wiege es sanft in den Schlaf. An manchen Tagen sind die Bilder so real, dass ich fürchte, mich an einem Baum zu stoßen. Später kamen die Seelen ..."

Das Gluckern der Heizung brachte Adam in die Gegenwart zurück. 'Wie viel Zeit ist seit damals vergangen?', fragte er seinen in Folie verpackten und verschnürten Körper und versuchte sich zu erinnern.

Deutlich hörte er noch einmal das Geräusch der Räder und wusste, was jetzt geschehen würde, bevor er den Wagen sah. Kein Leichenwagen, nur zwei Arbeiter in blauen Overalls, von denen der Größere, ein bulliger Typ mit ausdruckslosem Gesicht, den länglichen Transportwagen schob.

„Adam Schirmer", las sein Kollege von dem Blatt Papier ab, das auf einem roten Klemmbrett befestigt war. „Sieh dir das Datum an, Mann!", stieß er überrascht aus und bekannte dann seinem Kollegen, der dabei keine Miene verzog: „Hab´ ich vorher gar nicht bemerkt, Mann. 1993! Muss einer der Ersten sein, die hier ausgestellt wurden. Mann!", setzte er voll Entzücken hinzu.

„Dort ist er, Mann! Mit der Latzhose. Praktisch ein Kollege von uns, verstehst du?" Er grinste breit, stieß seinem Kollegen den Ellbogen in die Seite, als dieser neben ihm den Wagen stoppte und die mit den Jahren ausgeblichene Statue nur eines kurzen Blickes würdigte.

„Mann, Heinz! Nun freu dich doch mal!", rief der mit dem Klemmbrett und fuhr mit der freien Hand ehrfurchtsvoll über die Brust von Adam. Er spürte den rauen Stoff, die glatte Oberfläche der einst glänzenden Schließen, die mittlerweile, vom häufigen Polieren, bis auf das blanke Metall abgenutzt waren und zog dann behutsam wie ein Taschendieb im Gedränge der Einkaufsstraße, den Zollstock aus dessen Hand.

„Mann o Mann, Heinz! Ein echtes Relikt. So was wird heute nicht mehr hergestellt. Zumindest nicht mehr in dieser Qualität."

„Steck ihn zurück, Joe", knurrte Heinz. „Lass ihn uns verpacken und in den Keller schaffen. Ich hab´ Heike versprochen, nicht zu spät zu kommen."

„Schon gut. Schon gut", knurrte Joe, zuckte mit den Achseln und steckte den Zollstock wieder zurück in Adams Hand. Es war, seit er mit Heinz zusammenarbeitete, oft das einzige Vergnügen, wenn er ihm auf diese Weise etwas Angst einjagen konnte. 'Die Toten', konnten keine Angst mehr empfinden und erschrecken ließen sie sich auch nicht. So blieb nur Heinz übrig, obwohl dieser einfältig genug war, um seine Scherze für bare Münze zu nehmen.

„Hier", sagte Heinz und hielt ihm die Schutzhülle vor das Gesicht. „Zum Glück ist er schlank", und als sie der Statue die Folie über den Kopf zogen, fügte er hinzu: „Auch nicht alt geworden. Ist schon beschissen, wenn du so jung den Besteckkasten abgeben musst."

Adam wurde verpackt und verschnürt wie ein Paket, das nach Übersee verschifft werden sollte und anschließend, fast mühelos, ohne Keuchen und Gezeter auf den Wagen gelegt. Nur wenig später setzte sich der Fahrstuhl in Bewegung und beförderte Adam an seinen vorläufigen Aufenthaltsort - die Aufbewahrungsstätte von Friedpark.

'Früher', dachte Adam und freute sich über sein allmählich erwachendes Gedächtnis, 'konnte ich mich überall hinversetzen. Ein Gedanke und ich war schneller am anderen Ende von Friedpark, als ich mit den Fingern schnippen konnte. Unbemerkt besuchte ich in der Anfangszeit den Kiosk, stand neben Frau Rosenmüller an der Kasse, und beobachtete die Besucher, die Andenken für ihre Familie oder Freunde kauften. Am Anfang war das Dasein unterhaltsam gewesen, aber das verging recht bald, nachdem ich bemerkt hatte, dass Friedpark ein Gefängnis war, ein Hort der Geister, dessen grimmiges Gesicht sich bei jedem Gedanken daran verschloss. 'Wie', fragte sich Adam, 'sah das Gesicht von heute aus?' Ohne Vorwarnung erzitterte die Luft wie eine gezupfte Saite, und ein bleicher Lichtstrahl fiel über ihn hinweg auf seinen früheren Körper.

„Es wird langsam Zeit, Adam", sagte die Stimme leise und überaus klar. Sanft und weich, mit einem kaum hörbaren Akzent, der ihre schwäbische Heimat verriet.

Adam brachte keinen Ton hervor, stand nur ruhig da, forschte in seinen Erinnerungen nach dem zu der Stimme passenden Gesicht. 'Oma?' Er betrachtete die kleine, rundliche Gestalt, die vor dem geschmückten Christbaum stand, lächelte und deren Augen an diesem Abend so alt und erschöpft aussahen, wie er es bisher noch nicht gesehen hatte. Im Sommer erst war ihr Mann gestorben und deshalb kam sie Weihnachten zu Besuch, um nicht allein in ihrer Wohnung sitzen zu müssen, mit all den Erinnerungen, wie Mutter sagte. Vater hatte das Bild aufgenommen, und ihr Lächeln war in seinem Gedächtnis haften geblieben, weil so viel Einsamkeit darin lag, aber auch Freude und Verständnis.

„Damals habe ich sie in mein Herz geschlossen", sagte Adam leise. „Aber was wusste ich an diesem Abend schon von ihr? Nichts! Erst später erkannte ich, dass sie nur aus Erinnerungen bestand, sie hielten sie am Leben."

Und die ersten Worte, die Adam an seine Großmutter richtete, als er seine Sprache wiederfand, lauteten: „Elli? Wie kommst du hierher?"

Sie lachte auf ihre unwiderstehliche Weise, wie ein Kind, das ausgelassen mit seinen Spielkameraden herumtollt. „Du bist der Grund, mein kleiner Adam", antwortete sie und füllte die Luft mit ihrer Anwesenheit.

'Ich muss aufwachen!', befahl Adam sich. 'Und diesem bösen Spuk endlich ein Ende bereiten.' Mit dem letzten Gedanken drehte er sich um und starrte überrascht und verwirrt zugleich in die Quelle des Lichtstrahls.

14.08. 2015   Um die Mittagszeit

Harry ließ seinen Blick über die Miniaturen schweifen. Er vollführte bei dem Anblick der naturgetreuen Kopie seines Körpers einen kleinen Freudensprung. Das Gesicht ähnelte einer Melone, und zwischen den vorderen Zähnen gab es eine Lücke, die ihn zu einem Schuljungen machte, wenn er lächelte.

„Endlich", sagte er halblaut und seine Stimme war ungewöhnlich hell für seine Größe, doch sie passte zu seinem Gesicht, allerdings weniger zu der breiten Brust, die eher an einen Barbaren als an einen Kaufmann erinnerte, der mit Schwertern hantierte wie gewöhnliche Menschen mit Zahnstochern. Mit vor Stolz geschwellter Brust trat er einen Schritt zurück, damit die Souvenirjäger ihn auf keinen Fall übersahen.

'Conan', dachte Harry in kaum zu überbietender Selbstüberschätzung, 'sieht dagegen wie ein ältlicher Spitzbube in zerschlissenen Samthöschen aus, der auf sein Schwert gestützt durch die Wälder hinkt.'

„Mami, sieh mal!" Der Dreikäsehoch riss die Figur des Barbaren aus dem Regal und fuchtelte damit in der Luft herum. „Sieh doch mal! Die haben sogar Conan da."

„Bitte, Rüdiger, stell die Figur sofort wieder in das Regal zurück", mahnte seine Mutter, eine robuste Frau, in strengem Ton, und ihr feuriger Blick duldete keinen Widerspruch.

„Ja gut", brummte der rothaarige, sommersprossige Junge. Es klang wie die Antwort auf die Frage des Kellners, wenn dieser die Teller abräumt, ob das Essen geschmeckt habe. „Wir müssen unbedingt zurück. Ich will Conan sehen", bettelte er und zerrte an der Hand seiner Mutter.

„Bah! Conan. Frechheit! Was glaubt denn dieser Rotzlöffel", knurrte Harry und fühlte, wie seine Finger - zumindest in der Erinnerung an das Gefühl - zu Kribbeln anfingen. „Wenn das mein Kind wäre, dann ..."

„Wir haben nicht mehr viel Zeit, Rüdiger. Und deinen Vater können wir nicht warten lassen, er hat später noch einen wichtigen Geschäftstermin", erklärte sie ihm.

„Aber Mami. Wenn wir uns beeilen. Nur ein kurzer Blick. Bitte", nörgelte der Junge weiter und wollte sich bereits umdrehen und zu den Hallen zurückstapfen.

„Hiergeblieben! Jetzt suchen wir zuerst eine Karte für Opa und anschließend erkundigen wir uns, in welcher Halle dieser Goman ausgestellt wird." Seine Mutter lächelte unmerklich, schmal wie die Sichel des Mondes drei Tage nach Neumond.

Rüdiger brachte in seinem Zorn nur ein paar unbedeutende Laute zustande, aber kein verständliches Wort.

„Goman? Bei den Göttern, selbst im Tode muss ich an den Barbaren leiden", stieß Harry mit grimmiger Miene aus und folgte dem merkwürdigen Gespann zu den Ständern mit den Ansichtskarten.

„Die ist doch schön", meinte Rüdigers Mutter und ihre Worte jagten kalte Schauer über Harrys Rücken.

„Das Friedpark Duo", stöhnte er, als sein Blick auf die gut genährten Gesichter der Ivanowitsch Brüder fiel, deren Doppelkinn ihn an den Sitzsack in seinem Kinderzimmer erinnerte.

Die Frau klappte die Karte auseinander und lauschte den ersten Klängen ihres Nummer-eins-Hits aus dem vergangenen Jahr: *'Als ich dich zum ersten Mal sah, da schmolz ich dahin wie ein Stück Butter in der Bratpfanne'*, intonierten ihre Gesangs-doubles, während Harry fluchte: „Nehmt ihnen die Lungen raus, bis zu ihrem Gesangsbeutel, sonst erledige ich das auf Heldenmanier."

„Wie ist die?", krähte Rüdiger, und riss dabei das Maul auf wie ein Vogeljunges, welches Hunger hat.

„Misswahl?"

„Die sehen genauso aus wie die Mädchen in den Heften unter Opas Bett", verteidigte er seinen Vorschlag und erntete dafür einen strafenden Blick seiner Mami.

„Was hast du unter Opas Bett zu suchen?", setzte sie in strengem Tonfall hinzu und versetzte ihrem Sprössling einen leichten Klaps auf den Hinterkopf.

Wenige Minuten später entschied sie sich für Friedrich und Friederike, ein auf einer Parkbank sitzendes, älteres Ehepaar. Im Hintergrund sank die Sonne in den schillerndsten Rottönen dem Horizont entgegen, während am unteren Rand ein schwungvoller Schriftzug verkündete: *'Wahre Liebe endet nie.'*

Plötzlich tauchte Zoe wie aus dem Nichts neben ihm auf.

„Hi, Harry! Bewunderst du deine Miniatur?", wollte sie wissen und begann einen schleifenden, stampfenden Freudentanz, kreiselte wie ein Blatt im Wind und wirbelte jäh herum, um Harrys Hand zu greifen und ihn zum Tanz zu bitten. „Sieht dir wirklich ähnlich."

„Danke, Zoe", sagte Harry, verbeugte sich geschmeichelt und brachte seine Hände vor ihrem Zugriff in Sicherheit. „Was treibt dich hierher?"

„Mir ist langweilig", beklagte sie sich und zupfte an der Tasche ihres Kleides. Sie sprang von einem Bein auf das andere und ihr dunkler Pferdeschwanz hüpfte im Takt dazu auf und ab. Vor drei Jahren war sie auf der Treppe ins Straucheln geraten und fünfzehn Stufen hinabgestürzt; sie selbst behauptete steif und fest, es wären mindestens zwanzig gewesen - Genickbruch.

„Aber hier ist ja auch nicht gerade viel los heute", jammerte sie und kam neben einem etwa gleichaltrigen Mädchen zum Stillstand. Der Vater, ein schlaksiger Typ mit dicker Hornbrille und dünnen, fettigen Haaren, blätterte in dem neu erschienenen Bildband, der an Weihnachten exklusiv und in limitierter Auflage zum 25-jährigen Jubiläum von Friedpark erschienen war.

„Ist der Junge mit dem Fußball auch in dem Buch abgebildet", fragte das Mädchen und legte den Kopf weit in den Nacken, um das Gesicht ihres Vaters in ihren Sichtbereich zu bekommen.

„Gleich, Julia", vertröstete er sie und vertiefte sich wieder in den Bericht über die Gründung von Friedpark, die geprägt war von rechtlichen Auseinandersetzungen für die erforderlichen Genehmigungen zu diesem, damals futuristischen, Projekt. Der

erste Bewohner von Friedpark war vom Minister-
präsidenten des Landes in einer Feierstunde offizi-
ell enthüllt worden. Klaus Hofstätter, seines Zeichens Bauunternehmer, und obwohl er nur zum Essen oder wenn ihn ein dringendes Bedürfnis ereilte,
seinen Schreibtisch verließ, präsentierte er sich der
Nachwelt als rundlicher, gutmütig wirkender Bau-
arbeiter, in maßgeschneiderter Arbeitsmontur, mit
gelbem - Spötter behaupteten goldenem - Schutz-
helm und blinkender Kelle, die eine Dauerleihgabe
des ansässigen Baumarktes war.

„Wir könnten bei den Postkarten schauen", meinte
die Mutter und strich Julia liebevoll über den Kopf.

„Darf ich mir die Karte von meinem Taschengeld
kaufen?", fragte sie mit beschwörender Sanftheit in der
Stimme und schmiegte sich an die Seite ihrer Mutter.

„Sehen wir erst einmal nach, ob es den Jungen
auf Postkarte gibt", antwortete sie ruhig und rückte
ihre Brille zurecht.

„Weiß du, ob es von Frank eine Postkarte gibt?",
wollte Zoe von Harry wissen und ihre Stimme klang
in diesem Augenblick nach dem Kind, das sie war.

„Ich habe sie mir nie genauer angesehen. Ab und
zu, so wie jetzt, wenn Besucher eine bestimmte
Karte wollen und die Ständer der Reihe nach durch-
suchen. Aber Frank ...?"

„Das Bild von mir ist nicht besonders gut", meinte Zoe und in ihrer Stimme lag jetzt eine wehkla-
gende Süße und erzählte von den Erinnerungen an
gute Tage. „Opa konnte gute Bilder machen. Er
war Fotograf und reiste in der ganzen Welt herum,
nur für seine Bilder. Aus allen Ländern der Erde

schickte er Postkarten und zu besonderen Anlässen kamen Päckchen, mit bunten Briefmarken und einer Menge Stempeln. Bunte Schals, eine Frauenfigur aus schwarzem Holz, ganz dünn und mit einem riesigen Gepäckstück auf dem Kopf und ..."

„Hier ist er!", stieß Julia voller Freude aus.

„Pst!", mahnte die Mutter. "Du bist schließlich nicht alleine hier, also benimm dich entsprechend."

„Was kostet die Karte, Mutter?", flüsterte Julia und war ganz hingerissen von dem blonden Jungen mit dem Ball, auf den er in lässiger Pose den rechten Fuß gestellt hatte.

„Einen Euro", antwortete ihre Mutter. „Hast du denn so viel?"

„Ja! Ich habe das Geld vom Kelleraufräumen gespart", erklärte sie ihrer Mutter stolz, kramte ihren Geldbeutel aus dem Pandarucksack hervor und präsentierte ihrer Mutter den Euro. „Darf ich sie mir jetzt kaufen?"

„Wenn du sie wirklich möchtest", seufzte die Mutter, nahm Julia bei der Hand und ging mit ihr zu ihrem Mann zurück.

„Das muss ich nachher unbedingt Frank erzählen", krähte Zoe und blieb plötzlich stehen, wie ein Reh im Scheinwerferlicht. „Das ... das ... ist der Neue", stotterte sie aufgeregt und spürte, wie sich ihr Herzschlag beschleunigte. „Sieht er nicht gut aus?"

„Etwas schmächtig", antwortete Harry und verstand nicht, weshalb Frauen so ausgemergelte Gestalten bewunderten. „Allein die Taille. Beim kleinsten Windstoß bricht er mittendurch", setzte er fachmännisch hinzu, als sei er von Beruf Orthopäde.

„Du bist bloß neidisch auf ihn", erwiderte Zoe und Harry konnte fühlen, wie ihr durch den Anblick des Neuen ins Stocken geratener Motor wieder ansprang. Er ärgerte sich jetzt, dass er sich überhaupt auf Äußerungen zu dessen Aussehen eingelassen hatte, obwohl sein Gesicht - im hellen Neonlicht des Souvenirladens - wirklich aussah, als sei er bereits vor Tagen gestorben.

Zoe erinnerte Harry in ihrem verliebten Zustand an einen Betrunkenen im Delirium, als sie wie ein Schnellzug an Fahrt aufnahm und in aberwitzigem Tempo die Sondertische mit den Angeboten schlingernd umkurvte, in heiterer Ausgelassenheit, immer schneller werdend auf Daniel zuschoss, der wie ein heulendes Elend inmitten einer kleinen Besuchergruppe stand und deshalb das Unglück, welches in Form von Zoe lautlos und ohne Vorwarnung den Schutzwall der Besucher sprengte, übersah.

„Hi!", rief sie ihm zu und saugte sich mit ihrem Blick an seiner niedlichen Stupsnase fest. „Wie gefällt dir unser Marketing?"

„Marketing?", fragte er, von geistiger Versunkenheit in den Modus der Aufmerksamkeit springend. „Verdienen sie an den Hinterbliebenen und den Besuchern nicht genug, dass sie selbst die Toten vermarkten müssen?" Er war angewidert von der geschmacklosen Kommerzialisierung. „Was für ein finsterer Ort", fügte er kopfschüttelnd hinzu.

„Man gewöhnt sich daran", antwortete Zoe und musterte die Besucher mit dem gelangweilten Ausdruck eines Wiederkäuers. „Außerdem bin ich gerne hier. Man sieht andere Gesichter und ich finde es toll, wenn ich gekauft werde. Stell dir nur vor! Mein Bild auf dem Weg in ein fernes Land!"

„Ich kann mich dafür nicht erwärmen." Daniels Gesicht nahm den Ausdruck an, als habe er in eine Zitrone gebissen. Zoe musste kichern. Es war ein heiteres Kichern, wie bei zwei guten Freundinnen, die auf dem Schulhof ihre Köpfe zusammenstecken und sich köstlich über das Aussehen oder seltsame Gebaren ihrer Mitschüler amüsieren.

„Ich war auf der Suche nach Valerie", erklärte er Zoe, ohne sie weiter zu beachten. „Hast du Sie zufällig gesehen?"

Nach seiner Frage herrschte einige Augenblicke Stille, ehe Zoe ihm antwortete. „Die Unsichtbare, die bei dem kleinsten Geräusch zu Eis erstarrt und losheult? Vielleicht steht sie gerade vor dir", meinte Zoe in schnippischem Tonfall. „Eis ist durchsichtig. Was willst du denn von ihr?"

„Sie wiedersehen." Daniel triftete allmählich in sich selbst zurück. Seine Gestalt verblasste zusehends, löste sich geräuschlos auf.

Zoe schrieb sein Verhalten der Eingewöhnung an sein neues Dasein zu. Trotzdem fühlte sie, wie ihre Gedanken bei Valerie, der Blassesten aller Unscheinbaren verharrten.

Im Hintergrund ertönte leise Musik von der neuen CD des Friedpark Duos. Sie webte schüchtern Worte in die Luft, seltsame zarte Worte. Dabei trat den weiblichen Besuchern ein fragender, träumerischer

Ausdruck ins Gesicht, als sei eine uralte Magie darin verwoben.

'Ich kann dieses Gesäusel nicht mehr hören', dachte Harry und entfernte sich ebenfalls unbemerkt. Zoe blieb allein zurück. Sie schloss sich einer freundlich dreinblickenden Frau an, die zielstrebig auf das schmale Regal mit den Büchern zusteuerte.

„Gestern war es doch noch hier", sagte sie halblaut zu sich selbst und fuhr mit dem Zeigefinger die Buchreihen entlang. „Ah, hier!" Sie zog ein dünnes Bändchen heraus, das mit einem ganz in Schwarz und Weiß gehaltenen Schutzumschlag versehen war.

„*Sie sind unter uns*", las Zoe. Als die Besucherin das Buch aufschlug, bückte sie sich ein wenig, um auch den Untertitel entziffern zu können. „*Über den Umgang mit Geistern.*" Ihre Kehle fühlte sich trocken und wie zugeschnürt an, so wie früher, wenn Mutter sie bei einer Lüge ertappt hatte. Das schulterlange blonde Haar der Frau versperrte Zoe die weitere Sicht auf das Buch und so konnte sie nichts tun als abzuwarten, während sie das Mienenspiel der Frau, deren bunte Kleidung aus den siebziger Jahren stammen musste, neugierig beobachtete. In der Haltung der Frau lag etwas Unbestimmtes, das sämtliche Worte, die ihre Lippen unbewusst formten, verwirrte, die Begriffe entleerte und damit den Sinn des Textes so verbog, dass er in sich selbst zurückfiel.

'Zu gerne würde ich ihre Gedanken lesen!' Zoe gab sich alle Mühe, aus den wenigen Worten, die sie von den Lippen ablesen konnte, mehr über den Inhalt des Buches in Erfahrung zu bringen. Sie seufzte innerlich und spürte plötzlich einen Luftzug neben sich. Der Mann war wesentlich jünger als die Frau und wie ein Bankangestellter gekleidet.

„Können wir jetzt gehen?", flüsterte er mit einem ärgerlichen Blick auf seine Armbanduhr. „Mein Termin wartet nicht."

„Gleich!" Freude und Schmerz schwangen in ihrer Stimme mit.

„Dann beeil dich bitte!", drängte ihr Sohn, schlug die Hände auf dem Rücken zusammen und wippte, auf den Zehenspitzen balancierend, auf und ab.

„Hier steht, dass die Verstorbenen, wenn sie auf der Erde noch etwas zu erledigen haben, hier ausharren können. Dann hier!" Die Frau war erregt und sprach mit zitternder Stimme, weil der Autor nur bestätigte, was sie selbst bereits seit Längerem wusste oder zumindest ahnte. „Wir alle sind in der Lage, mit ihnen in Kontakt zu treten." Sie blätterte mit fahrigen Händen ein paar Seiten um. „Medien besitzen eine natürliche Disposition, die sie mit Verstorbenen kommunizieren lässt, sofern diese den Kontakt wünschen. Verstehst du denn nicht, Alexander?! Dein Bruder lebt. Nicht wie wir, aber er existiert weiter, und das versucht er mir mitzuteilen. Ich bin doch nicht verrückt!"

„Niemand behauptet, dass du verrückt bist", erwiderte ihr Sohn eine Spur zu schnell, um glaubwürdig zu sein. „Wir hätten bereits eine Zurschaustellung seines Körpers hier verhindern müssen."

„Werner hat es selbst so gewollt - und das weißt du", zischelte sie, ohne den Blick von dem Text abzuwenden.

„Du kennst meine Meinung dazu. Dieser ganze Friedpark, dieses groteske Sammelsurium toter Körper, wirkt auf mich, als wären sie die Verkünder einer neuen Religion."

„Es ist besser, du gehst jetzt, Alexander. Ich komme hier gut alleine zurecht."

„Und wie willst du nach Hause kommen?" Ihr Sohn war sichtlich verärgert über ihr Verhalten.

„Ich kann mir ein Taxi nehmen oder Albert anrufen. Geh nur! Vergeude nicht deine kostbare Zeit mit deiner starrsinnigen, alten Mutter."

Beide schwiegen, bis ihr Sohn einlenkte: „Schön. Wie du willst." Mit diesen Worten drehte er sich um und spurtete in langen Schritten dem Ausgang zu, ohne sich noch einmal nach seiner Mutter umzudrehen.

Der Souvenirladen füllte sich zusehends mit Besuchern. Aus Erfahrung wusste Zoe, dass der Großteil aus neugierigen Gaffern bestand, die mit Bussen aus ganz Deutschland anreisten. Sie wollten den ersten und größten Themenpark des Unternehmens Friedpark mit eigenen Augen sehen, während Angehörige sich eher selten hierher verirrten. Jedes Mal, wenn ihre Gestalt berührt oder durchschritten wurde, glaubte sie ein Frösteln zu verspüren, wie früher im Winter, wenn sie nur mit einem T-Shirt bekleidet am offenen Fenster gestanden hatte. Der Refrain des Friedpark Duos wechselte sich ab mit dem Piepgeräusch der Kasse, das jeden Scanvorgang begleitete wie die Gitarren den Gesang der beiden Künstler.

„Hi!", sagte Lara als Zoes Blick sie zufällig streifte. „Was für ein Rummel! Wir sind wirklich eine Sensation."

„Die ältere Frau neben mir, sie sieht ihren verstorbenen Sohn", erzählte Zoe. „Wie ist das möglich, Lara, wo er doch hier ist?"

„Vielleicht glaubt sie nur, ihn zu sehen. Eine Art Wunscherfüllung." Ungewollt schlich sich ein Ausdruck in Laras Gesicht, aus dem unverhohlen Neugier sprach. Sie tippte sich an die Schläfe. „Hier oben geht mehr vor, als wir uns vorstellen können."

„Du glaubst also, dass sie verrückt ist, wie ihr Sohn?" Zoe sah Lara an, die mit beiden Händen kraftvoll durch ihr langes hellblondes Haar fuhr und den Kopf schüttelte. „Nicht verrückt, Zoe. Der Schmerz über den Tod ihres Sohnes erzeugt in ihr diese Wahrnehmung. Eine Art selbsterfüllende Prophezeiung, um ihren Kummer zu lindern. Wir können Friedpark nicht verlassen. Das weißt du."

„Ja, schon." Zoe dehnte die Worte wie ein Gummiband. „Aber - vielleicht gibt es doch eine Möglichkeit. Ein Schlupfloch, das wir bisher nicht entdeckt haben."

„Hör auf, dich mit solchen Gedanken zu beschäftigen. Sie führen zu nichts, außer dass sie Wünsche in uns wecken, die unerfüllbar sind."

„Und was ist mit dieser ... selbsterfüllenden Prophezeiung?", entgegnete Zoe trotzig und stampfte geräuschlos mit dem Fuß auf.

„Zoe!" Lara lächelte verständnisvoll und ging neben der Kleinen in die Knie. „Das ist nur eine Wunschvorstellung im Kopf dieser leidgeplagten

Frau. Der Gedanke, ihren Sohn nie wiederzusehen, ist ihr unerträglich. Deshalb produziert ihr Unbewusstes diese Visionen ... Bilder. Verstehst du? Vielleicht", erklärte Lara, „hat sich ihr Sohn das Leben genommen und die Vorstellung, dass es ihm jetzt besser geht und er nicht in der Hölle für seine Tat büßen muss, hilft ihr über den Schmerz hinweg. Es gibt so viele Glaubensvorstellungen wie Menschen. Jeder trägt seine eigene im Herzen, Zoe." Lara blickte zu der Frau auf, die unbeweglich vor dem Regal mit den Büchern stand. Nur die Bewegung ihrer Augen verriet, dass es sich bei ihr um keine Statue handelte.

„Von den ersten Bewohnern heißt es, sie hätten einen Ausweg gefunden. Das habe ich mit eigenen Ohren aus Renicks Mund gehört", beharrte Zoe auf ihrem Standpunkt.

„Das sind Spekulationen - sonst nichts", behauptete Lara, aber der Klang ihrer Stimme zog ihre Worte in Zweifel.

„Ihr Körper wurde noch auf andere Weise konserviert. Dann änderten die Chemiker von Friedpark die Zusammensetzung der Lösung, die injiziert wird, um den Körper zu plastinieren. Die Ersten, - so geht das Gerücht -, sollen das Licht, den Tunnel nach drüben gesehen haben. Andere glauben, dass sie nur schlafen oder Gefangene ihres Körpers sind. Wir wissen es nicht." Laras Stimme wurde dabei so traurig und zornig wie der Wind, der in die Häuserschluchten einfällt.

Zoe hörte schweigend zu, bis sie geendet hatte. Dann fragte sie: „Sind sie jetzt alle fort?"

„Es heißt, einige würden im Keller aufbewahrt."

„Im Keller?" Zoe riss ungläubig die Augen auf, als sähe sie plötzlich ein schreckliches Untier vor sich, das eine entfernte Verwandtschaft mit dem Hund aus ihrem Sagenbuch aufwies. Es bleckte die Zähne. Geifer tropfte ihm aus dem Maul und seine Augen blickten blutrot.

„Was ist mit dir?", fragte Lara besorgt.

„Dort an der Tür", flüsterte Zoe kaum hörbar, weil sie fürchtete, die Aufmerksamkeit des Untiers auf sich zu ziehen. „Ein schreckliches Ungeheuer ..." Sie brach von Furcht gelähmt ab. Ihre Gestalt wurde transparent und flackerte wie eine defekte Neonröhre.

Lara wandte den Kopf in Richtung Tür. „Ich sehe nichts", entgegnete sie und hielt es für besser, das Thema zu wechseln. „Wie gefällt dir der Neue, dieser Musiker?"

„Jetzt ist es fort", sagte Zoe sichtlich erleichtert und fühlte sich wie von einem Fluch befreit. Ihre seegrünen Augen waren völlig ohne Licht und erfüllt von Erinnerungen. „Meine Mutti", fuhr sie mit leidenschaftsloser Stimme fort, die Lara an die Ansagen der Haltestellen in der Straßenbahn erinnerte. „Sie hat mir zum achten Geburtstag ein Buch geschenkt. 'Sagen des Altertums' oder so ähnlich, - so genau weiß ich es nicht mehr. Dort gab es einen Hund ... Cerberus. Er bewacht den Eingang zur Unterwelt, damit kein Toter von dort flüchtet und die Lebenden nicht zu den Verstorbenen hinuntersteigen. Glaubst du, dass er wirklich existiert?"

„Du hast es selbst gesagt, Zoe. Es ist eine Sage. Die Menschen zu dieser Zeit fürchteten sich vor den Toten. Deshalb setzten sie einen Höllenhund als Wächter ein, der ihre Rückkehr verhinderte."

„Vielleicht hast du recht", antwortete Zoe nachdenklich. „Trotzdem habe ich ihn gesehen. Er war so echt wie du, Lara. Könnte er nicht die Tür in den Keller bewachen?"

„Ich denke, dass es Orte auf der Welt gibt, die weit mehr seine Anwesenheit erfordern würden als eine Handvoll alter, verstaubter Statuen."

„Hm", brachte Zoe ihre ganze Skepsis und Verwirrtheit über das Erlebnis zum Ausdruck. 'Ich weiß, dass es dort in der Tür stand', dachte sie, und es bereitete ihr einen ebenso tiefen Kummer, wie die Schimpftiraden der Mutter, wenn diese Zoe fälschlicherweise der Lüge bezichtigt hatte.

„Sind diese Miniaturen aus Gips?", wollte ein älterer Mann von der Verkäuferin wissen, während er den Astronauten von allen Seiten begutachtete.

„Nein", antwortete die Verkäuferin. „Sie bestehen aus Kunststoff. Er wurde speziell für unser Unternehmen entwickelt und kommt in Aussehen und Konsistenz dem unserer Präparate sehr nahe."

„Danke." Der Mann zog der Figur den Helm vom Kopf. 'Unglaublich', dachte er begeistert. 'Als ob sie deinen Körper dort draußen eingeschrumpft hätten, mein Freund', fuhr er in seinen Gedanken fort. 'So lebensecht. Nur eine Berührung, und du erwachst aus deinem Schlaf.'

Mit zitternder Hand stellte er die Figur zurück, griff nach dem beiliegenden Heft, schlug es auf und las: 'Die Miniatur stellt Helmut Vogel dar, der

2014 dem Themenbereich ‚Marsmission' zugeteilt wurde. Die mittlerweile zwölf Astronauten umfassende Crew entstand 2011 infolge des öffentlichen Interesses der Bevölkerung an der geplanten Marsmission der NASA.'

„Was hat Helene sich nur dabei gedacht?", fragte er sich. Sein Gesicht sah grau und runzelig aus, wie die Hände einer Putzfrau. „Dein ganzes Leben bist du nicht über Deutschland hinausgekommen und jetzt - der Mars."

Er blätterte um. *‚Helmut Vogel ist 69 Jahre alt, der Geologe der Mission und absolvierte für dieses gefährliche Unternehmen eine zweijährige Ausbildung in den USA. Der Start der Lunar-Rakete 23 erfolgte am 14. 12. 2013. Nach 274 Tagen erreichten Helmut Vogel und sein Kollege Vadislav Komachenko - Biologe und Spezialist für extraterrestrische Lebensformen - die Umlaufbahn des Mars. Drei Tage später erfolgte die Landung mit dem Orbiter.'*

„Helmut, Helmut", seufzte er lang anhaltend und musterte dabei über den Rand seiner Brille hinweg die Miniaturen der anderen Missionsteilnehmer. Ein in Schweden ansässiger Spielzeughersteller lieferte zu der Besatzung - alles im Maßstab 1:144 - die Lunar-Rakete, den Orbiter, die kuppelförmigen Mannschafts- und Forschungsgebäude, den Marsrover - eine Weiterentwicklung des Mondfahrzeuges aus dem letzten Jahrhundert - und diverse Arbeitsgeräte, sodass der Themenbereich Marsmission detailgetreu auf dem Büfett nachgestellt werden konnte.

Die folgenden Seiten befassten sich kurz mit den übrigen Crewmitgliedern, den technischen Details der Lunar-Rakete und des Orbiters, und sie enthielten einen gerafften Bericht über den Tagesablauf der Männer und Frauen, ihrer Nahrung, Kleidung und so fort.

Mühsam pulte der Mann den kleinen Detektor aus der Verpackung - eines von drei Arbeitsgeräten, die sich an Helmut Vogels rechter Hand befestigen ließen.

'Als Jungen sind wir oft den ganzen Tag durch die Wälder gestreift, haben den Vögeln gelauscht, die Arme bis zu den Achseln in Fuchsbauten gesteckt und heimlich die ersten Zigaretten geraucht. Mein Gott, Helmut. Wie lange ist das jetzt her? Über fünfzig Jahre. Wo ist die Zeit, all die vergangenen Jahre, geblieben?', wunderte er sich und steckte den Detektor in die dafür vorgesehene Öffnung in Helmuts Hand.

'Ich sollte Helene besuchen. Ihr von meinem Besuch bei dir erzählen. Sie wird wissen wollen, woher ich es weiß und ... wenn ich Klaus` Namen auch nur erwähne, springt sie mir vermutlich noch heute in ihrem vorgerückten Alter aus dem Stand an den Hals.' Ein dünnes Lächeln schlich sich auf seinen Mund, schlängelte für einen flüchtigen Augenblick darüber und verschwand ebenso schnell, wie es aufgetaucht war. Der alte Mann fühlte eine sonderbare Erregung in sich aufsteigen, als würde er beobachtet, von Kopf bis Fuß auf das Genaueste sondiert. Bis in die letzte Erinnerung hinein, deren Vorhandensein er längst vergessen hatte, drang dieser Blick und hallte von dort singend und klingend zurück. Erinnerungen erwachten, wirbelten wie Papierfetzen, die der Wind aufgescheucht hat, durch die Luft, zeichneten die auf ihnen eingeprägten Bilder auf seine innere Leinwand, und während er Helene, Helmut, Sieglinde und sich selbst widerspiegelte, begann er zu keuchen.

„Ist Ihnen nicht gut?", fragte ihn die junge Frau besorgt, die seit geraumer Zeit neben ihm gestanden und überlegt hatte, ob der Barbar das richtige Mitbringsel für den Sohn ihrer Schwester war. Sie räusperte sich und legte dem blassäugigen, gebrechlich wirkenden Mann die Hand auf die Schulter. „Kann ich Ihnen irgendwie helfen? Ein Schluck Wasser? Kommen Sie! Ich begleite Sie zu dem Stuhl neben der Tür. Dort können Sie sich ausruhen."

„Danke. Nein ... alles in Ordnung. Es ist nichts ... nur die Erinnerung", antwortete er kaum verständlich und wie in Trance.

„Sind Sie sicher?"

„Ja. Es besteht wirklich kein Grund zur Besorgnis ... Danke." Der nun feste Klang seiner Stimme unterstrich seine Worte.

„Glauben Sie, das hier ist für einen achtjährigen Jungen geeignet?", lenkte sie das Gespräch in eine andere Richtung.

„Es tut mir aufrichtig leid, aber ich habe mit Kindern keine Erfahrung", antwortete der alte Mann und erneut zeigte sich ein Lächeln auf seinen blutleeren Lippen.

'Das hast du nicht verdient, mein Freund', dachte er und stellte die Figur auf ihren Platz neben dem Karton zurück. Mit müden Schritten verließ er den Souvenirladen und strebte dem Ausgang von Friedpark entgegen.

14.08. 2015 Nachmittags

Im Friedpark wimmelte es von Besuchern wie in einem abgestorbenen Baumstamm von Raupen. Anton, der Neue, saß auf der Bank, die unmittelbar neben der Themengruppe *'Expedition im Amazonasgebie*t' die Besucher zur näheren Betrachtung der Expeditionsteilnehmer einlud. Der Freitagnachmittag schien für Familienangehörige der ideale Tag, um mit ihren lieben Verstorbenen ein paar geruhsame Stunden zu verbringen. Weshalb? Vielleicht, weil sie das Wochenende lieber mit den Lebenden genießen wollen, bevor der Montag sie wieder mit der Monotonie des Alltags konfrontierte. Vielleicht auch, weil der Freitag die Arbeitswoche rundete, die fünf Tage der produktiven Schöpfung abschloss, wie die Bewohner von Friedpark den Zyklus ihres Daseins auf Erden.

Bewegungslos wie eine Fahne ohne Wind stand Antons Körper in gebückter Haltung neben seinem Rucksack, bereit zum Sprung. 'Eine Szene wie im Film, für die Ewigkeit konserviert', dachte er. 'Und plötzlich ist die Ewigkeit da.'

Die Expedition umfasste mit ihm acht Mann, und sie erschien ihm wie ein Relikt aus dem vergangenen Jahrtausend. Wie konnte ein Angehöriger des 21. Jahrhunderts auf die verrückte Idee verfallen, seinen Angehörigen in einen grobmaschigen, kratzigen Wollanzug zu packen, damit er in klobigen Stiefeln und Tropenhelm, unwegsames Gelände erforscht, das heute jedem Schulkind im Internet in hochauflösenden Bildern zur Verfügung stand?

'Gut, er war ein Nostalgiker, zudem Geschichtslehrer und vermutlich auch, wie Bettina immer behauptet hatte, ein Ewiggestriger. Er lebte in der Vergangenheit, weil ihm diese als so viel besser erschien als die heutige Zeit. Aber ist das ein Grund, ihn hier im Tropenkostüm der Lächerlichkeit preiszugeben?'

Die beiden Frauen stützten sich gegenseitig. Anton erkannte sie sofort, obwohl er nur ihre Rücken sehen konnte. Seine Frau wurde beim Anblick ihres verstorbenen Mannes von Weinkrämpfen geschüttelt, während ihre Begleiterin keine Regung verriet.

„Natürlich Susanne!", rief er mit zunehmendem Ärger aus, ohne die Neonröhre zur Kenntnis zu nehmen, die plötzlich neben ihm zu flackern begann. Sie hätte ihm ein Warnsignal sein können. "Dass die sofort ihren Rüssel hier hereinstecken muss, ist mir schon klar. Diese Klatschbase."

Bettina trug Jeans und ein dunkles T-Shirt, ihre Busenfreundin ein schwarzes Kostüm, schlicht und altbacken wie sie selbst.

„Was würde mein Anton wohl dazu sagen?", fragte Bettina ihre Begleiterin. „Wenn er sich nur so sehen könnte."

„Dass er dich von Herzen liebt, weil du ihm seinen größten Wunsch erfüllt hast. Einen Wunsch, den zu verwirklichen ihm sein ganzes Leben nicht vergönnt gewesen ist."

„Ihre Technik ...", stellte Bettina erneut mit Bewunderung fest. „Sie lässt meinen Anton so natürlich, so lebensecht erscheinen. Wie zu Lebzeiten. Als würde er gleich tief durchatmen, seinen Rucksack schultern und weitermarschieren."

'Es war ein Traum, Bettina! Nie im Leben wäre ich freiwillig in das Amazonasgebiet gegangen', dachte Anton, und tauchte gleich einem Tropensturm, mit starkem Wind und unerträglicher Hitze, neben Bettina auf.

„Ein Wunsch, dem man nachhängt. Aus Gewohnheit", erklärte er ihr vergeblich und schritt dabei hinter den beiden Frauen auf und ab wie Raubtiere im Zoo in ihren zu kleinen Käfigen, und sein momentaner gesundheitlicher Zustand wäre ihm selbst als besorgniserregend erschienen, wäre er noch am Leben gewesen. So aber, glaubte er, bestand keine Gefahr. „Normalerweise wacht man in solchen Situationen auf", beklagte er sich mit dröhnender Stimme bei ihrem Hinterkopf. Er sackte zusammen. Seine Schultern folgten der Schwerkraft und innerhalb eines Augenblicks schrumpelte er zusammen wie ein Apfel, der mehrere Tage in der heißen Sonne im Gras gelegen hat. Er taumelte rückwärts, plumpste schwer auf die Bank, die er gerade erst verlassen hatte, noch immer der Schwerkraft unterworfen.

„Als Forscher in den Tropen machen Sie doch eine ganz passable Figur", sagte Lara fröhlich und zuckte ein wenig zusammen, als sein Kopf herumschwang.

„Was für ein Albtraum", entfuhr es Anton und er fügte in ärgerlichem Tonfall hinzu, als spräche er mit einem störenden Kind: „Es ist alles in Ordnung mit mir. Gleich werde ich aufwachen ... in meinem warmen, molligen Bett und ... es ist Sonntag, die Sonne scheint durch das Fenster und ich höre, wie Bettina in der Küche das Frühstück bereitet."

„Er hat Drogen genommen", schluchzte Bettina und Lara sah, wie seine Augen, zwei milchig grüne Murmeln, bei ihren Worten zu Eis erstarrten.

„Das glaubt sie nicht wirklich!", stieß er hervor, während er hörte, wie es in seinem Gehirn klapperte und schaltete, Schubladen auf und zu geworfen wurden, bei der Suche nach einer plausiblen Erklärung. Erneut flackerte die Neonröhre und erstarb dann lautlos. „Ich kann ihr nicht einmal mehr den wahren Sachverhalt schildern", murmelte er halblaut, resignierend.

„Ach, Anton", schluchzte Bettina in ihr Taschentuch, schnäuzte sich geräuschvoll und fuhr an ihre Freundin gewandt fort: „Weshalb hat er nicht mit mir über seine Sucht geredet? Wir hätten doch eine Lösung gefunden."

„Ihre Frau?"

„Hm."

„Sie waren drogensüchtig?" Lara musterte ihn genauer. „Sieht man Ihnen überhaupt nicht an."

„Weil ich es nicht wahr!", brüllte Anton, und eine weitere Neonröhre in seiner unmittelbaren Umgebung erhöhte knisternd ihre Leuchtkraft. „Wache ich jetzt nicht bald auf? Wenn es bedrohlich wird?"

„Warum hast du mich verlassen?", fragte Bettina seinen präparierten Körper.

„Beruhige dich, Bettina", wiederholte Susanne stereotyp, als wäre sie unfähig, die geringste Gefühlsregung für den verstorbenen Mann ihrer besten Freundin aufzubringen, die Floskel zum dritten Mal. „Vielleicht ist es besser so für ihn."

„Was sagt die da!", fauchte Anton gleich einem angeschossenen Raubtier und wurde von seinem Ärger hochgerissen, als habe ihn eine plötzlich auftauchende Sturmböe ergriffen. „Die muss entweder total besoffen sein oder endgültig das bisschen Verstand, das sie hatte, verloren haben, das Miststück!" Anton schleuderte einen Vorwurf nach dem anderen gegen ihren Rücken, bis seine Energie nahezu erschöpft und seine Gestalt bis auf die pulsierenden Konturen verblasst war.

Lara musste, obwohl sie mitten in der Schusslinie stand, schmunzeln.

„Besser für mich! Hast du das gehört?", fragte er Lara erregt und wurde von seinem Zorn hochgerissen und erneut zu Bettina hinübergetragen.

„Gehen wir", sagte seine Frau leise und ihre Stimme klang wie ein süßer, nachklingender Traum.

„Wenn du es willst. Sollen wir uns noch die anderen Exponate ansehen ... oder lieber bei einem der nächsten Besuche?"

„Mir ist heute nicht danach. Du verstehst das doch?"

„Natürlich. Gehen wir noch ins Café Rainer?"

„Das ist eine gute Idee", antwortete Bettina, hakte sich bei Susanne unter, und im Gleichschritt marschierten sie davon.

„Meine eigene Frau hält mich für einen Drogensüchtigen", klagte Anton sein Leid und plumpste wie ein nasser Sack auf die Bank. „Ich bin ein Junkie!" Er schüttelte den Kopf über so viel Unverstand.

„Wie hast du dich denn vom Acker gemacht? Ich meine, auf welche Weise ist dir dein Leben abhandengekommen?"

Anton hatte den Kopf so voller Gedanken, dass er sich kaum auf einen konzentrieren konnte. Er stöhnte auf. „Das ist eine lange Geschichte", meinte er zögerlich. „Ich habe sie gestern Nacht Renick erzählt. Aber die Ursache, und das lässt sich nicht leugnen, war ein harmloser Joint."

„Na, so harmlos kann er nicht gewesen sein", erwiderte Lara, presste die Hände zusammen, stützte das Kinn auf die Fingerspitzen und sah Anton amüsiert an. „Immerhin hat er dich das Leben gekostet."

„So kann man das nicht sagen." Er zeichnete mit dem Daumen eine in das Holz eingeritzte Linie nach; zwei Buchstaben, umrahmt von einem Herzen. „Am Ende war es ein bedauerlicher Unfall. Merkwürdig. Der Geruch im Bad. Es roch nach plötzlichem Tod - und im selben Augenblick wurde mir schwarz vor Augen." Er wandte sich nach Lara um, begegnete ihrem Blick, - Verwunderung lag darin und Nachdenklichkeit und eine gewisse Neugier. Seine Worte rissen alte, längst vergessen geglaubte Wunden auf und sie fühlte, wie die Angst in ihr aufstieg. 'Der Geruch des Todes', dachte sie und versuchte der Erinnerung habhaft zu werden.

„Mein ganzes Leben lang wollte ich hundert Jahre alt werden", sagte Anton in die Stille hinein, und obwohl ihr Äußeres nur das Abbild ihrer Erinnerung war, schien ihr hellblondes Haar durcheinandergeraten. Zudem war sie blass geworden, und ihre grauen Augen glühten heiß und feurig. Als er weitersprach, wirkte sein Gesichtsausdruck entspannter, fast ein wenig heiter. „Vermutlich habe ich ein bisschen übertrieben", gestand er sich ein und setzte hinzu: „Jetzt bin ich ein Geist und verbringe meine Zeit mit den Toten, meinen neuen und einzigen Freunden."

„Der Geruch des Todes", wiederholte Lara in pastoralem Tonfall. „Ich habe ihn ebenfalls gerochen; gegen Ende der Krankheit. Nur beschreiben kann ich ihn nicht. Man muss ihn erleben - durchleiden. Beim ersten Mal habe ich gedacht: Jetzt ist es aus mit dir. Dein letztes Stündlein hat geschlagen und ich habe nur deshalb nicht vor Angst das ganze Haus zusammengeschrien, weil mir der Atem stockte. Ich fühlte mich wie gelähmt und ich war der festen Überzeugung, dass ich nie wieder richtig würde atmen können. Aber das Fleisch ist ebenso zäh wie der Lebenswille." Laras Stimme war brüchig geworden, wie trockene Brotkruste, und sie nickte steif, weil die letzten Minuten sie um Jahre hatten altern lassen. „Dann hat mich die Liebe meiner Ma ungewollt von den Toten zurückgeholt, und jetzt stehe ich grün gewandet in einem Gewächshaus, mit Gießkanne und kleinem Weidenkorb bewaffnet und hege und pflege im jahreszeitlichen Wechsel die Pflanzungen von Friedpark. Was für ein Irrsinn", fluchte sie, „nur weil sie Pflanzen über alles liebt ... ich selbst war eine ganz miserable Gärtnerin trotz ihrer ewigen Belehrungen. Meine Melonen waren so groß wie Orangen, das Gemüse von Schnecken zerfressen und die Blumen verwelkten, kaum dass sie gesprossen waren. Ma - sang ihnen Lieder vor, erzählte von ihrem Tagwerk, während Pa ein heimliches Grinsen kaum verbergen konnte."

Anton starrte sie an und schüttelte leicht den Kopf. Ihre Worte lösten den letzten Klumpen Zorn in seinem Innern auf, den er seit Bettinas Besuch im Magen herumdrehte - vielleicht schon länger. „Woran bis du gestorben?", fragte er.

„Lungenkrebs. Nie geraucht und ...", ihre Stimme zitterte und sie fühlte, wie ihr in der Erinnerung die Tränen kamen.

„Entschuldige", sagte Anton. „Ich hätte das nicht fragen sollen."

„Nein, schon gut. Es ist nur so lange her, seit ich darüber mit jemandem geredet habe."

Kinderstimmen drangen von der angrenzenden Halle zu ihnen herüber, in welcher die Geschichte der Weltraummissionen der USA in verschiedenen Themengruppen nachgestellt war. Sie begann mit Alan Shepard, dem ersten Amerikaner im All, der in einer verkleinerten Version der ursprünglichen Mercury Kapsel saß und in den unbekannten Weltraum blickte. Jörg Hafenstein, ehemaliges Vorstandsmitglied der Seligmann Gruppe und ein begeisterter Hobbyflieger, hatte sich mit diesem Arrangement mehr als nur einen Kindheitstraum erfüllt.

Gefolgt von Edward White in seinem Weltraumanzug, der frei im Raum schwebte und nur über ein dünnes Versorgungskabel mit seinem Gemini Raumschiff verbunden war. Im Gegensatz zu Hafensteins aufwendig gestaltetem, kostspieligem und maßstabsgetreuem Nachbau, wurde Whites Raumschiff lediglich durch ein Stück Blech an der Wand angedeutet.

Ein Highlight - gerade bei älteren Besuchern -, war die Nachbildung der ersten Mondlandung. Der Platz von Neil Armstrong wurde zum zehnjährigen Jubiläum von Friedpark als Hauptgewinn ausgeschrieben und sollte der Gewinner eine Frau sein, stand alternativ der Platz der Sally Ride im Space Shuttle Challenger zur Verfügung. Der Gewinner war Alois Winkelgruber, ein Bauer aus der Gegend Münchens, der, zeitgleich mit der Fertigstellung der Landefähre, das Leben im Stall seines preisgekrönten Ochsen ausgehaucht hatte, konnte aufgrund dieses glücklichen Umstandes, rechtzeitig zur Einweihung der Themengruppe, seinen Platz auf der staubbedeckten Oberfläche des Mondes einnehmen.

„Die Geschichte der NASA", erklärte ihm Lara und deutete mit dem Kopf in Richtung des Lärms. „Heute ist Aktionstag."

„Star Wars?", antwortete Anton fragend, froh über den Themenwechsel.

„Nein. Nur bis zum Space Shuttle. Sie stehen anscheinend in Verhandlungen mit Disney, aber ob sie Star Wars hier realisieren können ... Ich kann`s mir nicht vorstellen. Allein die Kosten für die Rechte."

„Aktionstag?", hakte er nach und plötzlich spürte er eine seltsame Einsamkeit über seinen Kopf hinwegstreichen, einen kühlen Herbstwind des Verlustes oder der Verlassenheit, der ihn an seine Jugend erinnerte, als alle Probleme groß waren und sich dann auflösten, ohne sich ihm näher zu erklären.

„Der erste Astronaut", hörte er Lara gedämpft, wie durch eine Mauer aus Watte, sagen, während er in der Erinnerung mit seinem Vater am Tisch in dessen Werkstatt saß und sie gemeinsam die Saturn Rakete zusammenbauten. Das Modell war gut zwei Meter hoch, die Kapsel mit der Besatzung abnehmbar und selbst die Mondlandefähre konnte nach dem Abtrennen der letzten Brennstufe daran befestigt werden. „Dazu gibt es Sticker, Schlüsselanhänger mit Neil, der Landefähre und einen Gutschein für das Restaurant." Geistesabwesend nickte er, als kommentiere er ihre Worte und blickte dabei weiter in die Vergangenheit. Lara bemerkte die Veränderung in seinem Gesicht. Wortlos verschwand sie und überließ ihn seinen Erinnerungen.

Der Vater ein Wochenendvater, alt, seit er denken konnte; ein Onkel, der zu Besuch kam und Geschenke mitbrachte. 'Was weiß ich überhaupt von ihm?' Der Gedanke schlich unbemerkt in sein Bewusstsein, nur um dort in seiner ganzen Fragwürdigkeit und Verlorenheit aufzublühen. In seinem Gefolge einige, wie zufällig hingeworfene Bilder, lose zusammengehalten von seinem kindlichen Gedächtnis, als blättere er in einem Fotoalbum, in dem nur die wichtigsten Ereignisse festgehalten worden sind. Ein großer, dürrer Mann, der fünfzig aber auch neunzig sein konnte, nur aus Haut und Knochen bestand, durchsetzt von Muskeln, die wie Geschwüre die graue Haut wölbten. Der Mund ohne Lippen, der bei aller Fröhlichkeit nie lächelte, kaum mehr als ein Haarriss. Hellgrüne gleichgültig blickende Augen. Stroboskopartig jagten die Jahre mit ihm in wenigen Augenblicken an Anton vorüber, ein vertrauter Fremder ohne Tiefe, wie die Bilder der Boxer in seinem Sammelalbum.

Jemand räusperte sich vernehmlich.

„Gelungen! Wirklich sehr gelungen", bemerkte er in singendem Tonfall, wobei er seinen Blick zwischen Anton und dessen Statue hin- und herwandte.

„Entschuldige, Lara", stammelte Anton, der wie aus einem Traum aufschreckte und verwundert auf den verwaisten Platz neben sich auf der Bank starrte.

„Ich habe mich zu meinen Lebzeiten sehr für die Erlebnisberichte früherer Expeditionen interessiert. Mir selbst blieb diese Art von Abenteuer zu meinem größten Leidwesen versagt", plauderte er abwechselnd mit Anton und dessen früherem Körper und lächelte dabei gequält; es war weniger ein Lachen als vielmehr ein wehmütiger Seufzer.

„Karl von Stetten", stellte er sich vor und deutete eine Verbeugung an. „Kinderlähmung. Seit meinem siebten Lebensjahr war ich an den Rollstuhl gefesselt. Kennen Sie Louis Stevenson?"

Nur mit Mühe gelang es Anton, sich auf von Stetten zu konzentrieren.

„Wen bitte - soll ich kennen?", fragte er mürrisch zurück und dachte dabei über Laras plötzliches Verschwinden nach.

„Louis Stevenson. 'Die Schatzinsel'", sagte von Stetten und ließ bewusst einige Zeit verstreichen. „Nein? Nun gut. Ich für meinen Teil, ich reise nicht, um irgendwohin zu gehen, sondern um zu gehen. Ich reise um des Reisens willen. Die große Sa-

che ist, sich zu bewegen", zitierte er dessen Worte und geriet ins Schwärmen. „Obwohl meine Familie - vielleicht ist ihnen der Name von Stetten nicht unbekannt - Ländereien in Übersee besitzt, mutete ich mir die Reise nicht zu. Sie werden einwenden, dass eine Behinderung in unserer modernen Zeit keine ausreichende Begründung dafür ist und vermutlich muss ich Ihnen beipflichten", erzählte er in seiner merkwürdig gestelzten Ausdrucksweise, dessen Worte auf Anton niederprasselten, wie vom Sturm beschleunigte Hagelkörner, und dort wo sie aufschlugen, rote schmerzvolle Krater hinterließen.

„Vor Jahren erst gelang es einem beinamputierten Mann, mit künstlichen Prothesen, den Mount Everest zu besteigen. Ein unvergleichlicher Triumph nicht nur des Willens, sondern auch der Technik. Aber bei mir, wie soll ich es Ihnen verdeutlichen, fehlte der Antrieb, der notwendige Impuls für das Abenteuer. Da fällt mir gerade Mark Twain ein - wussten Sie, dass sein Name 'Zwei Faden' bedeutet? Ein Begriff aus der Flussschifferei und eine Reminiszenz an sein Leben als Steuermann auf dem flachen und trüben Mississippi. Dort musste die Wassertiefe beständig gemessen werden, wollte man nicht auf Grund laufen. Seinen Huckleberry Finn muss ich wohl an die hundert Mal gelesen, was sage ich, verschlungen haben. Jims Weissagung hat sich mir ins Gedächtnis eingebrannt." Er hob den Kopf, als suche er den Jungen von früher, der er einmal gewesen und der längst Vergangenheit war - und den Pfad meines gesamten Lebens geprägt: *„Du haben noch viel Angst im Leben, aber* *auch viel Freud! Werden kommen Krankheit un Unglück un dann Gesundheit un Glück! Sein deine Engels zwei Mädels, eine blond un eine braun, eine reich un eine arm. Werden du heiraten erst die arm un dann die reich! Du nix gehen zu nah an Wasser, sonst du müssen fallen rein un ganz ersaufen! Du hören arme, alte Jim, Huck, du nix vergessen, was er sagen"*, rezitierte von Stetten, schüttelte den Kopf oder die Erinnerungen seiner Kindheit ab.

„Sie reisten nicht", antwortete Anton aus reiner Höflichkeit, und der gleichgültige Tonfall seiner Stimme hätte jeden Redner sofort zum Schweigen gebracht, jedoch nicht Karl von Stetten. Geflissentlich überhörte er den Tonfall und ergoss sich wie glühende Lava, in das tragische Schicksal seines Lebens, welches plötzlich da war wie unerwarteter Besuch, der unmöglich vor der Tür stehen bleiben kann und notgedrungen herein gebeten werden musste.

„Im Grunde meines Herzens war ich kein ängstliches Kind", schwafelte von Stetten, setzte sich ungefragt neben Anton, schlug die dürren, muskellosen Beine übereinander und vergrub seine linke zartgliedrige Hand zwischen den Schenkeln, als müsse er sie wärmen. Kraftlos fiel sein Kopf in den Nacken und sein Blick verlor sich in der behüteten Kindheit. Mit der freien Hand ordnete er die dicht gewebte Haarpracht, die widerspenstig in ihr ursprüngliches Chaos zurückschnellte.

„Auf dem elterlichen Gut bin ich seit frühester Kindheit viel geritten und die ersten Wochen im Internat sahen mich als guten Sportler, der sämtlichen Herausforderungen vonseiten seiner Mitschüler genügte. Ja, ich darf ohne Übertreibung hinzufügen, zumeist weit übertraf.

Später, nach meiner Gesundung, verließ ich das Haus selten, nur, wenn die Umstände mich dazu zwangen und dann auch nur in Begleitung eines unserer Diener oder meiner Mutter, sofern ihre vielfältigen Aktivitäten es erlaubten. Geschwister besaß ich keine und außer den Unterrichtsstunden im Studierzimmer, konnte ich beliebig über die Stunden des Tages verfügen. Oft schlich ich mich heimlich in die Bibliothek meines Vaters, bewunderte die alten zerfledderten und teilweise wurmstichigen Folianten, die generationsübergreifend gesammelt und auf dem Familienstammsitz der von Stettens aufbewahrt werden, als müssten sie mir in meinem Dasein beistehen, die durch die Krankheit von mir abgesonderte Welt, wie in einem Spiegel ein zweites Mal zu erschaffen."

Anton gähnte demonstrativ und ohne die Hand vor den Mund zu nehmen. Von Stetten bewirkte in ihm eine zunehmende Dumpfheit der Gedanken. Er konnte sich selbst nicht mehr erreichen.

„Die Bibliothek", nahm von Stetten den schwärmerischen Tonfall wieder auf, zu dem ihn die kraftvolle Poesie von Mark Twain bewogen hatte. „Dort fand ich die Erfüllung meiner Wünsche, eine Welt hinter der Welt, würde ich behaupten wollen. Ich fühlte den Geist, der durch diese Menschen zum Ausdruck gelangte, spürte, wie mein Herz in wildem Entzücken pochte, laut und ungestüm, wie der Regen, wenn der Sturm ihn gegen das Fenster peitscht. Es war das stärkste Gefühl, das ich in meinem noch jungen Dasein erlebte und es hämmerte von allen Seiten auf mich ein, schüttelte mich wie Josef unser Verwalter einst den Maulwurf geschüttelt und ihn anschließend der Katze zum Fraß vorgeworfen hat. Ich sah dieses Licht, und inmitten der Sturmgewalten, die meinen zur Hälfte gelähmten Körper zum Spielball eines neuronalen Netzwerkes herabwürdigten, hörte ich eine Stimme in mir sagen: '*Alles ist Eins*', und ich glaubte ihr."

Mit verklärtem Blick saß von Stetten regungslos da, wie ein Kind bei seinem ersten Gottesdienst, wenn es in angstvoller Scheu zu dem Gekreuzigten emporblickt, der Kinder liebt und deshalb den Bruder zu sich geholt hat.

„'*Alles ist Eins*', verstehen sie?", rief er Anton zu, der von diesem übervollen Bewusstsein von Stettens ausgeschlossen war, dessen Gedankenenergie sich wie Unkraut ausbreitete und die Aufmerksamkeit auf sich zog. Zwei, drei weitere Bewohner von Friedpark blieben neugierig stehen und weitere folgten, als bilde die wachsende Gruppe ein Schwerkraftfeld, dessen Sog, wie ein schwarzes Loch die Materie in seiner Umgebung in sinnloser und zerstörerischer Art und Weise einverleibte, sie fraß wie die Evolution ihre Kinder.

„Dieses Licht erfüllte mich mit Wärme und ein Gefühl der Liebe durchströmte meinen Körper bis zur Hüfte. Ich muss nur die Augen schließen und mich dessen erinnern. '*Alles ist Eins*'", wiederholte er und in seiner Stimme schwang ein tiefer Glaube an diese Offenbarung mit. „In der Bibliothek fand ich zahlreiche Bücher und Schriften zu diesem bedeutungsvollen Fingerzeig des Schicksals. Zuerst vertiefte ich mich in die Bibel, die gnostischen Schriften aus dieser Zeit, und angeregt durch einen Querverweis kam ich mit den Aufzeichnungen der Babylonier, dem Enuma Elisch, in Berührung. Nichts konnte in den folgenden Jahren meinen Forscherdrang, meinen Hunger nach Wissen, besänftigen. Die Suche führte mich bis in die chinesische Frühgeschichte, zu dem Tao te King, dem I Ging und von hier zu dem gewaltigen Epos des Rig Veda und dem auf ihn aufbauenden Texten. Wohin mein Blick sich auch wendete, die Struktur des Kosmos flammte vor meinem geistigen Auge auf wie eine Sternschnuppe, die in die Erdatmosphäre eintritt und verglühend mir den Weg weist. Diese Struktur durchzieht die gesamte Evolution des Kosmos, und ob wir sie in mathematische Formeln kleiden, in philosophischen Systemen zu fassen versuchen oder sie mit den inneren Sinnen wahrnehmen, das ist nicht von Bedeutung. Urgrund, Quelle, kosmisches Ei oder 'Im Anfang war das Licht' -, nichts als Worte für das in Wahrheit Unaussprechliche.

Der Mensch, so meine feste Überzeugung, ist Teil dieses ihn Umfassenden, welches sein Dasein über den Tod hinaus bewahrt. Ich wusste, dass mein Leben hier auf der Erde, das mir zuteilgewordene Schicksal, kaum mehr als ein flüchtiger Augenblick, ein unbewusster Blick im Vorübergehen ist, der verweht. 'Du wirst wiedergeboren', sagte ich mir wohl an die tausend Mal am Tag, wenn ich an einem Spiegel vorbeifuhr oder Hilfe bedurfte, weil die Bücher ab der fünften Reihe so unerreichbar für mich waren wie der Wunsch, eines Tages wieder gehen, ein normales Leben führen zu können."

„Wie ist es, wenn wir den Körper verlassen haben?", fragte ein älterer Mann mit dünner Stimme, und selbst wenn er es gewollt hätte, er brachte kein weiteres Wort mehr, sondern nur heißes Krächzen hervor.

Karl von Stetten war sichtlich erbost über die Unterbrechung seines Redeflusses und reagierte dementsprechend verschnupft.

„Meine Ausführungen waren so weit gediehen, dass ich just in diesem Moment, als der Herr dort in der zweiten Reihe mich zu unterbrechen beliebte, Ihnen meine diesbezüglichen Erfahrungen zu schildern." Er räusperte sich mehrere Male, warf dabei einen vernichtenden Blick auf den unliebsamen Störenfried und fuhr fort. „Nach unserem Übertritt von der irdischen Sphäre in das uns Umfassende werden wir von unseren menschlichen Trieben befreit, die auf der Erde so viel Elend verursachen, von dem Bedürfnis, andere Dinge und Menschen zu besitzen oder zu kontrollieren. Das ist der erste Fortschritt im Leben nach dem Tode. Einige erlangen bereits in diesem frühen Stadium ihres weiteren Lebens ein beträchtliches Verständnis über die geistige Welt und ihre Möglichkeiten.

Dort wird uns Genesung zuteil und es folgt eine Zeit der Erholung, in der wir mit unseren verstorbenen Angehörigen und Freunden zusammen sind und erste Erfahrungen über die gemeinsam beschrittenen Pfade austauschen. Später werden wir mit unseren persönlichen Führern das absolvierte Leben aufarbeiten, damit wir erkennen, ob die zuvor besprochenen Ziele und Erfahrungen erreicht oder wir aufgrund von persönlichen Fehlentscheidungen auf abseitige Pfade gelenkt worden sind. Wie auf der Erde existieren dort Schulen, die uns auf dem Pfad der Weiterentwicklung unterstützen; Freunde, mit denen wir unsere Freizeit verbringen und wer noch an die irdischen Gepflogenheiten gebunden ist, erschafft sich dort Kraft seiner Gedanken ein Heim, das seinem früheren hier auf der Erde gleicht.

Früher oder später entsteht dann der Wunsch nach einer Wiedergeburt. Wir beraten uns dann mit den persönlichen Führern, wählen das entsprechende Leben, das für die geplanten Erfahrungen notwendig ist, und inkarnieren in einen neuen Körper." Damit beendete von Stetten den kurzen Abriss seines geistigen Lebens. Er ließ den Blick erwartungsvoll über die Gruppe der Zuhörer schweifen und empfand dabei die gleiche Einsamkeit wie in den letzten Minuten seines Lebens, die sich so fest an ihn klammerte wie die Backen eines Schraubstockes an das eingespannte Holz. Er hatte es bisher wohlweislich vermieden, ihr einen Namen zu geben. Einsamkeit und Angst, diese beiden Freunde waren ihm treu geblieben nach seiner Wiedergeburt in Friedpark, statt in der erhofften jenseitigen Sphäre - und ließen sich weder wegdiskutieren noch verdrängen.

Wie so oft, seit er hier als Gestrandeter zwischen den Welten existierte, drängte sich ihm die Vorstellung auf, dass er allmählich verrückt wurde, wenn er es nicht schon längst war. In diesem Moment schreckte ihn diese Aussicht nicht, im Gegenteil, er empfand sie als angenehm, denn dann konnte er die gesamte Verantwortung für sein Tun ablegen wie einen Mantel, der nicht mehr gebraucht wird. Der Gedanke erschien ihm plötzlich verlockend. Nur leider verlor er, so weit er es beurteilen konnte, nicht den Verstand, außer - wie bereits erwähnt, der Umstand war bereits vor längerer Zeit unbemerkt eingetreten. Verrückt zu sein wäre schmerzlich gewesen, aber er hätte es akzeptiert wie zuvor seine Erkrankung.

'Was habe ich in meinem Leben verbrochen?', fragte er sich oft, weil er die einschlägigen, seiner Meinung nach geistlosen, teilweise hirnverbrannten Erklärungsversuche der hier Eingeschlossenen weder mittragen noch sie in sein bestehendes Weltbild sinnvoll integrieren konnte, ja wollte. So blieb als Ursache für das täglich erfahrbare Unglück nur sein früheres Leben und so wie er zuvor seine gesamte Zeit der Erforschung der anderen, geistigen Seite des Kosmos gewidmet hatte, verbrachte er die Tage jetzt mit der Beantwortung der Frage, welchem Sinn sein Aufenthalt in dieser absonderlichen Zwischensphäre diente, die ihn vom normalen Fluss seines höheren Daseins abtrennte.

Dann begann von Stetten zu weinen.

15.08.2015 Mitternacht

Zoe wusste nicht, welche Fragen sie Renick stellen sollte, und sie wusste ebenso wenig, auf welche Fragen sie keine Antworten hören wollte. Nur eines war ihr klar, sie musste ihm davon erzählen.

'Die Frau sieht ihren Sohn', dachte Zoe und beschleunigte vor Aufregung ihre Schritte. Sie rannte und hüpfte den Verbindungsgang zwischen den Hallen vier und sechs ab, in der Hoffnung, dass Renick bald an seinem Lieblingsplatz auftauchen würde. Hier, an der vorderen Tür, stand er oft die ganze Nacht und blickte hinüber zu der Stadt, in der er seine Kindheit verbracht hatte. Zoe hielt vor der Tür mit dem Schild '*Notausgang*' kurz inne, betrachtete die Silhouetten der Häuser, ihre Lichter, die in der klaren Nacht funkelten wie die Sterne am Firmament.

'Dort draußen im Dunkeln', erinnerte sie sich einiger Gedanken Renicks, 'sind Väter auf dem Heimweg von der Arbeit. Ihre Kinder drücken sich am Fenster die Nasen platt und rennen schreiend zur Tür, wenn die vertraute Gestalt in die Straße einbiegt. Jugendliche sind unterwegs, zu ihren Treffs, in ihre Klubs oder auf dem Weg zu einem Rendezvous mit ihren Freundinnen, an den verschwiegensten Orten im Park.'

Sie erschrak, als Renicks Gesicht in der Fensterscheibe auftauchte.

„Hallo, Zoe", begrüßte er sie und Murr, der seinen Kopf an Zoes Bein rieb.

„Hallo, Renick!" Obwohl sie es für einen Lichtreflex auf der Fensterscheibe hielt, bemerkte Zoe, wie sich das Gesicht ihres Spiegelbildes rötlich färbte. Sie glaubte ihr Herz zu spüren, ein schmerzvolles Pochen.

„Du kommst oft hierher", sagte Zoe, nur um überhaupt etwas zu sagen, bevor die Stille ihr unheimlich wurde.

„In letzter Zeit schon. Nachts ist es hier auf seltsame Weise laut. Man hört mehr Geräusche wegen der Stille. Verstehst du, was ich damit sagen will?"

Zoe zuckte mit den Schultern und sah zu ihm auf. „Ich mag die Stille nicht. Sie macht mir Angst, und außerdem ist sie angefüllt mit dunklen Gestalten. Schattenwesen, die zwischen den Statuen umherhuschen und ... brr. Allein die Vorstellung lässt mich frösteln. Ich bekomme eine Gänsehaut. Hier!" Zoe streckte ihm ihren Arm wie zum Beweis hin.

Renick nickte verständnisvoll.

„Zoe", sagte er mit einer Stimme, die so weich war, wie die frisch gewaschene Decke früher in ihrem Bett. Dann roch die Luft immer nach frischem Apfelkuchen, und wenn sie endlich eingeschlafen war, träumte sie von der Bäckerei am Marktplatz und dem herrlichen Duft, der beim Öffnen der Tür wie die heiße Luft aus dem Backofen nach draußen drückte.

„In unserer Welt werfen Gedanken Schatten und machen Geräusche", erklärte ihr Renick. „Wenn du das nächste Mal einer dieser Gestalten begegnest, dann hältst du den Atem an und versuchst an überhaupt nichts zu denken. Glaube mir, Zoe. Die Schattenwesen lösen sich schneller auf als Eis in der Mittagssonne, denn sie haben in dieser Welt nichts zu suchen."

„Bist du dir da ganz sicher?", fragte Zoe mit ihrer kindlichen Stimme, und ihr prüfender Blick zeugte von den Zweifeln, die sie seinen Worten gegenüber hegte.

„Ganz sicher", erwiderte Renick. „Aber deshalb bist du nicht zu mir gekommen."

„Im Souvenirladen war heute eine Frau, die hat gesagt, dass sie ihren verstorbenen Sohn sehen kann. Er kommt sie besuchen und sie sagte: *Er möchte mir damit zu verstehen geben, dass es ihm jetzt gut geht.* Glaubst du ihr? Gibt es wirklich einen Weg nach draußen?", platzte es aus Zoe heraus, und wie immer, wenn sie besonders aufgeregt war, hüpfte sie auf der Stelle von einem Bein auf das andere. „Und Lara hat gesagt", fügte sie hinzu, ehe Renick ihr antworten konnte, „sie hätte früher einmal mit dir darüber geredet, und du hast ihr erzählt, dass es für die Ersten einen Ausweg gab. Dann könnte ich doch endlich meine Mutti besuchen gehen." Zoes Kehle war trocken und wie zugeschnürt, und sie zitterte am ganzen Körper.

„Die Ersten", sagte Renick gedehnt, als müsse er zuerst auf den Speicher steigen und dort nach dem entsprechenden Karton mit den richtigen Worten suchen. „Ihr Körper, Zoe, wurde noch auf eine andere Weise konserviert, deshalb bestand für sie die Möglichkeit, diesen Ort zu verlassen."

„Sind sie jetzt im Paradies - wie meine Mutti?", wollte Zoe wissen.

„Ich denke schon. Ich weiß nicht, inwieweit du über diese Dinge informiert bist, aber sie sahen das Licht, einen oder mehrere Verwandte, die sie begrüßten und sie in ihrem neuen Leben begleiteten."

„Du bist doch auch schon lange hier", sagte Zoe nachdenklich. „Zumindest behauptet es Lara. Siehst du das Licht?"

Renick lächelte, und sah dabei traurig aus. Zoes Gesicht war nur ein kleines Stück von seinem entfernt und als sie ihre Augen ihm zuwandte - waren sie weder grün noch völlig farblos. Es lag eine fragende, ungreifbare Dunkelheit darin, die ihm ungewöhnlich für ihr Alter erschien.

„Nicht lange genug. Das Konservierungsmittel, mit dem die Körper präpariert werden, wurde in den ersten Jahren mehrere Male in seiner Zusammensetzung verändert und bereits ab der dritten Generation waren die Seelen untrennbar mit ihren Körpern verbunden."

„Lebt im Friedpark noch einer von ihnen - den Ersten?", hakte Zoe nach und ihre Stimme war von Ehrfurcht erfüllt.

„In den Ausstellungshallen nicht mehr." Renick spulte die Jahre seines Aufenthaltes in Friedpark wie im Zeitraffer zurück. Es hieß von ihm, dass er die Gabe besitze, sein Leben wie einen Film vor- und zurückzuspulen. Unabhängig davon, wie grausam oder angenehm die Szenen waren, er würde sie wieder und wieder betrachten, bis auch der schlimmste Albtraum seinen letzten Schrecken verloren und sich in eine liebgewonnene und vertraute Gutenachtgeschichte verwandelt hatte. Er selbst hatte sich dazu nie geäußert und so blühten auf der einen Seite die wildesten Spekulationen über diese besondere Eigenschaft, während der Rest seiner Mitbewohner die Gerüchte über die Jahre vergaßen.

„Dann werde ich meine Mutti nie wiedersehen und auch nicht erfahren, wie es im Paradies ist", sagte Zoe so leise, dass Renick Mühe hatte, ihre Worte zu verstehen.

„Es wird noch eine Weile dauern, Zoe ... Aber der Tag wird kommen, an dem du wieder mit deiner Mutti zusammen bist." Er blickte an ihrem Spiegelbild vorbei zur Stadt hinüber. 'Dort war mein Paradies und es ist ebenso unerreichbar wie das ihre', dachte Renick. Dann wandte er sich wieder Zoe zu. „Was können leblose Statuen darüber schon aussagen, wenn sie nicht einmal mehr wissen, wie der Geruch der Stadt, ihrer Parkanlagen ist oder das Gefühl des Windes, der nicht mehr weht?", fragte er mit melancholischer Stimme.

„Wie lange ist eine Weile?", wollte Zoe wissen und streichelte Murr, dessen Konturen im Schein der Notbeleuchtung ein wenig verschwammen. Wenn er im Mondschein stehen blieb, um sich zu kratzen oder zu säubern, verschmolz er fast mit der Wand im Hintergrund. Dabei schnurrte er, und ab und zu gab er ein leises, zufrieden klingendes Miauen von sich.

„Ein wenig wirst du dich schon gedulden müssen", antwortete Renick und bedachte die beiden mit einem zärtlichen Blick.

„Und von den Ersten ist wirklich keiner mehr hier?", bohrte Zoe hartnäckig weiter.

„Nein, Zoe. Heute werden die Statuen, welche von ihren Angehörigen an Friedpark überschrieben werden, entweder in einen anderen Themenpark versandt oder im Untergeschoss der Hallen vier bis sieben aufbewahrt. Aber ich kann mir nicht vorstellen, dass einer aus den Anfangsjahren dort noch aufgebahrt wird. Die Präparation der Körper steckte damals noch in den Kinderschuhen und bereits nach wenigen Jahren wurde die Konservierung instabil. Spröde. So habe ich es von den Mitarbeitern gehört, wenn ich sie nachts bei ihrer Arbeit belausche. Die, die ich noch kennengelernt habe, hatten keine von außen erkennbaren Schäden, und sie verschwanden mit ihren Statuen."

„Wir könnten doch selbst nachsehen, Renick. Oder?" Zoe wunderte sich selbst über ihren Mut, mit dem sie ihm Löcher in den Bauch fragte.

„Im Untergeschoss befinden sich nur die Werkstätten, die Aufbewahrungsplätze für die Statuen und ausrangierte Gegenstände aus früheren Themengruppen."

„Aber was ist mit denen, die dort unten abgestellt werden? Ich kenne niemanden, der nicht als Statue in einer der Hallen steht. Sie müssen doch irgendwo sein?", bohrte Zoe weiter und begann vor Aufregung wieder auf der Stelle zu hüpfen. Murr stieß ein ärgerliches Knurren aus und rannte davon, als flüchte er vor den Kreaturen aus seinem Traum.

„Zoe ... Zoe. Was soll ich nur mit dir machen?", seufzte Renick, der sich nicht entsinnen konnte, wann er zum letzten Mal so viele Fragen hatte beantworten müssen. Erst jetzt bekam er eine ungefähre Ahnung davon, was Eltern diesbezüglich an Nerven aufbringen mussten, wenn ihre Sprösslinge in das 'Warum' Stadium eintraten. 'Zum Glück ging dieser Kelch an mir vorüber - zumindest bis heute.' Bei dem Gedanken an Zoes ausdauernde Hartnäckigkeit begann - um seinen zusammenge-kniffenen Mund - ein Grinsen zu tanzen.

„Geh mit mir in das Untergeschoss", beantwortete sie seine Frage, und als sich ihre Blicke erneut trafen, waren ihre Augen zu Durchgängen geworden und ga-ben den Blick frei auf einen kindlichen Schmerz, den zu sehen er kein Recht besaß und für den ihm die Worte fehlten. Er schüttelte bedauernd den Kopf.

„Dort gibt es keine Antworten, Zoe. Und deine Enttäuschung darüber würde deinen Schmerz, die Sehnsucht nach deiner Mutti, nur vergrößern."

„Ach, lass mich in Ruhe!" Vor Enttäuschung schrie sie beinahe. „Was weißt du von meinem Schmerz - von meiner Mutti!", fuhr sie Renick mit schriller Stimme an und wich Schritt um Schritt von ihm zurück. Plötzlich blieb sie am Rand des Lichtkreises der Notbeleuchtung stehen. „Niemand besucht mich mehr! Selbst mein Papa nicht. Ich mache mir Sorgen! Und ich will zu meiner Mutti ... bevor ich ihr Gesicht ganz vergesse", stieß sie in kurzen Sätzen aus und es klang, als feuere ein Sol-dat kurze Salven aus einer Maschinenpistole ab. „Es ist nicht Papas Art ... so einfach fortzubleiben ... Wenn auch ihm etwas zugestoßen ist, dann habe ich niemanden mehr auf dieser Welt ..." Ihre Stim-me war mit jedem Wort leiser geworden. Jetzt schluchzte sie hemmungslos. Renick überbrückte die kurze Distanz mit wenigen Schritten, und als er sie hielt, schlingerte sie in seinen Armen wie ein auf Grund gelaufenes Schiff, gegen dessen Rumpf die Wellen krachen.

„Vielleicht ist er nur in eine andere Stadt gezogen und hat deshalb nicht mehr so viel Zeit", flüsterte er ihr ins Ohr und im selben Augenblick hasste er sich für seine Worte, auch deshalb, weil ihm nichts Besseres eingefallen war. „Was ist mit anderen Verwandten?", fragte er, und erst die Frage ließ ihm zu Bewusstsein kommen, wie wenig sie hier voneinander wussten. 'Nur die Umstände des Todes und eine Handvoll belangloser Details - mehr nicht.' Die Erkenntnis schreckte ihn.

„Sie haben ...", würgte Zoe zwischen ihren Schluchzern heraus, „sie haben uns nie besucht, weil Papa sie nicht gut leiden konnte. *Wir kommen auch alleine, ohne ihre Unterstützung zurecht*', das hat er mir jeden Abend nach der Gutenachtgeschichte gesagt. Dann hat er mir die Decke bis unter mein Kinn hochgezogen und mir einen dicken Kuss auf die Nase gedrückt. Als ich etwas älter war, hatte ich dabei immer das Gefühl, dass er sich damit selbst Mut zuspricht, weil er es in der Arbeit so schwer hatte und so wenig Geld verdient hat. Trotzdem würde er mich nicht so lange alleine lassen", beharrte sie auf ihrem Gefühl, dass ihrem Papa etwas Schreckliches zugestoßen sein musste. „Bis vor drei Monaten, kam er jeden zweiten Tag und ich ...", krächzte sie mit heiserer Stimme und Renick spürte, wie die Wellen, die gegen ihren Körper anbrandeten, wieder stärker wurden. „Ich sitze hier ... und kann nichts für ihn tun ... außer mich abzulenken."

'Ihr Äußeres täuscht über ihr wahres Alter hinweg', dachte Renick und überlegte, wie viele Jahre Zoe bereits im Friedpark lebte. 'Es müssen jetzt bald drei Jahre sein', meinte sein Gedächtnis, während er ihren kindlichen Körper umschlossen hielt wie eine Muschel die kostbare Perle in ihrem Innern.

„Ich werde in das Untergeschoss gehen, Zoe und mich umsehen. Das verspreche ich dir. Gib mir nur ein wenig Zeit. Es ist nicht so einfach für mich, wie du vielleicht glaubst", versuchte er ihr sein Zögern zu erklären, dessen Ursache tief in der Vergangenheit begründet lag.

„Ok", sagte Zoe bloß, löste sich aus seiner Umklammerung und wischte sich aus Gewohnheit mit dem Ärmel das Gesicht trocken. „Aber du musst mir die Wahrheit sagen."

„Das werde ich tun, Zoe." Es wurde still um sie, wie in einem alten Bauernhaus, aber nicht unheimlich. Zoe hörte das ferne Ticken der Uhr von der Themengruppe 'Bahnhof'. Sie öffnete den Mund und schloss ihn wieder. In ihrem Innern wurde es zunehmend kälter. Sie fror bis in die Fingernägel und zum ersten Mal fühlte sie die Einsamkeit in ihrer ganzen, erdrückenden Macht.

„Etwas ist geschehen. Das weiß ich", sagte sie in die Nacht hinein. Wo immer sie Erinnerungen weckte, spürte Zoe, wie diese sie schwächten und ihre Gestalt aushöhlten. Mit jedem verlorenen Atemzug floh die Hoffnung, quoll wie Quellwasser aus ihren Poren und versickerte in der sie umgebenden Dunkelheit. Aber der eigentliche Schmerz bestand in den Bildern, die ihr zeigten, wie schön sie es einmal mit ihrer Mutti gehabt hatte. Dann löste sie sich auf, trieb in ihre Statue zurück und sang ein Kinderlied, das ihre Mutti oft gesungen hatte. Ihre Stimme knarrte wie ein sterbender, im Wind schwankender und im nächsten Augenblick umstürzender Baum.

15.08.2015   Früher Vormittag

'Magersüchtig', urteilte Daniel beim Anblick der jungen Frau am Empfang, rümpfte verständnislos die Nase und fuhr sich - einer früheren Angewohnheit folgend - mit der Hand durch das kurze, widerborstige Haar. 'Die Statuen im Friedpark sehen gesünder aus', diagnostizierte er abschließend und wandte sich den ausliegenden Broschüren zu.

'*Schicken Sie ihren lieben Verstorbenen auf die große Reise*', prangte es in dicken roten Lettern auf einem der Infoblätter. '*Als Kolonist auf dem Mars wird er zum Entdecker einer neuen Epoche der Menschheit.*' Darunter war das Bild von einer der amerikanischen Raumsonden mit dem Hinweis abgebildet, dass nur diesen Monat ein wissenschaftliches Multifunktionsgerät zum Sonderpreis von einem Euro erhältlich sei, beim Abschluss eines '*Allinklusive-Vertrags*'.

'Was für ein Irrsinn', kam es ihm in den Sinn, als ein anderer Prospekt seine Neugier weckte. '*Leben wie im Mittelalter*', versprach die Überschrift, und unter zwei kleinen Abbildungen, die in ihrer plakativen Art an König Artus und seine Tafelrunde angelehnt waren, verkündete das Unternehmen Friedpark: '*Jetzt wieder Plätze frei! Wagemutige Raubritter, schöne Burgfräuleins, und inmitten dieses düsteren Zeitalters kämpft ihr lieber Angehöriger mit den dunklen Mächten ...*'

Entsetzt über die reißerische Anpreisung ihrer Dienstleistung trat Daniel vom Tresen zurück. Die Werbebildschirme zeigten abwechselnd eine Großaufnahme des Fußballstadions und des aktuellen Spielerkaders des 1. FC Friedpark. '*Die Transferliste ist noch offen*', informierte ein Spruchband die Besucher mit dem Hinweis, dass ihre freundlichen Mitarbeiter jederzeit für weitere Informationen zur Verfügung stehen.

Ungelenk drehte Daniel sich um, stolperte zur Tür und starrte wie unter Hypnose auf die endlosen Reihen der Parkplätze. Eine Familie mit zwei Kindern, Jungen im Alter von acht oder neun Jahren, näherte sich der Eingangstür. Die Frau hielt ihre Söhne an der Hand, während der Mann ihnen die Tür aufhielt.

„Seid jetzt artig", ermahnte sie ihre Sprösslinge, und der Klang ihrer Stimme verriet Daniel ihre innere Angespanntheit. „Denkt daran! Dass ihr euch hier genauso sittsam und anständig benehmt, wie bei einem Besuch von Opa."

„Aber Opa ist tot und wird von Würmern gefressen", sagte der Junge zu ihrer Rechten altklug und seine Stimme passte zu seiner herausgeputzten Erscheinung.

„Oma ist auch tot, Hans", zischelte seine Mutter, zerrte dabei so heftig an seinem Arm, dass er fast stürzte und hob dann lächelnd den Kopf, als sei nichts geschehen oder das Kind an ihrer Seite nur der Flegel der Nachbarin, der ihren Sohn begleiten durfte.

„Oh, da sind Sie hier falsch, Herr ... Helmer", hörte Daniel die junge Frau hinter dem Empfang sagen. „Der Besuchereingang befindet sich - wenn

Sie hier hinausgehen - zu Ihrer Linken. Sie können ihn überhaupt nicht verfehlen."

„Danke", antwortete der Vater sichtlich entnervt, faltete das Schreiben von Friedpark sorgfältig zusammen und steckte es in den Umschlag zurück. „Wiedersehen", murmelte er unfreundlich und eilte mit seiner Familie davon..

„Das haben wir nur deiner Mutter zu verdanken", warf er im Vorübergehen seiner Frau an den Kopf und der kalte, leere Glanz in seinen Augen überdeckte seine Wut nur mäßig. „Erst kaufen wir nach Opas Tod das teure Doppelgrab und dann verfügt sie in ihrem Testament, dass sie hier als Kräuterfrau ein neues Leben beginnen will. Die hätte meiner Meinung nach besser in die Klapsmühle gehört ...", redete er sich in Rage und flüchtete nach draußen, als verfolgten ihn sämtliche Geister der hier ausgestellten Körper.

Der ältere Herr blätterte gelangweilt in einer Zeitschrift. Alle paar Sekunden hob er den Kopf, warf einen Blick auf die Uhr und widmete sich wieder dem Artikel.

„Herr Kowalski!", rief ein etwas rundlicher Mann aus dem Halbdunkel hinter den Schreibtischen und eilte mit ausgestreckter Hand auf seinen Kunden zu. „Ich heiße Sie im Namen von Friedpark herzlich willkommen. Kiesewetter", begrüßte er sein Gegenüber und dirigierte ihn umsichtig zu seinem Schreibtisch.

„Was können wir für Sie tun, Herr Kowalski", fragte er in freundlichem und geschäftsmäßigem

128

Ton, rückte dabei Tastatur und Brille zurecht und sah dem Kunden anschließend - wie er es bei der letzten Schulung gelernt hatte - fest in die Augen.

„Der letzte Wunsch meiner geliebten Frau", begann Kowalski, und die natürliche Würde, die seine Worte beseelte, büßte durch die ihm eigene Gleichgültigkeit an Wirkung ein und wurde von seinem gespielt wirkenden Hüsteln zusätzlich unterstützt. „Sie wollte etwas Neues ... so etwas wie ein zweites Leben ... eine Veränderung." Er räusperte sich vernehmlich. „Hier, in Ihren Räumlichkeiten, wollte sie sich verwirklichen. Ein neues Zuhause finden, wie sie sich ausdrückte."

„Schön", unterbrach Kiesewetter ihn in einer Atempause. „Und äußerte Ihre Frau diesbezüglich einen besonderen Wunsch?", fügte er so pietätvoll wir nur möglich hinzu, wobei er, unbemerkt von seinem Kunden, am Computer die offenen Stellenangebote aufrief.

Daniel setzte sich auf die Kante des Schreibtisches, berührte dabei mit dem Knie die Hand von Kowalski, der unruhig, als sei ihm die ganze Angelegenheit höchst zuwider, auf seinem Stuhl hin- und herrutschte.

'Die Luft', dachte Daniel, 'riecht nach Schweigen.' Er verschränkte die Arme über der Brust und wartete, angetrieben von seiner Neugier, auf die Antwort von Kowalski.

Kowalski schwieg. Umständlich fingerte er ein zerknülltes Taschentuch aus der Gesäßtasche, tupfte sich damit die Schweißperlen von der Stirn, lockerte anschließend den Knoten seiner Krawatte, und atmete tief ein und dann wieder aus. Er sah den Berater von Friedpark an, als sei dieser selbst nur ein Ausstellungsobjekt und fragte sich, ob seine Vermutung zutraf und Kiesewetter mit herkömmlichen Batterien betrieben wurde oder bereits mit modernen Akkus ausgestattet war. Schaltete er sich automatisch ab, wenn der Kunde zu viel von ihm verlangte?

„Als meine Frau gestorben ... aus unserer gemeinsamen Wohnung ausgezogen ist ...", versuchte Kowalski dem Kundenberater ihren Wunsch näher zu bringen, „sie wollte noch einmal jung sein ... verführerisch aussehen ... Sie verstehen?" Schweißgebadet brach er ab, schmolz wie ein Schneemann in der Frühlingssonne dahin und wurde mit jedem Atemzug kleiner und unsichtbarer.

„Jung und verführerisch", wiederholte Kiesewetter mit einem unmerklichen Seitenblick auf seinen Bildschirm. Schlagartig hellte sich sein Gesicht auf. „Moment", murmelte er und hämmerte mehrmals mit dem Zeigefinger auf eine der Tasten. „Da haben wir doch genau die Existenz, von der ich annehmen darf, dass Sie ihrer Frau insgeheim in ihren Träumen vorschwebte. Ja, - das sieht schon einmal gut aus", brummte er geheimnisvoll. „Die Hinterbliebenen ließen den gesetzten Termin verstreichen und damit - wir haben heute den Fünfzehnten - wird der Platz zum Ersten des kommenden Monats frei. Glückwunsch, Herr Kowalski!"

„Wozu?" Kowalski sah ziemlich ratlos aus und geriet gefährlich nahe an den Rand des Sitzes.

„Die Mätresse des Sonnenkönigs ist ernstlich erkrankt und die Ärzte rechnen mit ihrem baldigen Ableben."

„Ich weiß nicht, ob meine Frau diese Art Veränderung anstrebte", meinte Kowalski, der nicht wusste, was er von dem Angebot halten sollte.

„Wie alt war Ihre Frau?" Kiesewetter scrollte auf seinen Bildschirm auf und ab.

„56", erhielt er von seinem Gegenüber kaum hörbar zur Antwort, als handle es sich dabei um ein Geheimnis oder das Wissen, das nur von einem Eingeweihten zum nächsten weitergegeben werden durfte.

„Oha!", entfuhr es Kiesewetter ungewollt, der seinen Fauxpas sofort bemerkte und eiligst fortfuhr: „Ein kleines Lifting bringt fünf Jahre, Färben der Haare - mindestens drei weitere Jahre, dazu das der Zeit entsprechende Outfit, die sogenannte Wespentaille", er wiegte den Kopf nachdenklich hin und her, als überschlage er die Kalkulation eines Großbauprojektes, „zwei, bis drei - würde ich sagen. Richtig geschminkt und in einer aufreizenden Pose - das lenkt von den Problemzonen ab", erklärte er Kowalski. „Also summa summarum - zwölf bis vierzehn Jahre dürfte unsere Wellnessbehandlung einbringen."

'Seit Jahrtausenden', kam es Daniel in den Sinn, während er vom Schreibtisch glitt, 'geschehen in der Welt seltsame Dinge. Flüsse voller Blut, unerklärliche Zeichen am Himmel, Völker, die über Nacht spurlos verschwinden, schmerzvolle Geburten. Und überall lauert der Tod. Dann gibt es noch jene Dinge, die gelernt haben, nicht zu sterben, wie wir, die unfreiwilligen Bewohner von Friedpark. Bedenkt man den Glauben der Inder, so ist es nicht verwunderlich, dass dort so viele Geister, Spukgestalten und seit ewigen Zeiten wirksame Flüche existieren. Aber hier in Deutschland?' Für einen Augenblick flackerte der Schmerz seiner Wiedergeburt vom Vortag auf, der Schock, den er durch seinen präparierten und öffentlich zur Schau gestellten Körper erlitten hatte, der zum Glück für sein labiles Seelenheil durch die Anwesenheit von Valerie innerhalb weniger Stunden so weit abgeklungen war, dass er nun sein neues Zuhause erkunden konnte.

„Vierzehn Jahre", wiederholte Kowalski das Resultat der für das neue Leben seiner Frau notwendigen Korrekturen ihres Körpers, der bereits vor Jahren, wenn er es richtig betrachtete, bereits unmittelbar nach ihrer Heirat seinen Zenit überschritten hatte. Im Geiste sah er sie mit Mitte vierzig; ein trauriges, rundes, allbackenes Gesicht, dahinter kein Männer verzehrendes Feuer, eher ein Flämmchen, wie es billige Teelichter erzeugen, die unruhig flackern und so wenig Licht spenden, dass man sie im Dunkeln suchen muss. „Armes Mädchen", meinte er zum Abschluss ihrer Begutachtung und beendete seinen Ausflug in die Vergangenheit.

„Besteht eine Alternative?"

Daniel hatte genug von dem Gespräch, von Kiesewetter und der Art und Weise, wie Friedpark seine Dienste präsentierte. 'Es ist, als ob sie hier einen Erlebnisurlaub buchen', sagte er zu sich selbst und sah plötzlich im Geiste seine Eltern dort am Tisch sitzen, wie sie mit einem Kundenberater um seine Zukunft feilschten, als gehe es um ein lukratives Angebot für eine Tournee in einem bedeutenden Orchester.

Er tauchte neben zwei betagten, gebrechlich aussehenden Damen auf. „Hübsch, dieser Flötist. Oder sagt man Flötenspieler?", bemerkte eine ihrer Freundin gegenüber.

„Flötist, glaube ich. Bin mir aber nicht sicher", erhielt sie zur Antwort, und als sie den Oberkörper ein wenig nach vorne beugte, um den jungen Mann näher in Augenschein zu nehmen, raschelte ihr Körper wie eine leere Larvenhülle.

Als eine Besuchergruppe an den beiden vorbeidrängte, die in ihren Trachten wie Relikte aus einer längst untergegangenen Epoche wirkten, mischte er sich unter sie. Am Übergang zu Halle sieben blieben sie an der Informationstafel stehen. Ein Mann in mittleren Jahren mit Kniebundhose, Janker und einem Hut, der jedem Alm-Öhi zur Ehre gereicht hätte, fuhr mit dem Finger über die Liste der Themengebiete.

„Wir müssen in Halle neun!", verkündete er, ordnete die Gurte seines Rucksacks, und deute nach links. „Der kürzeste Weg führt über Halle sechs", teilte er der Trachtengruppe mit und stürmte los, als könne er nur im Laufschritt dem drohenden Unwetter entkommen, das sich von hinten mit mächtigem Donnergrollen an ihn heranschob.

„Also auf, Rudi! Bin ja schon mächtig gespannt", sagte eine spindeldürre Frau, die Daniel auf Anfang fünfzig schätzte.

„Die Rüstung habe ich selbst mit Hannelore ausgesucht", plapperte sie weiter ziellos in die Runde, während der eine oder andere ihrer Gemeinschaft sich eines Grinsens nicht erwehren konnte.

„Ging ja am Ende recht schnell mit ihm. Wenn ich bedenke, so mitten aus dem Leben gerissen zu werden."

Der Alm-Öhi führte die Gruppe - Mitglieder des Kegelvereins 'Alle zehn' -, wild gestikulierend zu dem von ihnen gesuchten und leider viel zu früh aus ihrer Mitte gerissenen, langjährigen Mitglied Rudi Böhmer.

Überrascht blieb Daniel vor der gewaltigen Kulisse des Mittelalter-Szenarios stehen. 'Wie ein Schnappschuss aus einem der großen Hollywood Produktionen', schoss es ihm durch den Kopf, wobei er die zahlreichen, künstlerisch angeordneten Kompositionen betrachtete. Der Hintergrund stand ganz im Zeichen einer mächtigen, naturgetreuen Burganlage, auf deren Verteidigungswall - so schätzte Daniel - mindestens dreißig Männer mit allen ihnen zur Verfügung stehenden Kräften und Mitteln gegen die Angreifer vorgingen. Bogenschützen, die entweder ihren Bogen spannten oder den nächsten Pfeil aus dem Köcher zogen, während neben ihnen Kessel mit heißem Öl über die heranstürmenden Kämpfer ausgegossen wurden. Über angelehnte Leitern versuchten zwei Soldaten, die Zinnen zu erstürmen, wurden jedoch blutig zurückgeschlagen. Gut drei Meter über dem Boden, mitten im Sturz festgehalten, sah Daniel in das vor Schmerz und Todesangst verzerrte Gesicht eines gewissen Johannes Gutbrod, wie der Übersichtskarte zu entnehmen war.

Gegen die unüberwindlich erscheinende Mauer aus klobigen, roh behauenen Steinquadern rückten gut fünfzig Mann vor. Unterstützt wurden sie von einer Phalanx Bogenschützen und zwei Katapulten, die Steine bis weit in das Innere der Burg hineinschossen. Zwischen den Angreifern lagen Tote und Verletzte. Ihre Darstellung war so lebensecht, dass Daniel die Schreie inmitten des Kampfgetümmels zu hören glaubte. Die Flut der Kämpfer am Boden brodelte und schwankte vor seinen Augen. Die Bogenschützen schossen verzweifelt auf ihre Gegenspieler auf dem Wall und brachten sogar einige zu Fall. Sie hingen mit weit aufgerissenen, dem Tod ins Antlitz starrenden Augen über die Zinnen, den tödlichen Pfeil in der Brust, ihn wie einen Anker ins Jenseits umklammernd. An anderer Stelle verschmolz ein Schwert mit dem Hals eines Mannes, und obwohl der tödlich Verwundete noch kraftlos mit der bloßen Hand nach dem Schwert schlug, sank er bereits in die Knie.

„Es steht zwar in keinem bekannten Geschichtsbuch", hörte Daniel den Vorsitzenden von '*Alle zehn*' deklamieren, „aber zur Blütezeit der Ritter, in ihren großartigen Schlachten, sind oft so viele Kämpfer durch Erschöpfung ausgefallen wie in der Schlacht selbst -wegen der schweren Rüstungen. Wenn es heiß war, dann begann die kritische Zeit gegen drei, vielleicht vier Uhr. Dann fielen sie nach und nach um. Im größten Getümmel", dozierte er sachkundig aus dem im Souvenirladen erhältlichen Führer, „stolperten die verfeindeten Krieger gemeinsam blindlings mitten durch die Zweikämpfe, wobei sie nicht selten von ihren eigenen Männern niedergestreckt wurden."

„Dort ist Rudi!", schrie die Spindeldürre und zerrte ihren Fotoapparat aus der Handtasche. Der Auslöser klickte in schneller Folge und erinnerte an den hektischen Trommelschlag auf den Galeeren bei einem Angriff.

„Neben der Sonderausstellung von Raumschiff Enterprise ist die Mittelalter-Themenwelt, die am häufigsten frequentierte", klärte ein Mitbewohner Daniel auf. „Werner", stellte er sich vor und deutete auf einen Krieger am Katapult. „Vorne links, das bin ich. Neu hier?"

„Ja", sagte Daniel, nickte mit dem Kopf. „Daniel. Seit gestern."

„Hm. Tätigkeit?"

„Flötist im Orchester", antwortete er und sah traurig dabei aus, ein ungewollter Nachhall des Schreckens seiner Wiedergeburt.

„Meine Alte", begann Werner leutselig, froh über den neuen Mitbewohner, weil er so seine Geschichten mal wieder zum Besten geben konnte und ihm die Wartezeit bis zu dem Besuch seiner Frau auf angenehme Weise vertrieb. „Meine Alte", wiederholte er mit jenem Gleichmut in der Stimme, den er sich in vierzig Jahren Ehe angeeignet hatte, „war misstrauisch wie eine Kompanie Diktatoren, störrisch wie ein Esel, knausrig, herrschsüchtig und dazu noch vorzeitig gealtert. Doch im Grunde ihres hässlichen Leibes hatte sie ein Herz aus Gold. Zu meinem Leidwesen konnte sie es erst nach meinem Tod enthüllen." Er seufzte und fing mit hoher, zittriger Stimme zu singen an. Dabei hüpfte er ungelenk von einem Bein auf das andere, als imitiere er

Zoe, und umschlang sich mit den eigenen Armen. Im Rhythmus des Liedes wiegte er seinen Oberkörper auf und ab.

Die Gruppe umringte ihr ehemaliges Mitglied, das in voller Montur, das Breitschwert in der Rechten, mitten im Schlachtengetümmel um sein Überleben kämpfte.

„Ach, Flora", röchelte die Spindeldürre ergriffen zu der neben ihr Stehenden, deren Gesicht so verwittert war, als sei es so alt wie die Zeit selbst. „Dass du deinem Sohn dieses wundervolle zweite Leben geschenkt hast, ich ... mir fehlen die Worte." Ihre Augen wurden feucht. Sie hielt den Fotoapparat davor und schoss noch ein paar Detailaufnahmen.

„Für mich könnte ich mir eine solche zur Schaustellung meines Körpers nicht vorstellen", erwiderte Rudis Mutter. Sie fröstelte, und etwas schien ihr den Hals zuzuschnüren. Ihre Stimme klang leise und tonlos, als sie fortfuhr. „Rudi hat immer zu mir gesagt: 'Ich werde dem Tod ein Schnippchen schlagen. Der Friedpark!' Dabei haben seine Augen einen so seltsamen Glanz angenommen, als sehe er in eine andere Sphäre, ein jenseitiges Reich. „Ihre Konservierung erinnert an die alten Ägypter. Solange der Körper existiert, wird es auch mich geben." Sie beugte sich zu ihrer Bekannten vor, bot ihr ein Stück Schokolade an und flüsterte: „Glaubst du, dass er hier irgendwo steht und mich beobachtet?"

„Das kann ich dir nicht beantworten, Liebes", erwiderte die Spindeldürre und wischte sich mit dem Handrücken unbemerkt eine Träne aus dem Augenwinkel. „So viele Kränze hat er geworfen. Ach, ich vermisse ihn und seine fröhliche Art."

„Und wenn er sich geirrt und, der Tod ihn endgültig hinweggerafft hat?"

„Werner schüttelte den Kopf. „Hier - in diesen heiligen Hallen, kannst du eine Ewigkeit lang hinter dem Tod herjagen, du wirst ihn nicht finden. Niemand hat auch nur den Zipfel seines Gewandtes gesehen - er meidet diesen Ort. Er ist ihm vermutlich nicht geheuer. Vielleicht fürchtet er sich auch nur vor so vielen unerlösten Seelen. Keiner arbeitet länger, als es die Gewerkschaft erlaubt, selbst Gevatter Tod nicht." Er lachte.

„Wenn es bei mir einmal so weit ist", fuhr Rudis Mutter fort, „und der Tod mich ereilt, so wird er in Gestalt einer Frau kommen, einer scheußlichen alten Vettel, groß und stark wie ein mächtiger Krieger aus der Vergangenheit. Und das Schlimmste wird sein, dass sie mein Gesicht haben wird." Sie verstummte. Ihr Blick war dabei aufwärtsgerichtet, als schnappe sie nach Luft, und Flora rückte unwillkürlich ein Stück von ihr ab.

„Moderne Kettenhemden ...", zitierte der Alm-Öhi und hielt das aufgeschlagene Buch über seinen Kopf, damit jeder die Abbildungen des Herstellungsprozesses sehen konnte.

„Alles Verrückte!", konstatierte Werner und tippte sich mit dem Zeigefinger an die Stirn. „Du wirst dich an sie ebenso gewöhnen müssen wie an dein ... wie drückte sich diese Frau aus? Zweites Leben!" Ein unheilvolles Grinsen schlängelte sich um seine Mundwinkel. „Und? Schon ein wenig eingelebt?"

„Ich muss gestehen, nach dem ersten Schock ... es ist interessant. Ich war vorhin außerhalb der Hallen, am Eingang, glaube ich, und habe einem Beratungsgespräch gelauscht ... Es war irgendwie surreal, als ginge es in Wahrheit nicht um einen verstorbenen Menschen, sondern um einen Hund, den man aus Anhänglichkeit oder innerer Verbundenheit ausstopfen lässt."

Die beiden Frauen zogen sich langsam von Rudi zurück und schlossen zu ihrer Gruppe auf.

„Bemerkt Rudi nicht, dass seine Frau Mutter bei ihm ist?", fragte Daniel verwundert. „Oder will er sie nicht sehen, keinen Kontakt mit ihr?"

„Du musst noch viel lernen, mein Junge", erwiderte Werner und vergrub die Hände tief in den Taschen der ausgebeulten Hose, deren Farben so verblichen waren, dass sie wie schmutzige Flecken aussahen. „Wir leben in einer anderen Welt, - nicht mehr in der ihren. Uns trennen, im wahrsten Sinne des Wortes, Welten voneinander." Er lachte auf wie über einen besonders gut gelungenen Witz und wippte auf dem Absatz auf und ab. „Wir können sie sehen, hören, aber bereits die Wahrnehmung ihres vertrauten Geruchs entspringt einer Illusion, die deine Erinnerung dir vorgaukelt. Erinnerungen, - und das sage ich nicht leichtfertig, sind etwas Schreckliches ... Eine plötzliche Woge reinen Entsetzens, die dich anhaucht wie die Hitzewelle aus einem geöffneten Backofen. Wenn ich könnte, würde ich mir in solchen Momenten in die Hose machen", gestand er Daniel und hielt in der Bewegung inne. „Trotzdem müssen wir standhalten wie ein Idiot oder ein Felsen, während unsere Eingeweide rebellieren und sich sprichwörtlich entleeren."

„Weshalb versuchst du mir mit deinen Geschichten Angst einzujagen?", fragte Daniel und blieb an seiner Seite, obwohl sich der Kegelklub in Bewegung setzte.

„Geschichten?" Werner wiederholte das Wort, ließ es auf der Zunge zergehen und würgte es gegen den Willen seines Magens hinunter. „Ich brauche dir keine Angst einjagen, mein Junge. Die stellt sich ganz von selbst ein. Könnte ich mich in solchen Momenten nicht auf etwas stützen oder mich auf einer Bank niederlassen, ich würde unter der Last zusammenbrechen." Er erlosch wie seine Stimme.

Daniel blieb alleine zurück.

„Laut Führer, Liebling, befindet sich die Müllabfuhr in Halle acht, direkt neben dem Übergang zu Halle neun. In welcher Halle sind wir gerade?", fragte der junge Mann, der neben Daniel stehen geblieben war und nach einem Hinweisschild Ausschau hielt.

„Sind wir denn nicht in Halle neun, Liebling?", antwortete seine Frau, eine blasse Erscheinung mit glattem Haar und Pickeln im Gesicht.

„Dann", sagte der junge Mann und drehte den Plan sichtlich verärgert hin und her, „müssen wir in diese Richtung."

„Bist du dir sicher?"

„Ja. Hier ist die Themengruppe Mittelalter. Und dort", er deutete mit seiner fleischigen Hand in die Richtung, in der vor wenigen Augenblicken der Kegelklub verschwunden war, „befindet sich der Durchgang zu Halle acht. Dein Bruder muss - von hier aus

gesehen - links von hier seiner neuen Tätigkeit nach-
gehen, so wie das im Brief von Friedpark stand."

Daniel schlenderte hinter den beiden Besuchern
her. Plötzlich hörte er eine hohe Stimme sagen:
„Noch zwanzig Minuten." Er blieb stehen, blickte
in die Richtung, aus der er glaubte, die Stimme ver-
nommen zu haben und entdeckte einen Jungen, der
auf einem kleinen Stück Rasen kauerte. „Heute wird
er mich einwechseln", fuhr dieser in seinen Gedanken fort. In seiner Vorstellung spielte er gerade
zwei Abwehrspieler aus, als Daniel neben ihm und
einem Mann in den mittleren Jahren auftauchte.

„Hallo!", begrüßte Daniel den Jungen, der höchstens acht Jahre alt sein konnte.

„Mann! Gerade wollte ich den Ball unten rechts
reinballern", erwiderte der mürrisch, jedoch mit einem Grinsen auf dem Gesicht. „Mein Vater", fügte
er hinzu und deutete mit dem Kopf auf den weinen-
den und leise vor sich hin murmelnden Mann, dessen Worte ungehört verwehten. Sein Sohn saß bewegungslos zu seinen Füßen.

„Er war immer stolz auf mich, wenn ich ein Tor
geschossen habe. Vielleicht kann er meine Gedanken hören und freut sich über unsere Erinnerungen."

„Du wirst ihn verwandeln", sprudelten die Worte
über seine bebenden Lippen, als er seinen Jens am
Elfmeterpunkt stehen sah, der nur auf den Pfiff des
Schiedsrichters wartete. Das Gesicht des Jungen
spiegelte die Anspannung des zierlichen Körpers,
der im Schein der abendlichen Sonne ein fast engel-
haftes Aussehen annahm. Die Finger von Jens Va-

ter krallten sich in das Trikot mit der Nummer 14. „Jetzt!", brüllte jede Faser seines Körpers. Tränen tropften auf das Trikot, das so zerknittert war wie ein achtlos in die Ecke geworfenes Hemd.

'Als sein Sohn noch gelebt hat', dachte Daniel, 'hat er bestimmt kein Spiel live miterlebt und jetzt mimt er hier den trauernden Vater.'

„Weshalb bist du hier, nicht im Stadion drüben?", fragte Daniel im Flüsterton, obwohl er wusste, dass dessen Vater ihn nicht würde hören können.

„Zu jung", antwortete der Junge. „Ich heiße Jens - und du?"

„Daniel. War dein Vater bei jedem Spiel von deiner Mannschaft dabei?"

„Nein. Er war immer unterwegs. Meine Schwester hat mich meistens gefahren oder ich bin mit Mike zum Spiel. Aber ich habe ihm die entscheidenden Szenen erzählt ... Dich habe ich hier noch nicht gesehen."

„Frisch eingewechselt", scherzte Daniel, während Jens seinem Vater über das ausgedünnte Haar strich.

„Lisa kommt mich nie besuchen", meinte Jens traurig und sah zu ihm auf. „Sie erträgt meinen Anblick nicht, hat Vater mir erzählt. Er wäre ihr zu nah an der Realität. Nick bekommt überhaupt keinen Besuch mehr, obwohl er ein klasse Linksaußen ist."

Als Jens` Vater sich ächzend in die Höhe schraubte, als trüge er eine schwere Last auf den Schultern, verabschiedete er sich von Daniel und folgte seinem Vater, vergeblich dessen Hand ergreifend.

„Tragisch", meinte eine bekannte Stimme neben ihm.

„Valerie! Ich habe dich gesucht", rief Daniel freudig aus und errötete dabei wie ein Schuljunge, der seiner großen Liebe zum ersten Mal alleine gegenübersteht.

Sie lächelte, senkte verlegen den Kopf und faltete die Hände.

„Schon eingelebt?" In diesem Augenblick sah sie so zart aus, und so ernst und so besorgt, dass ihm nichts anderes übrig blieb, als zu nicken. Der Wind trug für den Bruchteil eines Augenblicks Stimmen an ihre Ohren, fern wie erinnerte Träume.

„Ich weiß nicht", sagte er als Valerie sein Schweigen bereits als verwirrend empfand, obwohl es nur seiner Nachdenklichkeit entsprang. „Im Moment überwiegt die Neugier. Alles ist so neu ... ungewohnt ... fantastisch", verlor er sich, trotz Werners Warnung, in den Illusionen der Themenwelten.

Das kann ich dir nachfühlen." Valerie bohrte mit der Schuhspitze kleine, imaginäre Löcher in den Holzboden.

„Geht es allen Neuen so?"

„Nein. Es ist unterschiedlich", meinte sie, mit einem Seitenblick auf die Statue von Jens. „Kinder sitzen oft neben ihrem Körper und warten darauf, dass ihre Eltern sie abholen. Für sie ist Friedpark ein Spielplatz, denn sie nicht verlassen dürfen bis ihre Mutter vom Einkaufen zurück ist. Später suchen sie nach ihren Eltern - wie Nick gestern. Frauen verbringen die ersten Tage oft in ihrer Statue und bei den Männern?", sie hob die Schultern und ließ sie dann langsam wieder sinken. „Altersbedingt. Jüngere, wie du, ziehen umher und die Älte-

143

ren sind zumeist ungeduldig und warten am Eingang auf den Besuch ihrer Frau oder der Kinder."

„Wie war es bei dir?", fragte Daniel und wusste sofort, dass es eine törichte Frage war.

„Nach dem Begrüßungsrummel musste ich mich zuerst auf den Boden setzen. Später habe ich gegen meinen Körper gehämmert, bis ich eingesehen habe, wie blödsinnig mein Verhalten ist. Die kommenden Tage blieb ich in mir, dämmerte vor mich hin, ließ mein Leben Revue passieren und versuchte mir vorzustellen, was wohl meine Eltern gerade tun, ob sie an mich dachten oder mich verfluchten", erzählte sie überraschend freimütig.

Sie sah Daniel an, erwartete eine Antwort, doch er schwieg, obwohl er eine Menge Dinge auf der Zunge hatte, über Friedpark, Fußball spielende Kinder, Verkaufsberater, eigensinnige, undankbare Männer.

„Ich dachte", zerbrach Valerie die Stille, „dass mir zauberische Rituale, wie sie eine Freundin von mir in ihrer Schulzeit praktiziert hat, helfen würden, von hier zu fliehen. Wie sie wollte ich die Kraftlinien des Universums beschwören - bis mir mit der Zeit bewusst wurde, dass ich eigentlich nur ein bisschen Zeit für mich selbst brauchte. Ich musste lernen, mir selbst mehr Beachtung zu schenken. Das war eine höchst nützliche Lehre, die ich nie vergessen werde."

'Sie hat weiße Zähne', dachte Daniel. 'Weiße Zähne, so weiß wie die Gischt eines Flusses', doch diesen Gedanken verschwieg er ihr und sagte stattdessen: „Es gibt also keine Möglichkeit, diese Hallen zu verlassen?"

Valerie schüttelte den Kopf und die Geste ließ ihn an ein welkes, im Wind flatterndes Blatt denken. „Solange dein konservierter Körper besteht ... Warst du schon im Souvenirladen?", fragte sie unvermittelt das Thema wechselnd und blickte ihm direkt in die Augen.

Und so stand Daniel, wie gebannt durch ihren Blick, in seiner ganzen Hilflosigkeit und aufblühenden Liebe vor ihr. Er fühlte die Schwere der Luft über seinem Körper murmeln und ihn streicheln. Ein Gedanke blitzte auf und teilte mit Donnergetöse die neu gewonnene Erkenntnis von den kleinen, ihn wie Regentropfen umtanzenden Verrücktheiten. 'Dein Verlangen können selbst die Götter auf ihren weit entfernten Planeten riechen.' Nichts anderes als Valerie existierte für ihn in diesem Augenblick. Weder der Himmel mit den unbekannten, wie von Sturmwinden gepeitschten Sternen, die wie Dolchspitzen aufblitzten, und ihre Einsamkeit auch um ihn gewebt hatten, ohne die Hoffnung auf ein wenig Glück.

Unbewusst legte er den Kopf in den Nacken, schloss die Augen und sah dann, wie Valerie unvermittelt auf ihn zu kam, ihn an den Schultern packte und auf den Mund küsste. Daniel, der sich in seinen zwischen Wachen und Träumen verbrachten nächtlichen Stunden oft gefragt hatte, wie das sein würde, war so steif wie ein versteinerter Baum. Ihr verführerischer Angriff erschreckte ihn und zugleich war er eine lockende Offenbarung.

„Daniel!", rief Valerie besorgt und berührte mit dem Handrücken behutsam seine Wange. Die Berührung prickelte auf ihrer Haut.

Daniel erwachte wie aus einem Traum, hob die schweren Lider, und als er wieder sprechen konnte, sagte er: „Ich liebe dich."

Valeries Hand fiel kraftlos herab. „Wie kannst du das wissen, dummer Kerl?", entgegnete sie errötend und ihre Augen wurden plötzlich so dunkel wie das tiefe Meer, erleuchtet von Licht spendenden Wesen. „Mich lieben!", schnaubte sie und blickte an sich herunter. „Die Anderen sehen mich nicht einmal, selbst wenn ich ihnen gegenüberstehe. Ich bin unscheinbar wie die Luft, die sie nicht mehr zum Atmen benötigen. Ich bin kaum mehr als ein blasser Dunstschleier unter Geistern, eine Illusion, die verweht, bevor der Verstand sie ergreifen kann." Ihre Stimme erlosch wie ihr früheres Leben, ohne ein letztes Aufflackern, als sei einfach die Lebenskraft verbraucht, aufgezehrt von unerfüllten Hoffnungen.

„Ich liebe dich", wiederholte Daniel, und der feste Klang seiner Stimme hielt ihn am Boden, und obwohl er außer sich vor Glück war, nur noch hüpfen und tanzen wollte, blieb er still stehen.

„Lass uns in den Souvenirladen gehen", schlug Valerie vor. Aus ihrer Stimme sprach eine Einsamkeit, die weit über jedes erträgliche Maß hinausging.

„Ja", antwortete Daniel, und als er lächelte, erwärmten sich seine Augen.

15.08.2015 Gegen Mittag

„Du siehst müde aus, Adam", sagte seine Oma in demselben Ton wie früher, wenn es Zeit für das Zubettgehen war.

„Elli?", stieß er überrascht aus, und die flüchtige Erinnerung an ihren Geruch streifte seine Nase und erweckte weitere Bilder zum Leben.

„Wir, - dein Opa und ich, warten bereits so viele Jahre auf dich. Es wird Zeit, dass du dich von deinen Freunden verabschiedest." Noch während sie sprach, trat sein Opa neben seine Frau, umfasste ihre Taille und sah mit seinen grauen Haaren und dem urwüchsigen Bart wie Gottvater selbst auf ihn herab.

„Johann", murmelte er verstört und musste unwillkürlich husten, als er sich an dessen selbst gebrannten Birnenschnaps erinnerte, mit dem man Modellflugzeuge hätte antreiben können.

„Hallo, Knirps", begrüßte dieser ihn mit seiner dunklen, warmen Stimme, die so anheimelnd war wie ein überheiztes Zimmer am kältesten Abend des Winters.

In Adams Erinnerung tauchte das Bild seines Opas auf, wie er am Tag seines Todes hinter dem Ladentisch gestanden hatte, ein kleiner, untersetzter Mann im grauen Hemd und dunkler Hose. Seine Augen waren wässrig gewesen und hatten müde auf ein Schreiben geblickt, das er in seinen zittrigen, mit brauen Altersflecken übersäten Händen

hielt. Seinen kleinen Lebensmittelladen hatte er betrieben, seit Adam denken konnte und in den vier-
undzwanzig Jahren bis zu dessen Tod hat er sich
selbst kaum verändert. Nachdem der Uhrmacher
nebenan aus Altersgründen sein Geschäft hatte aufgeben müssen, vergrößerte er zwar die Verkaufsflä-
che - aber Opa blieb Opa.

„Du siehst gut aus", stellte Adam überrascht fest.
„Dein neues Leben scheint dir gut zu bekommen."

„Du kennst ja deine Oma", antwortete Johann und
lächelte verschmitzt wie ein zu groß gewordener
Junge, der mehr wusste, als er zuzugeben bereit war.

„Ach, hör doch auf", brummelte sie und knuffte
ihn in die Seite. „Er übertreibt mal wieder", und in
ihren Augen erschien dieser strahlende Glanz, der
von ihr auf die Personen in ihrer Umgebung über-
zuspringen pflegte. Sie infizierte wie ein Virus, der
den Rest des Tages für gute Laune sorgte und
selbst am kommenden Morgen noch nachwirkte.

Adam spürte ihre Lebensenergie, die anders war
als früher, wenn er im Laden ausgeholfen hatte oder
einfach zu Besuch bei ihnen gewesen war und sie
ihm bei einem gemütlichen Glas Wein, von den
kleinen und größeren Erlebnissen erzählt hatten, die
sie in den dreißig täglich in ihrem Geschäft erleb-
ten. Er sog sie auf wie ein entladener Akku, und sie
verlieh seiner Gestalt zunehmend an Konsistenz.

„Es gibt noch viele Anekdoten", griff Elli seinen
Gedanken auf und streckte ihm auffordernd die
Hand entgegen. „Es wird Zeit, Adam, dass du die-
ses dunkle Loch verlässt. Komm! Gib mir deine
Hand."

„Was ist mit den Anderen?", fragte er und wandte den Kopf in Richtung der eingepackten Körper, die gleich den Kriegern in Qin Shihuangdis Mausoleum in langen Reihen neben- und hintereinander standen, aufgebahrt, bis sie Verwendung in einem anderen Friedpark finden oder aus Platzgründen verbrannt werden und ihre Asche anschließend der Erde übergeben würde.

„Sie schlafen", flüsterte Elli, als stünde sie an seinem Kinderbett und fürchte, ihn mit einem zu lauten Wort oder Atemgeräusch aufzuwecken. „Hierher dringt keine Lebensenergie." Sie blickte ihn traurig an.

Mit zwei Schritten schob er seinen Körper zur Seite und starrte nachdenklich auf die aufgebahrten Körper. „Weshalb sind sie noch hier?", formten seine Lippen, und dann erinnerte er sich wieder. „Sie veränderten das Konservierungsmittel ... Aber wie können Chemikalien den Geist am Übergang hindern?"

„Du kannst nichts für sie tun, Knirps", sagte Johann. „Ihr Körper gibt sie nicht frei, solange er in diesem lebensnahen Erhaltungszustand ist. Schon die alten Ägypter wussten darüber Bescheid. Sie nannten die Lebenskraft Ka. Sie bleibt in der Nähe des Leichnams, um ihn in einem extra für sie errichteten Raum zu beschützen. Der Ba-Aspekt des Geistes bemüht sich unterdessen im Jenseits um die Neuerstehung des Körpers. Die mumifizierte Leiche sollte dem Ka, ebenso wie die dargebrachten Speisen, das Überleben ermöglichen, bis er sich im Jenseits mit dem Ba wieder verkörpert. Die Konservierung bindet den Ba ..."

„Und verhindert die Auferstehung, den Übergang des Geistes", führte Adam den angefangenen Satz seines Opas zu Ende. „Zerstören", sagte er halblaut. „Wir müssen die Körper wieder in ihren natürlichen Kreislauf einbinden." Plötzlich hörte er das Ticken der Uhr, ihren monotonen Schlag, der winzige Stücke Zeit aus ihrem Dasein herausschlug. Sie bröselten wie trockener Sand zu Boden, häuften sich dort zu unscheinbaren Erhebungen angesichts der Ewigkeit.

„Es ist sinnlos, dass du dir darüber den Kopf zerbrichst." Johanns Stimme hallte in ihm nach, wurde von Gedanken und Erinnerungen zurückgeworfen und letztlich von der Zeit absorbiert.

„Ein Wunder der Wissenschaft", spann Adam den Gedanken weiter und wühlte sich durch die Dunkelheit außerhalb des Lichtkreises. „Statuen aus menschlichen Körpern. Ich hielt es immer für einen Irrsinn. Wie konnte Rita nur auf eine derart abstruse Idee verfallen?"

„Du darfst deiner Frau keinen Vorwurf machen, Adam. Sie liebte dich, und es war eine Möglichkeit, dich weiterhin um sich zu haben", erwiderte seine Oma, und ihr Tonfall wurde dabei mild und nahm wieder die Sanftmut an, die er von früher kannte. Trotzdem verschwieg sie ihrem Enkel ihre wahre Einstellung.

„Es müssen Hunderte sein." Wie in Trance schritt er die in dunkle Folien eingepackten Körper ab, deren oft skurrile Posen Anlass zu den wildesten Spekulationen gaben, vor allem auf die Beweggründe der Angehörigen „Als ich damals erwachte, war ich der Meinung, dass das Bewusstsein ohne den Körper ungebundener sein müsste, so wie in Träumen, wo ein Gedanke dich an jeden gewünschten Ort versetzt. Aber diese Vorstellung endete an den Türen und Fenstern, die nie weit genug geöffnet sind, um mich passieren zu lassen. Die Welt dort draußen wird einzig von meinen Erinnerungen, Wünschen und Hoffnungen gewebt. Und selbst die werden mit den Jahren blasser, bis das Dasein substanzlos wird wie geisterhafte Stimmen." Adams Stimme war voller Verachtung. „Sie haben uns nicht vergessen, das hätte ich ihnen verzeihen können. Sie haben unser Sein verleugnet, als Unsinn abgestempelt und den Glauben an die Seele als Aberglauben, als überholte Vorstellung abgetan."

„Adam!", mahnte seine Oma in eindringlichem Ton. „So schmerzlich ihr Zustand auch für dich ist, du musst loslassen. Nimm meine Hand, Adam! Ich bitte dich."

„Ich kann sie nicht zurücklassen. Sie einfach aus meinem Gedächtnis streichen", erwiderte er mit bemüht ruhiger Stimme, die nur unzureichend seine innere Erregung verbarg. „Als Kind, wenn ich draußen im Schnee gespielt habe und es bitterkalt war, dann bin ich manchmal hin und her gegangen und habe dabei auf den hart gefrorenen Schnee gestampft. Damals habe ich es nicht verstanden, und erst hier dämmerte mir allmählich, was sich wirklich dahinter verborgen hat - Kampf - Gegenwehr, nie aufgeben."

„Lass gut sein, Elli", sagte Johann und nahm sie bei der ausgestreckten Hand. „Er ist alt genug, um zu wissen, was gut für ihn ist."

Elli seufzte tief und lang anhaltend, als befreie sich ihr Körper von all den Kümmernissen, die Adam ihr mit seiner Entscheidung, seiner vertrauten Hartnäckigkeit, bereitete. Sie dachte plötzlich an den merkwürdigen kleinen Mann im Gartenverein, der nicht sehr gesprächig war, dem man praktisch jedes Wort einzeln aus der Nase ziehen musste. 'Vielleicht muss er so handeln, um seinen endgültigen Frieden zu finden.'

„Denk daran, Adam, dass unsere Tür nie verschlossen ist. Das Licht, der Übergang zu uns, er ..." Sie brach ab, und trat ins Licht zurück, welches sie aufsog.

„Sie liebt dich, Knirps", knurrte sein Opa. „Und im Grunde ihres Herzens versteht sie dein Handeln, auch wenn sie das dir gegenüber nie zugeben würde. Halt die Ohren steif! Du weißt ja, wo wir zu finden sind, wenn du uns brauchst. Noch eines", warnte ihn Johann und seine Worte kamen stockend, eines und dann noch eines, dann zwei, „unsere Lebensenergie wird dich nicht lange vor dem Einschlafen bewahren, Knirps und ob du sie noch von den Lebenden beziehen kannst, bezweifle ich angesichts des Zustandes, in dem sich dein Körper befindet."

Der Übergang schmolz binnen weniger Augenblicke auf die Größe eines Punktes zusammen, der in rötlichem Schein nachglühte, bis er so schwach war, dass er sich nicht mehr von seiner Umgebung abhob.

„Elli!", rief Adam ihr mit spröder Stimme hinterher. Dann wie zu sich selbst: „Ich weiß nur, dass mein Leben bei euch ebenso dunkel wäre wie dieses Kellergeschoss. Diese Dunkelheit umschließt uns alle, sie spart niemanden aus und wir können sie nur gemeinsam abstreifen."

Behutsam, als könnten es unter der kleinsten Berührung zerbrechen, berührte er mit den Fingerspitzen das verhüllte Gesicht eines Körpers, dessen Arme jubelnd in die Luft gereckt waren. Er spürte ein sanftes Prickeln, das behäbig bis zu den ersten Fingergelenken kroch und dort versandete. 'Wir sind wie Wesen, die im tiefsten Meer schwimmen und in ihrem Leben nie die Sonne sehen', schoss es ihm durch den Kopf, während er langsam von einem Körper zum nächsten ging. 'Wir bewegen uns jenseits des Lichts', schienen sie ihm zuzuflüstern. 'Aber du, du hast Freunde im Licht.'

Ein Arm versperrte ihm den Weg, als wollte er ihn aufhalten oder an die Vergangenheit erinnern, damit er sie nicht vergaß. 'Eigentlich hätte er inzwischen alles vergessen müssen, so wie wir, die wir uns selbst vergessen haben', klagten die in den Körpern gefangenen Erinnerungen. 'Die Zeit vergeht, Mondaufgang für Mondaufgang, Jahr für Jahr - bis wir endgültig verdämmern, eins werden mit dem Nichts.'

Hier, in diesem abgetrennten Bereich des Untergeschosses, hörte man keine Stimmen. Es gab nur wenige, die ihren Fuß in die Aufbewahrungshalle gesetzt hatten. Die Werkstätten waren am anderen Ende untergebracht und die Arbeiter mieden die Lagerhalle mit den konservierten Leichen. 'Es ist dort wie in der Aussegnungshalle', tuschelten sie untereinander. 'Richtig unheimlich, diese in der Bewegung eingefrorenen Körper', hörte man einige sagen, die zum ersten Mal einen Friedpark betraten.

Zu den Aufgebahrten verirrte sich niemand, nicht einmal zufällig. Es gab von den Arbeitern selbst angefertigte Hinweisschilder, und wenn sie nicht umhinkamen, diese Abteilung zu betreten, weil einer der Körper abgeholt und in einen anderen Themenpark versendet werden musste, oder weil die Ausstellungszeit für einen von oben abgelaufen war und die Angehörigen ihn dem Unternehmen für die weitere Nutzung überließen.

'Oben', erinnerte sich Adam an die Worte eines Mitarbeiters, 'ist ihr Anblick irgendwie erträglich - aber hier unten ... brr. Jedes Mal wenn ich hierher muss, überkommt mich ein seltsames Frösteln. So von innen heraus. Und ich habe ständig das Gefühl, beobachtet zu werden.'

‚Is unheimlich ... wie Friedhof an Nacht. Nich in Ordnung, dies Prapation von Toten. Gott böse. Du mir glaube.'

'Wenn ich mir vorstelle, Altan, dass ihre Angehörigen teilweise längst zu Staub zerfallen sind, während sie hier Jahrzehnte oder länger herumstehen. Schon merkwürdig, oder? In der Broschüre versprechen sie ein Haltbarkeitsdatum von mindestens 100 Jahren.'

'Wie uffe Esse in Lade', scherzte Altan. Dann hatte er sich einem der Körper genähert, bis dieser verschwamm und er hatte Geräusche von sich gegeben, die keine Worte formten.

'Verdammnich!', hatte er vom Grauen erfasst geschrien und war einen Schritt zurückgesprungen, sodass er mit dem Rücken hart gegen einen anderen Körper prallte. ‚Ah! Has gesehe, Klaus? Klene Feuer

von Tote auf mich. Hat Schmerz gemacht bis da.'
Altan hatte mit der freien Hand auf seinen Nacken
gedeutet. 'I nix wiede komm da!'

Nie zuvor war Adam dieser Ort so beklemmend
erschienen wie jetzt. Er konnte es Altan nachfühlen,
dass er vor den Toten geflohen war. 'Ich starb in ihren Armen - in Frieden und in dem Wissen, endlich
frei zu sein, ohne die unerträglichen Schmerzen.
Rieke! Lebte sie noch? Und wenn ja ...'

Adam sah an sich herunter. Er trug noch immer das
karierte Hemd und die blaue Latzhose, zumindest in
der Erinnerung. 'Damals', erklärte er Rieke und hakte, einer früheren Gewohnheit folgend, die Daumen
an den Trägern ein, 'habe ich mir viele Gedanken
über die Ewigkeit gemacht, und ... Aber ich will dich
nicht mit meinen Überlegungen langweilen.'

'Nein', hörte er sie sagen, mit ihrer hellen, stets
fröhlich klingenden Stimme, deren Klang bereits seine Bedenken auflöste. 'Ich höre dir gern zu.' Er lag
wieder im Bett. Der Geruch von kaltem Schweiß
strömte aus den zerknüllten Laken, mischte sich mit
dem Duft ihres Parfüms und wurde für ihn zum
Symbol des Lebenskreislaufes, von Geburt und Tod.
Sie berührte mit der Hand sein verschwitztes Gesicht und lächelte nicht ihn, sondern einen Punkt
oberhalb seiner Haarspitzen an. Das Gefühl zarter
Haut hüpfte wie Treibholz auf den Wellen in sein
Bewusstsein, und für einen kurzen Moment glaubte
Adam, das Leben darunter zu spüren. Der Takt ihres
Herzens, vielleicht auch den gleichmäßigen Rhythmus ihrer Atmung, der ihren Brustkorb blähte und
sanft zusammensinken ließ. Nur einmal noch wollte

er das Leben spüren, es mit jeder Faser seines Körpers wahrnehmen, obwohl er wusste, dass sein Wunsch niemals in Erfüllung gehen würde.

Rieke saß an seinem Bett, lauschte seinen kurzen, harten Atemstößen. Die Luft im Schlafzimmer stand bewegungslos und er fühlte, wie von Geisterhand bewirkt, eine merkwürdige Starre, die von den Beinen aufwärts kroch, langsam von ihm Besitz ergriff, unaufhaltsam höher zu seinem Herzen vordrang, um es für alle Zeiten zu härten.

Das Bild von seinem Sterbebett verblasste, trat respektvoll in den Hintergrund, bis nur noch Riekes Gesicht seine innere Leinwand füllte. Angst und eine sich mit seinem nahen Tod anbahnende Einsamkeit sprachen daraus, als sie ihm den Schweiß trocknete, der das Leben aus seinen Poren drückte. Wie eine Sonne hing ihr Gesicht über seiner ausgemergelten Gestalt und sandte vergeblich ihre lebensspendende Kraft auf ihn herab. Der Horizont begann bereits Macht über sie zu gewinnen, indem er ihren gleißenden Schein mit dem Blut der Erde überzog - ehe die Nachtmehrfahrt, seine Reise zur Erneuerung einsetzte.

'Abends', sinnierte Adam, von Erinnerungen umnebelt, leise, um das Reservoir an Kraft nicht unnötig zu verschwenden, 'wenn die Lichter bis auf die Notbeleuchtung erloschen waren, saßen wir zusammen, redeten über die Begebenheiten des Tages, sangen Schlager, die seit Monaten oder Jahren bereits aus den Hitlisten verschwunden waren, oder trösteten einander, wenn der Ehepartner oder einer der Angehörigen nicht zu Besuch gekommen war. So geht es jetzt weiter, dachte ich eines Morgens, als der Tag bereits graute, bis in alle Ewigkeit. Wir verbringen den Tag, den Nächsten, einen weiteren - hunderttausend Tage und noch einen mehr. Unser Leben wird zur Gewohnheit, bestimmt von ungeschriebenen Gesetzen, es läuft unverändert weiter, ein Spiel mit festgeschriebenen Regeln. Wir sitzen vor einem imaginären Kamin, reden, singen, lieben und hassen uns, und hin und wieder schleudern wir gedankliche Feuerbälle auf die Gestalten unserer Vergangenheit, die unser Treiben aus der Dunkelheit heraus beobachten. Irgendwann wird aus der Gewohnheit Überdruss, selbst die Freude, weil man auch sie bis zum Überdruss kennt, sodass auch die Liebe unter uns unwirklich geworden ist. Aber noch immer kommt es nicht zum Ende - im Gegenteil, das Karussell kommt jetzt erst so richtig in Schwung.'

Adam fuhr fort. 'Das Leben danach - wie lächerlich ist die Vorstellung der Lebenden von Himmel und Hölle. Wer Böses tut, der kommt unweigerlich in die Hölle, in der er bis in alle Ewigkeit leiden und Buße tun muss. Aber wer schnell seine Sünden bereut, bevor die Schwerkraft den letzten Atemzug aus den Lungen presst und Gott lobpreist, der darf hinauf in die Loge, denn dort oben ist immer ein Platz frei für die gerettete Seele. Aber die Menschen dort draußen haben keine Ahnung, wie es im Himmel mit ihnen weitergeht. Ich, Adam Schirmer, nehme mir die Freiheit und berichtige ihre Wunschvorstellung. Die Ewigkeit, das ist die wahre Hölle. In der Hölle sein heißt, dass sich alles bis in alle Ewigkeit wiederholt, das Gute wie das Schlechte. Dann, nach ein paar Tausend Jahren oder Jahrmillionen, hebt sich der Unterschied zwischen Gut und Böse auf. Irgend etwas geschieht noch, und zwar aus dem einfachen Grund, damit überhaupt etwas geschieht und so wird es weitergehen. Was wissen wir denn schon von den Vorgängen im Kosmos? Zum Glück sterben wir unwissend. Das ist ein wahrer Segen.'

Die Körper in der Aufbewahrungshalle schwiegen pietätvoll, als wüssten sie um seine Gedanken, sein Schicksal. Adam bewegte sich schwerfällig - eine zum Dasein verdammte Erinnerung in Menschengestalt.

'Lebte Rieke noch? In der alten Wohnung, oder war sie, wie sie ihm beinahe täglich versichert hatte, ausgezogen, um nicht bei jedem Schritt an ihn erinnert zu werden? Saß sie abends noch immer auf dem kleinen Balkon mit den beiden Blumenkästen und den mickrigen Geranien, die trotz liebevoller Pflege nie mehr als ein paar Blüten hervorbrachten, weil ihnen an Sonnenlicht mangelte?' Er sah Rieke. Ja, er sah sie wirklich. Wahrscheinlich lag es daran, dass er Geister sehen konnte. Oder hatte die Erinnerung eine solche Intensität angenommen, dass er sie in die Dunkelheit projizierte? Ihre Augen glänzten mehr als jemals zuvor und um sie herum zeigten sich feine Lachfältchen. 'Du bist einfach gegangen', sagte sie vorwurfsvoll und zog einen Schmollmund, wie auf dem Bild, welches sie am Tag ihrer Einschulung zeigte, mit Ranzen auf dem Rücken und bunter Schultüte.

„Nicht einfach", erwiderte Adam und seine Stimme war kaum mehr als ein trockenes Flüstern. Sie lachte jäh auf, was ihn ebenso erschreckte als wenn sie leibhaftig vor ihm erschienen wäre. So schluckte sie die Dunkelheit. „Rieke! Warte!", rief er, überbrückte die kurze Distanz und griff ins Nichts. 'Sie war so real', dachte er wehmütig.

Adam wollte nur noch weg, der Dunkelheit entfliehen und die eingepackten Mumien ebenso hinter sich lassen wie das Dasein selbst, das ihn an diesen unwirklichen Ort gebunden hatte und ihn auch in Zukunft wie einen Schurken behandeln würde. Mit dem Unterschied, dass es für ihn keine Erlösung geben konnte, bis er sich für den Übertritt entschied.

Unmittelbar neben den beiden Türflügeln der Aufbewahrungshalle bemerkte er das Gesicht eines älteren Mannes. Die Folie war verrutscht, und Adam blickte in ein paar Augen, die ihm eiskalte Schauer über den Rücken jagten. Der Tod sprach aus ihnen. Nicht der gewöhnliche Tod, sondern der Teufel höchstpersönlich. Er glaubte, seine dämonischen Hunde zu hören, die ihn auf seiner einsamen, erbarmungslosen Jagd mit lauten Gebell und tropfenden Lefzen begleiteten. 'Tot oder lebendig! Heiliger oder Sünder!', sprach aus ihrer Raserei und Adam fühlte, dass es vor ihnen kein Entrinnen gab.

„Zum Glück bin ich nicht abergläubisch", beruhigte er sich selbst und schritt durch den rechten Türflügel. Neonlicht hüllte den Gang in gleißendes Licht, und es dauerte geraume Zeit, bis er sich an die Helligkeit gewöhnt hatte.

'Sie wollen wissen, wie die Zukunft aussehen wird?', stand auf einem vergilbten Plakat zu lesen und darunter: '*Dann kommen Sie zu uns. Wir sind die Zukunft.*' Ein freundlich lächelnder Herr in Maßanzug, weißem Hemd und Krawatte, aus dessen Blick die Verheißung einer Zukunft sprach, die keine Wünsche offen ließ, drückte einer Statue die Hand und sagte: '*Willkommen im Morgen.*'

Kopfschüttelnd ging er den weiß getünchten Gang hinab, in dem sich zu beiden Seiten Plakate mit hellen Eisentüren abwechselten. '*Schreinerei*', las er, ehe seine Aufmerksamkeit von einem weiteren Plakat angezogen wurde.

'*Wir suchen Sie!*', schrie ihm derselbe Mitarbeiter von Friedpark ins Gesicht, ihn mit dem ausgestreckten Zeigefinger in Sichtweite fixierend. '*Qualifizierte Mitarbeiter gesucht. Wenden Sie sich vertrauensvoll an unsere Berater.*' Im Hintergrund die Familienaufstellung der Mitarbeiter - dicht nebeneinander wie Kühe bei Kälte, in modischer Arbeitskleidung, mit zufriedenen Gesichtern, dank Friedpark. Am unteren Rand entdeckte Adam einen Hinweis darauf, dass im Aktionszeitraum die Kosten für die Aufstellung entfallen und auch der Eintritt für Angehörige in den ersten drei Monaten umsonst sein würde.

Hinter der nächsten Tür hörte Adam zwei Männer, die sich unterhielten.

„Wie konnte das nur passieren?“, fragte der Eine, und als Adam lautlos den Raum betrat, rückte dieser gerade seine Schiebermütze zurecht.

„Sicherlich wieder diese verdammten Gören“, antwortete der Andere, den Adam auf Mitte dreißig schätzte. „Die sind heutzutage überhaupt nicht mehr erzogen. Und wenn du ihnen eine Schelle verabreichst,

160

dann stehst du ja schon mit einem Bein im Gefängnis."

„Na ja", versuchte ihn sein Kollege zu besänftigen, dessen Stimme wie ein Reibeisen klang, das über ausgereiftes Holz schabte. „Sind halt Kinder. Die Kraft muss raus."

„Und wir können die Schäden reparieren", erhielt er schnaubend zur Antwort. „Den halben Arm haben sie ihm abgerissen - sieh´ dir nur die Schweinerei an. Bis wir das fixiert und frisch gegossen haben! Und wenn wir es nicht perfekt hinkriegen, drohen die Angehörigen mit Klagen, Schmerzensgeld und was weiß ich noch. Und Heike wird sich ebenfalls bedanken, wenn sie das Jackett sieht."

Über die Schulter des Mannes mit der Schiebermütze hinweg, sah Adam die Bescherung. Der rechte Arm hing grotesk verdreht herab, trotzdem hielt er die Kelle fest in der Hand, als müsse er vor seiner Einlieferung ins örtliche Krankenhaus, noch schnell die angefangene Arbeit beenden.

„Hast du dir schon einmal vorgestellt, Heinz, was für ein Gefühl das ist, wenn deine Frau als plastinierte Statue hier ausgestellt ist und du sie besuchst?", wollte der Ältere von Heinz wissen und kratzte sich nachdenklich hinter dem Ohr.

„Kein Angehöriger von mir kommt hierher oder in irgendeinen anderen Park, solange ich es verhindern kann", knurrte Heinz und klang dabei gefährlich.

Adam zog sich nach draußen zurück. Er wusste, dass die meisten Gespräche der Mitarbeiter bedeutungslos waren. 'Den größten Teil des Tages kann man mit Standard-Antworten und ebensolchen Fragen bestreiten', dachte er. 'Wenn man die Spielregeln beherrscht, kommt man unter günstigen Umständen mit einer Serie von Brummtönen aus. Möglich wird das, weil keiner dem anderen richtig zuhört, weil - was wichtig ist - erfährt man aus der Zeitung oder dem Radio, das ohnehin den ganzen Tag lang vor sich hin spielt und zwischen sich täglich wiederholenden Schlagern und blödsinnigen Werbesprüchen die eine oder andere Neuigkeit einstreut. Kein Mensch will im Grunde wissen, wie es dem anderen geht, geschweige denn, was er denkt und fühlt. Am Ende bereitet das Sprechen selbst das größte Vergnügen.'

Der Gang beschrieb eine Biegung und endete an einer Treppe. Links von ihm befand sich der Lastenaufzug, dessen Türen offenstanden und den Blick auf einen Hubwagen und eine farbige Liege freigaben, wie sie im Rettungsdienst zum Einsatz kommt.

Von dem Moment an, in dem er die erste Stufe betrat, spürte er einen merkwürdigen, stechenden Schmerz im Hinterkopf, der von dort bis zu den Schläfen wanderte. Er erinnerte sich, dass die Treppe zwischen dem Bürobereich und Halle drei in einen Gang mündete, der nur für das Personal zugänglich war. Die Möglichkeit, auf andere Bewohner von Friedpark zu treffen, bereitete ihm keine Probleme, solange sie ihn in Ruhe ließen und er keine neugierigen Fragen beantworten musste. Der beunruhigende Druck in seinem Kopf wurde merklich stärker, als wollte eine unsichtbare Kraft seine Rückkehr in die Ausstellungshallen verhindern.

Sie saß mitten auf dem nächsten Treppenabsatz. Ihr Kleid schimmerte nachtblau und umfing ihren

Körper wie eine Wolke. Die junge Frau wirkte desorientiert. Ihre Augen waren weit geöffnet, aber womöglich erinnerte sie sich nicht an die Realität oder wollte sie einfach nicht sehen. Trotzdem war sie auf ihre Weise hübsch, so als hätte ein Künstler tausend zarte Morgendämmerungen der Südsee genommen, um sie daraus zu formen. Aber gleichzeitig erschien sie ihm zweifach tot, fort aus der Welt der Lebenden und fort von sich selbst. Sie schenkte ihm nicht die geringste Aufmerksamkeit.

„Was ist mit dir?", fragte Adam.

Ihr Gesicht veränderte sich, als sie den Kopf hob. Sie presste die Lippen zusammen, und ihre Augen verloren einen Teil ihres Glanzes. Aber sie gab bereitwillig Auskunft.

„Ich kann nicht mehr", flüsterte sie so leise, dass Adam Mühe hatte, sie zu verstehen. „Das Dasein wird mir einfach zu viel. Früher habe ich mich vor der Nacht gefürchtet, jetzt sehne ich sie herbei. Sie ist zu dem Einzigen geworden, was noch von Bedeutung ist. Komisch. In meiner Kindheit hasste ich den Winter, mit seinen kurzen Tagen und den endlosen Stunden der Nacht, die mich wie eine Gefangene behandelten, weil ich das Haus nach Einbruch der Dämmerung nicht mehr verlassen durfte."

Sie sah Adam lange Zeit wortlos an. „Ich hasse die Menschen - nein! Eigentlich hasse ich sie nicht, obwohl sie meine Ruhe stören."

„Verkriechst du dich deshalb hier unten auf der Treppe?", fragte Adam, der das Gefühl hatte, in einen gehörigen Schlamassel geraten zu sein.

„Ja. Bis die Türen geschlossen werden und ich

wieder alleine bin. Endlich!" Jedes Wort stieß sie mit einem geräuschvollen Atemzug aus, der ihre ganze Wut zum Vorschein brachte und jeden näheren Kontakt im Vorfeld bereits im Ansatz erstickte.

„Und du?", wollte sie wissen. „Auch der Zurschaustellung überdrüssig? Fehlt nur der Hinweis: *'Füttern verboten'*. Oder sollte ich sagen, anstarren, begutachten, urteilen verboten?" Sie strich sich dabei, wie stets, wenn sie mit der Welt im Krieg lag, eine Strähne ihres dunklen Haares aus der Stirn.

„So könnte man sagen, ja", antwortete er und fügte, noch ganz in seine Gedanken verstrickt, hinzu: „Weshalb sollte ich mein Dasein mit den Lebenden teilen? Wie soll ich das Leben, mein früheres Leben vergessen, wenn ich täglich den Besuchern folge. 'Du musst damit aufhören', beschwor ich mich. 'Du kannst dich nicht wie eine Klette an sie hängen, sonst gehst du vor die Hunde. Wenn du schon nicht mehr lebendig bist, solltest du dann nicht zumindest richtig tot sein? Alles, nur nicht dieser schreckliche Zwischenzustand. Für das Sterben besitzt du zu viel Leben, und doch reicht es nicht zum früheren Lebendigsein.' Wie eine Ente bin ich ihnen hinterher gewatschelt. Es ist so verführerisch, ein Teil von ihnen zu sein, selbst wenn das kurze Glück einer Illusion entspringt. Am liebsten würde ich mein Dasein fortblasen, so wie in meiner Kindheit den Samen von den Pusteblumen - mit einem einzigen kräftigen Atemzug. Leider ist es mir noch nicht vergönnt."

„Wenn es gelingt, habe ich dann einen Wunsch frei?" Sie lächelte zum ersten Mal. „Meine Wünsche gingen eigentlich nie in Erfüllung", meinte sie voller Verbitterung. „Ich sollte nach oben gehen und mich in meinen Körper verkriechen."

„Mit den Wünschen ist es so eine Sache", scherzte Adam und wechselte das Thema, obwohl er keine Idee hatte, wie er, ohne ihr Misstrauen zu erregen, Informationen über die Verhältnisse in den Ausstellungshallen erhalten konnte.

„Großer Besucherandrang heute?", formulierte er seine Frage vorsichtig und mit einem Unterton in der Stimme, der seine Gleichgültigkeit unterstreichen sollte.

„Wie lange versteckst du dich schon hier unten bei den Werkstätten?", entgegnete sie argwöhnisch und musterte ihn von oben bis unten, als hätte sie bisher etwas Entscheidendes an seiner Person übersehen. „Heute ist Samstag, und dazu noch Aktionstag."

„Richtig. Habe ich ganz vergessen." Er bemerkte ihren skeptischen Blick und fügte schnell hinzu: „Wenn ich den Arbeitern über die Schultern sehe, dann vergeht die Zeit wie im Flug." Er hoffte, dass sie seinen Worten Glauben schenken würde.

„Ich habe dich bisher noch nie gesehen. Wo haben sie deine Statue aufgestellt? Deiner Kleidung nach zu urteilen ... Als Handwerker könntest du überall zum Einsatz kommen." Plötzlich sprang sie hoch wie ein aufgeschrecktes Tier und verharrte kurz auf der Treppe als warte sie auf den entscheidenden Impuls, der ihr sagen würde, ob sie die Flucht antreten oder ihm Glauben schenken sollte.

„Ich bin zur Reparatur in der Schreinerei", log Adam und deutete mit einer kaum merklichen Dre-

hung des Kopfes in Richtung Untergeschoss. „Über-
mütige Kinder haben mir den Arm gebrochen.“
Aber ein Blick in ihr Gesicht genügte, und er wusste
Bescheid. Insgeheim rechnete er damit, dass sie ihm
böse war und wortlos verschwinden würde.

Sie legte den Kopf schief und sah Adam an, mit
einem Mitleid in den Augen, wie er es nie zuvor
bei jemandem gesehen hatte. „Kinder können Quäl-
geister sein!“, rief sie, und es klang wie halb gesungen. Sie flog die restlichen Stufen hoch. Am Seiten-
eingang zur Halle verweilte sie kurz und drehte
sich noch einmal nach ihm um.

„Du bist seltsam“, sagte sie und klatschte lautlos
in die Hände. „Du zeigst keine Gefühle, und das
sagt mir, dass du bereits längere Zeit hier sein
musst. Nur jemand, der sich bewusst an seine Gefühle erinnern muss, kann sie verbergen. Etwas ist
mit dir. Aber ich werde dein Geheimnis schon lüf-
ten“, versprach sie mit gedämpfter Stimme.

„Warte!“, rief Adam ihr nach, und es war ein son-
derbares Gefühl, das ihre Anwesenheit in ihm hinterließ. ‘Vertrautheit’, überlegte er und empfand es
als Glück, dass er sie hier getroffen hatte, bevor er
in den Friedpark zurückkehren musste. Eine Vertrautheit - wie die Verbundenheit mit Rieke und ihrer beider Familien. ‘Im Grunde waren sie eine große Familie. Leidensgenossen ..., durch den blinden
Zufall der Natur aneinander gekettet, für eine halbe
Ewigkeit.’ Selbst so nahe am Übergang zu den Hallen, zu dieser fremdartigen und sensationslüsternen
Welt, war er unschlüssig, ober er sie betreten oder
in den Keller zurückkehren sollte.

Ein Grunzen von unten wurde begleitet von trippelnden Schritten.

„Hierher, Cäsar!", befahl eine kränklich klingende Stimme. „Kommst du jetzt hierher!" Sie schrie und klang dabei kalt wie Eis, das einem das Blut in den Adern gefrieren lässt. Der Hund kam auf dem glatten Fliesenboden, nachdem er mehrere Meter gerutscht war, zum Stehen und knurrte Adam mit gebleckten Lefzen an. Seine Augen waren so schwarz wie die Nacht, wie sie in jenen Gebirgstälern zu finden ist, deren Abgeschiedenheit selbst das Licht der Sterne aufsaugt, ehe es auch nur bis zu den Dächern der Häuser herniedergesunken ist. Cäsar kläffte ihn kurz an und folgte dann dem Befehl seines Herrchens.

„Ich habe das Gefühl, ich werde alt", sagte Adam zu sich selbst und zwinkerte spitzbübisch mit dem linken Auge. „Mein Körper verfault zwar nicht, trotzdem verschrumpeln die Sinne, wie überlagertes Obst." Mit einem schweren Seufzer, der seine innere Anspannung nur wenig milderte, überwand er die ungewohnte Ängstlichkeit und die Tür.

Der Rummel, der ihn umfing, nagelte ihn auf der Stelle fest, raubte ihm jede Fluchtmöglichkeit. Jählings versetzten ihn die Besucherströme in die Vergangenheit, mitten hinein in überfüllte Bahnsteige, und er spürte körperlich das Gedränge der Menschen, ihren heißen Atem, die Stöße mit den Armen oder ihren Taschen, deren Inhalt sich in sein Fleisch bohrte und hässliche Blutergüsse hinterließ. Der dumpfe Geruch von Schweiß, Parfüm, mischte sich mit jenen, die von fetttriefenden Pommes frites und vierstöckigen Hamburgern aufstiegen und ihm den Atem raubten. Hinzu kam der Lärm, das nie versiegende Hintergrundrauschen, das ungefiltert von den Wänden abprallte und sich zu einer Kakofonie aus Tönen, Worten, Husten und dem Rascheln der Kleider, verdichtete, die sich jeder Beschreibung entzog. Ein Kinderwagen wurde über seine Füße gerollt, während der Mann, der ihn rücksichtslos durch die Menge bugsierte, sich angeregt mit einer jungen Dame unterhielt, die ihrerseits ein kleines Mädchen an der Hand führte. „Ich wollte es nicht glauben", schnappte Adam den Fetzen eines Satzes auf.

„Du hast doch den Plan eingesteckt", keifte der Mann, den Adam auf mindestens siebzig taxierte, seine hilflos wirkende Frau an und griff energisch nach ihrer Handtasche. „Lass die Finger weg!", keifte sie und entriss ihm die Tasche mit einer kurzen Drehbewegung ihres Oberkörpers. „Du hast ihn in die Brieftasche gelegt. Außerdem können wir fragen." „Was wir nicht bräuchten, wenn du den Plan nicht verschlampt hättest", erwiderte er gereizt und kämpfte sich durch das Gewühl.

„Papa! Papa! Wann kommen wir zu den Astronauten?", bedrängte der Junge seinen Vater, der gerade mit dessen Bruder beschäftigt war, ihm die Nase putzte. „Musst du mich das jede Minute wieder fragen", gab er schroff zur Antwort, legte dabei das Taschentuch sorgfältig zusammen und verstaute es in seiner Jackentasche. „Aber dort gibt es Figuren", nörgelte sein Sohn weiter und warf seinem Bruder, dem Grund der Verzögerung, einen Blick zu, dass dieser sofort aufheulte.

„Halle drei!", brüllte die ältere Dame ihrer Freundin ins Ohr. „Er arbeitet in der Gärtnerei. Als Muriel mir das Foto zeigte, dachte ich zuerst, es sei ein altes Bild von ihm - von früher, weißt du? Erinnerst du dich, wie er uns immer begrüßte? Die grüne Schürze, an der er seine Hände trocknete. Nein", beantwortete sie die Frage selbst mit einem Nicken, das gleichzeitig wie ein Kopfschütteln aussah. „Wenn ich bedenke - jetzt ist er schon sechs Wochen nicht mehr unter uns."

„Die Zeit vergeht", sagte ihre Begleiterin. „Jeden Tag spüre ich das mehr."

Adam schloss die Augen und wünschte sich fort von diesem wogenden Menschenfluss, der ihn mit jeder Minute, die er ihm hilflos ausgeliefert schien, mehr in Erregung versetzte.

Stille umfing ihn.

15.08.2015   Spät am Nachmittag

'Wenn ich weiß, dass es mein Schicksal ist, un-
glücklich zu sein, so darf ich nicht zulassen, dass
die Realität mich mit Glück verwirrt. Nicht ich
muss mich der Realität anpassen, die Realität muss
sich mir anpassen und meinem Wissen, wie die
Dinge sind und sein werden', überlegte Anton,
während die Besucher an ihm vorbeiströmten.

„Wundervoll", hörte er eine Frau ausrufen, die vor
seiner Statue stehen geblieben war. „Da wäre ich jetzt
auch gerne." Sie seufzte und dachte an ihr langweili-
ges, so alltägliches Leben. 'Knapp vierzig', vermutete
Anton, der Frauen grundsätzlich jünger einschätzte
als sie in Wirklichkeit waren, wobei das schmucklose,
dunkelgraue Kleid sie um Jahre älter erscheinen ließ.
Das Interessanteste an ihrem Gesicht war der kleine
Mund mit den vollen Lippen. Wenn er sprach, erwachte er zu eigenständigem Leben, hüpfte und zuckte wie eine Ballerina und entblößte zwei Reihen weißer, ebenmäßiger Zahnreihen.

„Jeden Tag derselbe öde Trott", beichtete sie dem
Abenteurer, weil er es ihrer Ansicht nach, bewerk-
stelligte, seinen Traum zu leben. „Wieso halte ich
daran fest und breche nicht einfach aus?" Sie fragte
ihn oder sich selbst, und der Klang ihrer Stimme offenbarte Anton die ganze Unzufriedenheit ihres Daseins. „Gewohnheit, - vermutlich." Sie stieß erneut
einen tiefen Seufzer aus und flüchtete von dem Ort

und den unerfüllbaren Wünschen, die er in ihr hervorrief. Anton wollte aufspringen, ihr folgen, unterließ es aber, weil er die Nutzlosigkeit solchen Tuns intuitiv erfasste.

'Was habe ich mit ihr zu schaffen?', fragte er sich stattdessen und spürte wie ihm - weil er wie zu Lebzeiten seinen Zorn unterdrücken musste - das Blut ins Gesicht schoss. Ohne es selbst zu bemerken, sprang er auf und zitterte dabei so heftig, dass er sich an der Bank festhalten musste. Von einer inneren Unruhe getrieben, als könne die Flucht vor seinem Körper, den ganzen Wahnsinn in den er durch seinen Tod geraten war, auflösen.

„Aufwachen! Du musst endlich zu dir kommen!", bedrängte ihn jede Faser seines imaginären Körpers. Anton stolperte vorwärts, als besäße er zwei linke Beine, geriet in den Sog der Besucher und ließ sich mitreißen. 'Die Themengruppen sind perfekt in Szene gesetzt', dachte er. 'Wie teure Hollywood-Produktionen. Statue reihte sich an Statue: Gärtner in liebevoll gestalteten Gewächshäusern, Frauen beim Volkstanz, deren Finger sich berührten, um den Eindruck zu vermitteln als hielten sie sich bei den Händen. Und weiter ging der Reigen bis ihm schwindelte, die Vielfalt der Themen und Körper ihn überforderte. Der Körper auf den Anton sich stützte, hielt ein Gewehr in seinen Händen. Ein ungewohnter Geruch entströmte dessen Kleidung, als wäre sie mit einer Mischung aus Knoblauch und Zitrone gewaschen.

„Es sind zu viele", presste er zwischen zwei Atemzügen heraus. „Früher oder später reißt das

Gefüge auseinander und wir prasseln wie Regentropfen in den Abgrund. Dann erst werden wir den Platz zum Totsein gefunden haben", klagte er dem Jäger. „Aber das hier ist schlimmer als eine gewöhnliche Heimsuchung, die üblicherweise den Tod bedeutet", bedrängte Anton ihn weiter und verstummte plötzlich, als könne jedes weitere Wort ihn tiefer in die Depression treiben.

Am Rand der Gruppe 'Die Jagd gestern und heute', saß eine schwangere Frau auf einem eigens mitgebrachten Klappstuhl. Sie weinte und sprach auf den jungen, blonden Mann ein, der direkt vor ihr an seinem Pult stand und Daten und Bilder auf dem Computerbildschirm sondierte.

„Glauben Sie denn, dass er Ihnen zuhört?", brüllte Anton ihr über zahlreiche Köpfe hinweg zu. „Dass er Ihr Weinen hört?" Sein irres Gelächter brachte ihn wieder zur Vernunft. „Geh nach Hause", warf er der jungen Frau noch wie einem Hund den Knochen hin. „Selbst wenn wir wollten - wir kommen nicht zurück. Kümmere dich um dein ungeborenes Kind und lass den Toten ihren Frieden."

Langsam ebbte der Höllentrip ab.

„Junger Mann, Sie sollten unsere Körper achten", sagte die in leicht gebeugter Haltung neben ihm stehende Frau. Ihre Augen blinzelten wachsam unter den schweren, herabhängenden Lidern hervor; zwei Wachtposten im Niemandsland zwischen den Fronten. Sie schob das graue Haar aus der Stirn und rückte näher an Anton heran. „In Ihrem Alter sollte ein Mann nicht mehr wie ein Lausbub herumlümmeln."

„Entschuldigen Sie, gnä ... Frau", stotterte Anton verlegen und nahm unwillkürlich Haltung an.

„Wohl neu hier, was?" Der Klang ihrer Stimme wurde dabei mit jedem Wort versöhnlicher.

„Nein! Ja. Seit gestern Nacht. Darf ich mich vorstellen, Anton Rubinger. Meines Zeichens Lehrer und ..."

„Nun beruhigen Sie sich erst einmal, Anton", meinte sie und richtete ihren Körper ein Stück auf, wobei Anton zu hören glaubte, wie ihre Knochen knackten. „Ich kann mich noch gut an meine Ankunft hier erinnern. Wissen Sie, Anton - zu Lebzeiten war ich ein gläubiger Mensch. Nicht dass ich jeden Sonntag in die Kirche gerannt wäre, um zu beten oder meine Sünden zu beichten, oh Gott nein! Aber ich war mir stets sicher, dass dort draußen etwas existiert, in das wir nach unserem Erdenleben heimkehren. Mein Mann, Gott hab ihn selig, war ja Atheist ... aber was wollte ich jetzt sagen? Ach ja!", rief sie freudig aus und beäugte Anton von unten herauf. „Und dann bin ich aus meinem Körper rausgefallen wie ein nasser Sack. Da stand ich nun, starrte meinen toten Körper an und um mich herum klatschte ein Haufen Verrückter Beifall und grölte aus vollem Hals blödsinnige Willkommensparolen. Dass Josephie - das ist meine älteste Tochter, sie ist übrigens Rechtsanwältin - zuweilen verrückte Ideen hat, ist mir nicht neu, aber in diesem Fall ist sie deutlich über das Ziel hinausgeschossen. Stellt mich zur Schau wie ein Modell. Diese Dinger da mit ihren dürren Leibern, wo man die Knochen einzeln zählen kann, weil sie überall herausstehen ..."

Sie rückte näher an ihn heran, weil die Passanten reihenweise durch ihren Körper liefen, der unter der Berührung flackerte. „Trotzdem, Anton. Der Tod meint es gut mit mir und ich empfinde mein jetziges Dasein als Prüfung - als Vorbereitung oder Zwischenspiel auf dem Weg zu ihm." Sie hob das Kinn und deutete gleichzeitig mit ihrer von Gichtknoten verunstalteten Hand in Richtung Decke. „Normalerweise verbringe ich den Tag ja in meinem Körper. Es ist nicht wie früher; er fühlt sich jetzt eng an und ich kann mich in ihm nicht bewegen. Eigentlich war er mir seit frühester Kindheit zu klein. Ein Gefängnis der besonderen Art. Nicht wahr?"

„Wieso?", wollte Anton wissen und senkte den Kopf, weil er den bohrenden Blick ihrer Augen nicht länger ertrug.

„Vermutlich, weil er einen das ganze Leben begleitet. Er ist wie eine wandernde Gefängniszelle ohne Mauern. Er raubte mir oft die Luft zum Atmen. Aber ich langweile Sie sicher, Anton. Hab´ mir nur ein wenig die Beine vertreten, als ich Sie hier inmitten des Arrangements stehen sah. Sie können mich, wenn Sie wollen, zu meinem Körper begleiten. Er ist gleich dort hinten, bei den Landfrauen."

„Ja, gern." Anton hüpfte wie ein Frosch in die Lücke zwischen zwei Männern.

„Keine Angst. Sie nehmen Ihre Gestalt nicht wahr", sagte die alte Frau und wiegte ihren Kopf. „Selbst in ihrer Freizeit sind sie in Eile. Früher, Anton, ließ ich mich auch von der Zeit jagen. Die Kinder, mein Mann und dann musste ich mit Putzen

Geld hinzuverdienen. Das Leben raste nur so vorüber, von Sekunde zu Sekunde, von Tag zu Tag, von jungen Jahren an bis ins hohe Alter. So hastete ich fast durch mein gesamtes Leben. Wie die meisten lebte ich in einem Haus, das aus Zeit erbaut ist, und ich spähte nie aus dem Fenster, geschweige denn, dass ich es einmal verließ, bis ich starb. Eine andere Tür aus dem Alltag existierte für mich nicht. Heute wüsste ich es besser." Sie blinzelte und ihre Augen waren hell vor Wissen und Neugier.

„Ja", meinte Anton gedehnt und zerdrückte die Äußerung mit den Lippen, als fordere sie eine längere Erklärung, zu der er nicht bereit war.

„So, da wären wir." Atemlos blieb sie stehen und der Klang ihrer Stimme verriet die Anstrengung, die dieses kurze Stück Weg sie gekostet hatte. „Die Erinnerung hält einen fest umklammert, Anton. Doch das Wichtigste", sie legte ihre kleine, faltige Hand auf seinen Unterarm, „was es zu verstehen gilt: Hier kommt es nicht mehr darauf an, wie oft die Uhr schlägt oder wie viele Umdrehungen ihre Zeiger ausführen. Wir können nicht einmal mehr unsere eigene Zeit schlagen. Auch diese Fähigkeit ist versteinert, wie unser Körper. Wenn Sie das erst verstanden haben, dann sind Sie hier angekommen." Im Hintergrund schlug die Uhr vier. Der letzte Schlag war noch nicht verklungen, als sich ihr Körper auflöste und ihn allein vor ihrer Statue zurückließ.

„*Hermine Lohmann*", las Anton und betrachtete die kleine, vom Alter gezeichnete Gestalt, die eine Hose flickte und sich nebenbei mit den Frauen aus dem Landfrauenverein unterhielt.

Anton trat einen Schritt näher heran, sodass er Hermines präparierten Körper besser in Augenschein nehmen konnte. 'Kein Unterschied', stellte er verblüfft fest. 'Zumindest kein auf den ersten Blick erkennbarer.'

„Es ist nicht gut, Zeit zu haben." Überrascht drehte Anton den Kopf. Um das Gesicht zu dieser sonoren Stimme sehen zu können, musste Anton ihn ein gutes Stück in den Nacken legen. Seine Gesichtszüge - Mund, Nase, Kinn - waren übermäßig groß und verschwanden teilweise unter der prächtigen, hellblonden Haarpracht, die ihn an die Mähne von Löwen erinnerte. Er deutete auf die Landfrauen und fragte: „Eine Bekannte von dir?"

„Nein!" Anton schluckte trocken.

„Ihre Tochter kommt sie einmal im Monat besuchen", klärte Konrad Hübner ihn trotzdem auf. „Ist bereits ebenso windflüchtig wie sie." Konrad hakte die Daumen in den Gürtel. „Vererbung", setzte er hinzu, befreite seine rechte Hand und reichte sie Anton. „Konrad Hübner. Geschäftsführer eines kleinen landwirtschaftlichen Unternehmens." Anton ergriff zögerlich seine Hand. Ein Kribbeln breitete sich von den Fingern aus und ebbte ab, bevor es sein Handgelenk erreichte.

„Überrascht?"

Anton war sicher, ihn richtig verstanden zu haben. Trotzdem fragte er nach: „Wie?", um Konrad zu veranlassen, das letzte Wort zu wiederholen. Vielleicht hatte er sich doch geirrt.

„Überrascht? Über das Kribbeln, meine ich", wiederholte der und starrte abwartend auf Anton herab.

„Ja."

„Nur eine Reaktion früherer Nervenbahnen. Ein letztes Aufbäumen des toten Körpers wie bei den Hühnern, wenn sie ohne Kopf über den Hof rennen und ihr Blut verspritzen." Er lachte grollend und drehte dabei den Kopf wie den Geschützturm eines Panzers. „Keine Sorge. Ist wie ein verteufelter Schnupfen, der in ein paar Tagen von selbst vergeht." Konrads Stimme krachte, als ob hinter ihm ein Kanonenschuss abgefeuert worden wäre.

„Beruhigend", erwiderte Anton sichtlich erleichtert, ohne zu wissen weshalb, und ließ sein Gegenüber keine Sekunde aus den Augen.

„Ich muss! Es gibt da so ein junges Ding - du verstehst schon." Er zwinkerte Anton zu, legte ihm freundschaftlich die Pranke auf die Schulter und hinterließ außer einem seltsamen Eindruck wieder ein feines Kribbeln auf der Haut. Anton blickte ihm nach, bis er bei einer Gruppe seilhüpfender Mädchen abbog.

„Himmel, Arsch und Zwirn!", fluchte Anton. „Die Welt - was sage ich, das ganze Universum ist aus den Fugen geraten!" Er flüchtete inmitten der Besucher vor der Alten mit ihren tränenden Augen und seinem eigenen Dasein, bis er erschöpft und völlig außer Atem auf einer Bank niedersank. Ihn schwindelte. Sein Gesicht verhärtete sich zu einer festungsähnlichen Anlage. Er zitterte, schwitzte, nur seine Lippen waren eiskalt, als er die ahnungslosen Besucher anbrüllte: „Kommt nur! Spürt ihr meine Nähe?

Die Wut in meinen Gedanken?" Er lachte wild und ungebändigt. Die Luft knisterte, sprühte Funken und brachte Neonröhren zum Flackern. Einzelne Blitze irrten durch die aufgewühlte Luft als wollten sie die Reihen der Besucher lichten, ihre Körper den hier Ausgestellten hinzufügen. Von heftigen Sturmböen geschüttelt, klammerte sich Anton an die Plastikstreben, bis seine Kräfte erlahmten und er in die beruhigende Dunkelheit der Bewusstlosigkeit sank. Die Neonröhren in seiner näheren Umgebung leuchteten jetzt wieder normal. Lediglich zwei Frauen fingen zu kreischen an und flüchteten in Richtung Notausgang, während ein älterer, untersetzter Mann seinen Sohn an sich drückte und ängstlich in die Runde spähte, als erwarte er jeden Augenblick das Jüngste Gericht. Weniger Minuten später tauchten zwei Arbeiter in den typischen roten Friedpark-Overalls am Ort des Geschehens auf.

„Plötzlich fingen die Lampen an zu blinken", sagte eine resolute ältere Dame. „Wie die Lichter auf den Fahrzeugen der Polizei." Sie öffnete ihre Handtasche und entnahm ihr eine Dose Pastillen. „Da hätte ja wer weiß was passieren können", keifte sie, die Pastille mit der Zunge auf der rechten Mundseite platzierend.

„Nun beruhigen Sie sich, liebe Frau. Es bestand zu keiner Zeit auch nur die geringste Gefahr. Lediglich eine Spannungsschwankung ..."

„Ich bin nicht Ihre liebe Frau", erwiderte die Angesprochene so schroff und abweisend wie sie nur konnte. Dabei schwang sie drohend ihre Handtasche. „Ihr Unternehmen wird noch von mir hören!", drohte sie und marschierte unter dem Gelächter der

Umstehenden von dannen.

„Keine Sorge, meine Damen und Herren", beruhigte einer der Arbeiter die kleine Menschenmenge, die sich um ihn geschart hatte. Darauf gab er seinem Kollegen ein Zeichen und beide verschwanden hinter einer schmalen Tür.

Das Licht schmerzte in den Augen, als Anton das Bewusstsein wiedererlangte. „Wo bin ich?", formten seine Lippen kraftlos. Nur langsam kehrte die Erinnerung zurück, als müsste sie sich ihren Weg durch unwegsames Gelände bahnen. 'Konrad', schoss es ihm durch den Kopf, und mit einer fahrigen Bewegung hob er die Hand, bis er seine Fingerspitzen sehen konnte. 'Nur eine Reaktion früherer Nervenbahnen', hörte Anton ihn sagen, wobei er Daumen und Zeigefinger aneinanderrieb.

„Friedpark!", entfuhr es ihm, und als hätte es nur dieses Losungswortes bedurft, liefen die Ereignisse der letzten Stunden wie im Zeitraffer vor seiner inneren Leinwand ab. Er sah sich selbst am Boden liegen, als schwebe er über seinem Körper, und betrachtete interessiert das dünne Rinnsal Blut, das von der Wunde oberhalb der Schläfe bis zur Wange herablief und von dort auf die Fliesen tropfte. 'Der Lebensrückblick. Endlich!' Anton war glücklich und verwirrt zugleich und lauschte vergeblich auf das Geräusch, mit der die Silberschnur zerriss, die ihn noch mit seinem irdischen Körper verband. Stattdessen sank er auf seinen am Boden liegenden Körper zu und wurde von ihm aufgesogen. Und für die Dauer eines Herzschlages umhüllte ihn eine Dunkelheit, die so schwarz war, wie einst der Kosmos war, ehe sie dem Licht weichen musste. 'Als ob jemand das Licht aus- und sofort wieder eingeschaltet hat', dachte Anton. Dann erblickte er die Fremde. Das Gespräch, sein konservierter Körper in dieser lächerlichen Verkleidung ... Bettina und das blödsinnige Gerede über seine heimliche Drogensucht.

„Ah, der Neue aus dem Amazonasgebiet", lispelte sie, und als Anton stumm und regungslos sitzen blieb, nahm sie neben ihm Platz. „Sagen Sie einfach Adele zu mir", plapperte sie und musterte ihn ungeniert von der Seite. „So ohne Tropenhelm sehen Sie gut und gerne einige Jahre jünger aus. Ich hätte Sie kaum erkannt - mit diesem griesgrämigen Gesichtsausdruck. Glauben Sie mir, Herr Rubinger, der erste Tag ist der schwerste, wie jeder Neubeginn; doch dann wird es täglich leichter. In ein paar Monaten wünschen Sie sich überhaupt kein anderes Leben mehr." Ihre Worte prasselten wie ein Regenschauer auf ihn nieder, durchnässten seine Gestalt bis in ihr Innerstes und weichten seine Beherrschung auf.

„Früher musste ich mir immer Gedanken über das Essen machen: Was kochst du heute, sagte ich mir, und wenn ich Kurt, meinen Mann, fragte, zuckte er nur mit den Schultern und verkroch sich wieder hinter seinen Flugzeugmodellen. Nicht nur, dass ich ihn bekocht und von vorne bis hinten bedient habe. Ich durfte zur Belohnung auch noch einkaufen, seine Wäsche waschen und bügeln und ... Aber jetzt bin ich endlich frei!" Und obwohl Geister nicht erblassen, brachte sie es mit Leichtigkeit fertig, wenn sie über ihr früheres Leben sprach.

„Hier habe ich alles, was ich zum Leben benötige. Nette Gesellschaft und die vielen Besucher, die täglich hierherströmen, um uns zu sehen. Sie lassen keine Langeweile aufkommen. Zuerst dachte ich ja, dass ich mich nie eingewöhnen würde. Wissen Sie, Herr Rubinger, so aus der - trotz allem beschaulichen Ruhe unserer kleinen Wohnung - so herausgerissen zu werden und dann hier aufzuwachen ... Das war schon eine Umstellung. Und dann bin ich ja auch nicht mehr die Jüngste", sprudelte es unerschöpflich aus Adele heraus und flutete über Anton hinweg, dessen Blick sich zusehends verdüsterte. Trotzdem entdeckte er das Grübchen unter ihren Wangenknochen. Ihr Haar zeigte ein dunkles Grau, und ihre Augen besaßen einen grünfarbenen Ton, der sich beständig veränderte, als spielten sie ihm einen Streich. Anton verspürte einen inneren Schmerz und er hätte ihr alles versprochen, wenn sie nur für eine Minute ihren Mund gehalten hätte.

„Sehen Sie das Mädchen dort drüben an der Hand ihrer Mutter? Sie besucht ihren Bruder. Verkehrsunfall. Tragische Angelegenheit. Sie bringt ihm jede Woche eine Kleinigkeit mit - Stofftiere, Schokolade, Bilder, die sie selbst gemalt hat, und legt es ihm zu Füßen. Am Morgen räumt es die Putzkolonne unter den Tränen des Buben fort. So hat eben jeder sein Päckchen zu tragen." Sie seufzte und wandte ihren Blick nach links. Adeles gute Stimmung erreichte ihren Höhepunkt, als sie Anton zu erzählen begann, wer hier zu Leben versuchte und wer nicht. Sie nahm kein Blatt vor den Mund, und ihre Gestalt gewann mit jedem Wort an Kontur; sie kam mehr und mehr ins Hier, bis beim Lachen auch ihr Haar in Bewegung geriet und er kaum noch durch sie hindurchsehen konnte. Vielleicht lag es aber auch nur daran, dass sich zwei Frauen auf der Bank niedergelassen hatten und Adele teilweise verdeckten. „Nettes Gewicht", scherzt Adele und plusterte dabei die Backen auf. „Ich war ja immer so ein dürrer Hering ..."

„Halten Sie endlich Ihren verdammten Mund!", brüllte Anton unvermittelt und sprang mit Leichtigkeit durch den auf seinem Schoß sitzenden Körper hindurch. „Was glauben Sie denn, wer Sie sind, dass Ihre Lebensgeschichte, oder die der hier verweilenden Seelen, irgendjemanden interessieren könnte!?" Seine Kehle fühlte sich ausgetrocknet und wie verschnürt an. Er bebte vor Zorn. „Noch ein einziges Wort!", kreischte er, und immer wieder schlichen sich, unberechenbar wie bei einem Jungen im Stimmbruch, tiefe, krächzende Laute ein, die an das frühere Krachen in der Leitung bei Ferngesprächen erinnerten. „Dann ... dann ...!", drohte er und brach ab.

Wieder flackerten die Neonröhren über ihm. Planlos stolperte Anton zwischen die Ausstellungsstücke, versuchte sich aus Gewohnheit an einem der Körper festzuhalten und geriet ins Straucheln. Noch im Fallen explodierte die erste Neonröhre. Die Besucher stoben kreischend wie eine in Panik geratene Büffelherde auseinander, während Adele reglos, vor Furcht wie gelähmt, auf der Bank sitzen blieb und Anton verängstigt anstarrte.

Inmitten der Stimmen und Hilferufe tauchten die

beiden Arbeiter erneut auf. Die nächste Neonröhre platzte mit dumpfem Knall und ergoss einen Schauer aus Glasscherben über die beiden. Der Ältere, ein gutmütig wirkender Opa-Typ, mit Borstenschnitt und weit abstehenden Ohren, informierte bereits seine Vorgesetzten. Sei Kollege, vom Aussehen ein paar Jahre jünger, stand sprachlos daneben und bestaunte die blinkenden Neonröhren. Er schob dabei die Zunge zwischen die Lippen, wie ein Hund, der auf sein Fressen wartet.

„Sie schicken jemanden für die Scherben", sagte er mit einem Seitenblick zur Decke. „Außerdem schalten Sie in dieser Halle das Licht bis auf die Notbeleuchtung aus." Von der Menschentraube, die sich in gebührendem Abstand gebildet hatte, stieg lautes, gegen die Maßnahme protestierendes Gemurmel auf.

„Bitte verlassen Sie diese Halle!", wies der Opa-Typ die Besucher ruhig und gelassen an. „Wir haben ein technisches Problem. Es besteht jedoch keinerlei Gefahr. Begeben Sie sich bitte in die angrenzenden Hallen. Wir wünschen Ihnen trotz der Unannehmlichkeiten weiterhin einen schönen Aufenthalt. Danke!"

Grelle Blitze flimmerten über Antons Netzhaut und erschwerten ihm die Sicht. Aus den Augenwinkeln bemerkte er, wie die Besucher links und rechts von ihm zwei Phalangen bildeten. Erschöpft, seltsam ausgelaugt, als zehre ein unbekannter Virus seinen Körper aus oder der Tod, dem er für ein paar Stunden entronnen war und der ihn aufgespürt hatte und ihm jetzt endgültig die Lebenskraft aussaugte, wälzte er sich auf den Rücken, bis mit einem Schlag alles in Dunkelheit versank.

'Ich ... wir', korrigierte Anton sich, 'sind dem Untergang geweiht. Ich weiß es.' Er konnte den Verlust fühlen, den er durch seine Blödheit erlitten hatte. Sein toter Körper tauchte über ihm auf, schälte sich wie der Vollmond aus dunklen Wolkenmassen, bleich und konturlos, mit einem diffusen Hof aus Licht. 'So jung!', schoss es ihm durch den Kopf. Mit dem halb geöffneten rechten Auge nahm Anton über sich eine Bewegung wahr. Er wischte sich über das Gesicht.

„Das sollten Sie behandeln lassen, Herr Rubinger", sagte Adele schlicht, und ihre Stimme hatte schon wieder den gelassenen Plauderton, für den sie im Friedpark beliebt und gefürchtet zugleich war.

16.08.2015 Im Morgengrauen

Bewegungslos kauerte Valerie in der Ecke, die Augen geschlossen und murmelte unverständliche Worte vor sich hin. Schweigend saß Daniel neben ihr und wartete, bis ihr früheres Leben sie wieder in die Gegenwart entließ.

„Bleib einfach da sitzen", sagte Daniel sich. „Rühr dich nicht vom Fleck. Bleib da, wo du bist." Trotzdem ließen sich seine Ängste um sie nur kurz vertreiben, bevor sie umso mächtiger wiederkehrten, als hätten sie nur innegehalten um Kraft zu schöpfen, bevor sie ihn erneut bedrängten.

„Er ist kein übler Junge", sagte Renick zu Lara.

„Kennst du diese Valerie näher?", fragte Lara ihn. „Mir ist sie noch nie aufgefallen."

„Sie ist einer der Menschen, die durch das Leben wandern als wären sie aus Glas und damit unsichtbar. Niemand nimmt sie als Persönlichkeit wahr, selbst wenn sie direkt vor einem steht. Und Daniel ist erst vorgestern aufgestellt worden. Wer weiß schon, was diese beiden jungen Geister miteinander verbindet."

„Sie ist nicht gut für ihn", bemerkte Zoe eingeschnappt. „Er ist mein Prinz. Ich habe ihn verzaubert", klagte sie, zog eine beleidigte Schnute und hüpfte davon, als sei sie wirklich das Kind, dessen Körper sie noch trug.

„Noch ein Verrückter?", fühlte Adele sich bemüßigt zu fragen, als sie auf dem Heimweg zu ihrem

Körper mit kleinen Schritten vorbeigetrippelt kam. „Erst dieser Anton Rubinger, der bei den Landfrauen heute Nachmittag sein Unwesen getrieben hat und ...“ Sie verstummte, und wandte sich bereits zum Gehen, als Renick sie mit seiner Frage aufhielt.

„Was war bei den Landfrauen?“

„Die Elektrik war wohl nicht in Ordnung“, beschrieb sie das Erlebte. „Ein paar Lichter sind geplatzt und natürlich sorgte das für Aufregung unter den Besuchern. Aber es wird Zeit für mich.“ Adele hastete davon, so schnell es ihre Beine zuließen.

„Er kam mir gestern gleich so merkwürdig vor“, meinte Renick und fühlte seinen ersten Eindruck bestätigt. „Wie ich immer sage, mir läuft der Ärger nach.“

„Was willst du damit sagen?“

„Dass er unter gewissen Umständen gefährlich für uns werden könnte ... oder zum Erlöser.“ Ein ahnungsvoller Kummer sprach aus seiner Stimme, kraftvoll und unangreifbar, obwohl er ungern über Dinge sprach, von denen er nur Halbwahrheiten wusste oder die er nur von Dritten gehört hatte.

„Gefährlich?“, wiederholte Lara und legte bewusst ihre Stirn in Falten. „Wie sollte ein Geist für uns zu einer Gefahr oder zum Erlöser werden? Wir können nichts tun, was auf ihre Welt irgendeinen Einfluss ausübt.“

„Er schon“, erwiderte Renick und dachte an ihre gestrige Begegnung zurück. „Wir sehen uns“, verabschiedete er sich und verwehte gleich Nebelschwaden im aufkommenden Wind der hereinbrechenden Nacht.

Daniel kauerte weiterhin am Boden und erweckte in Lara den Eindruck als sitze er bereits seit ewiger Zeit neben Valerie, und würde dies auch noch für unbegrenzte Zeit tun. Lara seufzte besorgt und verblasste.

„Valerie", flüsterte er und fiel unbewusst in ihren monotonen Rhythmus ein. Bleich wie der Mond erschien ihm ihr Gesicht. Die Blässe kam von innen - vielleicht aus der Kindheit. Der Hauch einer Erinnerung, oder auch nur die Spur einer Ahnung davon, hielt sie gefangen, ohne Nachsicht und Mitleid.

'Mein gesamtes Leben diente der Verwirklichung eines Traumes', dachte Daniel voller Bitternis über sein vergeudetes Leben. 'Erst mein unsinniger Tod hat mich aus diesem Albtraum gerissen. Aber', er hieb mit der geballten Rechten auf die Innenseite seiner linken Hand, 'es wird keine Träume mehr geben. Keine Träume ... das verspreche ich', setzte er seinen Gedankengang ungewollt laut und mit strenger Stimme fort.

„Was versprichst du mir?" Valerie blinzelte ihn an, als die Vergangenheit sie wieder freigab.

„Valerie!", rief er überrascht aus und wollte sie umarmen, was misslang. Er sank durch ihren Körper hindurch, spürte das feine Kribbeln, das von der Berührung ausgelöst worden war, und rappelte sich, sobald er dazu in der Lage war, wieder neben ihr auf.

„Was willst du mir versprechen?" Valerie sah amüsiert zu, wie Daniels Gesichtsfarbe das Morgenrot kopierte.

„Dass ... dass ..." Verlegen spielte er mit seinen Fingern. „Dass es für mich ... für uns keine Träume mehr geben wird. Keine unerfüllten Wünsche ..."
Er brach ab, als habe jeder seiner alten Schrecken

nur auf diesen Augenblick gelauert, da er sie über-
wunden glaubte. Selbst der letzte, eingebrannt im
Angesicht des nahen Todes, kam herbeigeeilt, um
sich ihm auf das Herz zu legen.

„Keine unerfüllten Wünsche", sprach Valerie voller Hoffnung seine letzten Worte nach und schob
ihren Körper mit den Füßen an der Wand hoch.

„Was war mit dir, Valerie? Du warst ... weit weg
... unerreichbar."

„Manchmal versinke ich in Schwermut. Dein Be-
kenntnis gestern; es hat alte Wunden aufgerissen.
Aber du brauchst dir keine Sorgen zu machen",
sagte sie und berührte mit ihren Lippen seinen
Mund. „Folge mir!"

„Hierher komme ich oft in der Nacht, wenn ich
mich einsam fühle!" Valerie deutete auf die Konturen der Stadt, die im Morgengrauen sichtbar wurden.
Ein seltsamer Glanz ihrer erwachenden Hoffnung
auf ein wenig Glück lag auf ihrem Spiegelbild.

„Renick hat dort gewohnt, und er hat mir viel
über seine Stadt und ihre Menschen erzählt. Im
Verlauf der Jahre ist sie zu einer Art zweiten Heimat für mich geworden. Immer war ich allein - außer wenn Renick oder Murr sich von Zeit zu Zeit
zu mir gesellt haben. Aber jetzt bin ich hier - und
du bist bei mir." Sie lächelte scheu und blickte ihn
lange Zeit schweigend an. Tränen schimmerten in
ihren Augen. Ihr Gesicht lag im Zentrum der Stadt,
zwischen der Kirche und einem Klotz aus Beton,
übersät mit winzigen Balkonen, auf denen die freie
Zeit abgelebt wurde.

„Ich werde immer bei dir sein ...", fing Daniel an, aber Valerie unterbrach ihn.

„Du bist so lebendig, wie ich es vielleicht nie in meinem Leben war", sagte sie und versuchte ihrer Stimme einen zuversichtlichen Klang zu geben. „Aber - wir sind wie zwei Kometen, die sich durch den Kosmos bewegen, beständig fallend und für immer allein. Verstehst du?" Sie blickte ihn an, und ihr Gesicht war so schön, als hätte sie nie den Schrecken des Todes erfahren.

„Nein."

„Ich meine, du wirst nie meine Hand ergreifen, meine Taille umfassen und deine weichen Lippen auf die meinen pressen. Nie! Außer, wir könnten von hier fliehen und unser ursprüngliches Schicksal wiederfinden."

„Wie meinst du das?" Sein Blick verlor sich im Niemandsland der Stadt. „Wir halten uns gerade an den Händen."

Valerie lächelte liebevoll, ein Lächeln, das sie seit ihrer Auferstehung zurückgehalten hatte. Sie umschloss seine Hand fester. Zumindest verstärkte sich das Kribbeln in Daniels Fingern.

„Aber ich liebe dich - wir lieben uns", folgerte er aus ihrem Verhalten, und als er aus dem Labyrinth der Straßen, Plätze und dunklen Ecken der Stadt zu ihr zurückkehrte, rannen Tränen über ihr Gesicht, sammelten sich am Kinn und tropften ins Nichts.

„Ja. Und ich werde dir folgen, solange sie es uns gestatten oder du und ich einander erkennen." Darauf öffnete sie ihre Hand, wischte die Tränen fort. „Und jetzt, Daniel? Was fangen wir jetzt an?" Sie deutete mit dem Kopf in Richtung der Stadt. „In der Anfangszeit dachte ich, ich könnte heimkehren, zurück in mein früheres Leben, aber ich konnte es nicht, oder vielleicht wollte ich es auch nicht mehr. Jetzt weiß ich keinen Platz mehr, wohin wir gehen könnten."

Sie schwiegen noch eine kleine Weile. Dann sagte Daniel, beim Anblick seines Spiegelbildes: „Mein Körper zu Stein erstarrt - ein Ausstellungsstück, wie die Statuen der Antike, nur nicht mit deren Schönheit gesegnet", stellte er mit bitterer Ironie fest. „Nur der Mensch kann ein solches Kabinett an Kuriositäten ersinnen."

„Der Mensch hat seit der Frühzeit seines Daseins versucht, den Körper für die Ewigkeit zu konservieren", warf Renick ein, der wie ein Schemen in der Nacht hinter ihnen aufgetaucht war.

„Renick!", rief Valerie überrascht, löste ihre Hand von Daniels und rückte einen Schritt von ihm ab.

„Schon immer hat der Mensch versucht den Tod zu überlisten, und dabei ist ihm offensichtlich jedes Mittel recht", führte Renick seinen Gedankengang weiter. „Das hier - Friedpark, stellt, meiner Meinung nach nur den konsequenten Fortgang dieser Entwicklung dar. Weshalb die Toten in der Erde ihren eigenen Bakterien zum Fraß vorwerfen, wenn es fortschrittlichere und lukrativere Möglichkeiten gibt? Die Kosten sind für die Angehörigen je nach Arrangement kaum höher als eine normale Erdbestattung. Und mit etwas Glück verdienen sie noch Geld mit dem Verstorbenen, indem sie dessen Vermarktung zustimmen. Friedpark statt Friedhof! Hier können die Hinterbliebenen ihren lieben Verstorbenen ehren, sich an ihm rächen oder ihn endlich in den Menschen verwandeln, den sie sich immer gewünscht haben. Apollinische Statuen statt Wachsleichen", sagte Renick voll Bitterkeit. „Unser Verlangen nach Ewigkeit hat offensichtlich das schwarze Tor verschlossen und unseren sehnlichsten Wunsch erfüllt, den nach Unsterblichkeit."

Daniel wusste nicht, was er entgegnen sollte. Er spielt mit seinen Fingern, ließ Renicks Worte einwirken wie Fleckensalz auf hartnäckigen Verunreinigungen, und lauschte den inneren Stimmen. Eine unbestimmte Furcht machte sein Gesicht plötzlich alt.

Voller Besorgnis und Zärtlichkeit sah Valerie ihn an. Leise sagte sie zu ihm: „Unser Herz, Seele und Geist sind es, die uns leben lassen und nicht ein Klumpen präparierten Fleisches."

Daniel brauchte lange, bis er ihr antworten konnte. „Vielleicht dauert es nur seine Zeit, bis die körperlichen Empfindungen verblassen und neuen, uns bisher unbekannten Erfahrungen Raum geben. Sind wir nur zu ungeduldig?"

„Erinnerungen sind hartnäckig", antwortete Renick, die Stadt seiner Kindheit vor Augen. „Mit jedem Tag öffnet sich die Schleuse deines früheren Lebens ein wenig mehr und quält dich mit längst vergessen geglaubten Bildern. Ein Lebensrückblick der besonderen Art - ein Teufelskreis, der dir täglich vor Augen führt, was du in Wirklichkeit verloren hast. Das Leben lässt sich nicht ersetzen, und die Auferstehung hier", er lachte schallend auf, „ist keine Wiedergeburt, sondern nur ein blasser Abdruck von Gewesenem - der vergebliche

Kampf eines sterbenden Gehirns, das sich selbst nicht loslassen kann."

„Was ist mit den Ersten?" Valerie fühlte sich, als sähe und hörte sie alles durch einen Filter. Sie konnte Daniel und Renick, die Stadt und die aufgehende Sonne sehen, wusste, dass sie heiß brannte, hörte aus der angrenzenden Halle die Geräusche der Putzkolonne. Und doch trennte eine unsichtbare Barriere sie von ihrer Welt ab.

„Die Ersten?", wiederholte Daniel neugierig.

„Die Ersten", sagte Renick nachdenklich und nickte mehrmals, als öffne die Frage nur ein weiteres Tor mit Erinnerungen und begrabenen Hoffnungen. „In der Anfangszeit wurden die präparierten Körper nach Ablauf ihres Vertrages verbrannt. Bis auf wenige Ausnahmen. Die Konservierung war damals noch instabil, und nach wenigen Monaten mussten die Körper aufwändig restauriert werden. Später - die zweite Generation wies kaum noch Mängel auf, und heute ... Das Konservierungsmittel vom Anfang verhinderte den Übergang nicht, deshalb konnten bis zur zweiten Generation hinein die Bewohner diesen Ort verlassen und hinübergehen."

„Sind sie endgültig gestorben?" Daniel blickte Renick neugierig an.

„Ja. Einige von ihnen werden im Untergeschoss aufgebahrt, so wie es heute üblich ist, wenn die Angehörigen den Körper an Friedpark überschreiben."

„Dann könnte doch der eine oder andere von ihnen noch existieren. Oder etwa nicht?" Valerie fügte ihren Worten einen kleinen Seufzer hinzu.

Renick schüttelte den Kopf. „Keiner der Bewohner von Friedpark, die ich im Verlauf meiner Zeit hier kennengelernt habe, ist jemals einem Geist begegnet, dessen Körper sich nicht in der aktuellen Ausstellung befunden hätte."

„Womöglich", bohrte Valerie nach, „können sie nicht in Kontakt mit uns treten. Wir sind hier gebunden - weshalb sie dann nicht im Untergeschoss?"

„Valerie", sagte Renick in väterlichem Tonfall. „Selbst wenn dem so wäre, was erhoffst du dir von ihnen?"

„Ich weiß nicht genau. Es ist nur so ein Gefühl. Wahrscheinlich täusche ich mich. Trotzdem ... der Gedanke weckt die Hoffnung, dass es doch mehr geben könnte als dies hier", offenbarte sie ihm ihre Gefühle. Sie errötete, als hätte sie jemand bei einer Lüge ertappt.

„Valerie", ermahnte Renick sie mit einer leisen, unnatürlich deutlichen Stimme. „Es ist gefährlich, so zu denken - es zerfrisst den letzten Rest, der von uns übrig geblieben ist."

Daniel schwieg, während sich Lara wieder zu ihnen gesellte.

„Wieder unter den Lebenden?", begrüßte sie Valerie.„Hast du schon mitbekommen, was heute Nachmittag bei den Landfrauen passiert ist?"

„Nein ... was war?", erwiderte Valerie.

„Es gab einen Zwischenfall mit dem Licht. Einige Neonröhren sind geplatzt", klärte Renick sie auf und Valerie konnte fühlen, dass ihn der Zwischenfall beunruhigte. „Ich bin mir noch nicht schlüssig, was ich davon halten soll", fuhr er in Gedanken versunken fort. „Ich wollte mit Anton reden, aber er scheint, wie vom Erdboden verschluckt."

„Was genau ist geschehen?", wollte Valerie nun wissen, neugierig geworden durch Renicks Anspielungen.

„Der Neue, Anton Rubinger, von der Expedition im Amazonasgebiet, hatte wohl einen Wutanfall. Vermutlich", sagte Lara und schrieb mit den Zeigefingern zwei Anführungszeichen in die Luft, „kam es dabei zu irgendwelchen elektrischen Spannungen oder Entladungen, jedenfalls sind mehrere Neonröhren explodiert."

Valerie wirkte verwirrt. „Ist das gefährlich? Ich meine, kann er uns schaden?" Ihre Stimme klang besorgt, und sie fühlte die ersten Anzeichen einer aufkeimenden Furcht, die lautlos durch die Hallen huschte wie der kalte Winterwind durch die Ritzen der Fenster und Türen.

„Was soll uns denn passieren?", versuchte Daniel sie zu beruhigen. „Wir sind bereits tot."

'Der Tod ändert die Menschen nur in wenigen Ausnahmefällen', dachte Lara und vermied es geflissentlich, Daniel direkt anzusehen. 'Wer im Leben ein Dummkopf war, der bleibt dumm. Der Tod ändert nur die Adresse, nicht die Seelen. Als Kind habe ich immer gedacht, Friedhöfe sind wie kleine Städte - mit Wohnungen und Namensschildern, und wenn man ganz leise ist und den Atem anhält, dann hört man sie, so wie man den Nachbarn hört, wenn man das Ohr an die Wand legt. Wer auf den Friedhof zieht, bekommt ein Kreuz oder einen Stein mit seinem Namen, damit die Familie ihn findet.'

„Lara?" Renick beugte sich zu ihr hinüber.

„Ja!" Sie schreckte auf. „Ich war in Gedanken ..."

„Du verstehst dich doch recht gut mit Adele. Sie war Augenzeugin. Vielleicht hilft ihr Bericht uns weiter."

„Gut! Ich rede mit ihr, sobald sie ansprechbar ist. Du kennst sie ja."

Renick seufzte und zog kommentarlos die Augenbrauen nach oben.

„Adele?", fragte Daniel. „Meine Oma mütterlicherseits hieß Adele. Sie bezeichnete sich selbst als Heilerin, legte den Kranken oder Sterbenden die Hände auf, erzählte von den großen und kleinen Ereignissen oder Fährnissen des Tages und flößte ihnen nebenher ihren speziellen Kräutertee ein. Ein abscheuliches Gebräu, dessen Geruch ausreichte, um meine Gedärme in Kampfbereitschaft zu versetzen. Ihre Opfern tranken ihn in der Not mit geschlossenen Augen, angehaltenem Atem und gegen den Widerstand ihres Körpers."

Daniel stutzte, als Valerie ihm einen tadelnden Blick zuwarf.

„Es fiel mir einfach so ein", entschuldigte er sich.

„Es sind die kleinen Anekdoten aus unserem früheren Leben, die uns das Gefühl vermitteln, auch als Geistwesen menschlich zu sein", sagte Lara und erwiderte sein Lächeln. „Solange wir am Leben hängen, uns erinnern, solange besteht Hoffnung, dass wir so bleiben, wie wir waren und nicht zu seelenlosen Geistern verkümmern."

„Wir haben nur die Hoffnung", meinte Valerie voll Zuversicht.

„Ich kümmere mich um Adele", verabschiedete sich Lara, nickte ihnen zu und huschte davon.

„Wie viele konservierte Körper werden eigentlich in diesem mysteriösen Untergeschoss gelagert?", wollte Daniel wissen.

Nachdem Renick längere Zeit nachgedacht hatte, antwortete er nicht sofort. Er blickte durch Daniels Körper in die Vergangenheit hinein, als das Unternehmen Friedpark noch in den Kinderschuhen gesteckt und gerade etwas mehr als zwei Hallen für seine Themengruppen beansprucht hatte. Hendrik, der Puppenspieler, mit seiner Marionette. 'Die Persönlichkeit der Marionette', hatte er ihm, dem neugierigen Eleven, erklärt, 'wird ihr vom Spieler verliehen. Deshalb muss er selbst ein guter Schauspieler sein. Und er muss sich mit seiner Puppe intensiv vertraut machen, um ein Gespür dafür zu entwickeln, wo ihre Stärken und Schwächen liegen.' Ein feines Lächeln umspielte Renicks Mundwinkel.

„Alles in Ordnung, Renick?", fragte Valerie besorgt über dessen völlige Absenz.

„Worüber sprachen wir?" Er schien verwirrt.

„Die Körper im Untergeschoss. Wie viele werden dort gelagert?", wiederholte Daniel seine Frage, obwohl es ihm so schien, dass Renick sie überhaupt nicht zur Kenntnis nahm.

„Keine Ahnung ... Adam", flüsterte er so leise, das weder Valerie noch Daniel ihn verstehen konnten. „Als sie ihn abtransportiert haben, war er in einem schlimmen Zustand. Vier Wochen hat das Schicksal uns geschenkt ... Er sah das Licht. Sprach von seinen Großeltern, die auf der anderen Seite auf ihn warten würden und dann - brachten sie ihn fort."

„Womöglich ist er noch im Untergeschoss aufgebahrt. Du hast nie nachgesehen?"

„Nein, Valerie. Erstens werden die Körper dick in Folie eingepackt und zweitens, wie gesagt, war sein Körper in einem fürchterlichen Zustand. Ich bezweifle, dass er überhaupt länger hier aufbewahrt wurde. Aus Gesprächen zwischen den Arbeitern weiß ich, dass von den ersten beiden Generationen nahezu sämtliche Präparate, bis auf wenige Ausnahmen, zu Haltbarkeitstests - verbrannt worden sind."

„Du selbst hast nie den Tunnel gesehen?"

„Nie. Es wird behauptet, dass man gemeinsam mit jemandem, der das Licht sieht, hinübergehen kann. Vielleicht hätte ich es versuchen sollen - als es noch möglich war. Jetzt ist die Chance dahin."

„Es will mir nicht in den Kopf, dass es keinen Ausweg aus dem Menschenpark geben soll", sagte Daniel und verblüffte mit seiner forschen Art Renick gegenüber selbst Valerie.

„Oh!", erwiderte Renick laut, als erwache er aus einem merkwürdigen Traum. „Es bestehen durchaus Möglichkeiten, nur für uns eben nicht, Daniel. Uns sind im wahrsten Sinn des Wortes die Hände gebunden. Und einen Zauberer beherbergen wir auch nicht in unseren Reihen - leider."

„Möglichkeiten?", wiederholte Daniel und dehnte das Wort, als wollte er Zeit schinden, um die Lösung selbst zu finden.

„Wenn Friedpark einem Feuer zum Opfer fällt oder ein Besucher hier infolge eines Herzinfarktes stirbt und sich der Tunnel öffnet. Wir könnten auf Bakterien hoffen, die unsere konservierten Körper fressen ...“

„Anton!“, rief Valerie plötzlich und sie überraschte damit selbst Renick, der sie bisher für ein stilles Wesen gehalten hatte, das eine Vorliebe für dunkle, einsame Ecken besaß, weil sie dort, ungestört von den anderen Mitbewohnern, ihren Fantasien nachhängen konnte. „Er bringt Neonröhren zum Platzen, wenn ich es richtig verstanden habe, und ...“, ihr stockte bei der Vorstellung der Atem. „Schaltkästen können durch einen Kurzschluss in Brand geraten.“

„Mir scheint“, flachste Renick, „ich habe die junge Dame hier gewaltig unterschätzt. Obwohl die Idee durchaus in Erwägung gezogen werden kann, spricht, meiner Meinung nach, trotzdem zu viel dagegen.“

„Gegen die Erlösung?“ Valerie stemmte die Hände in die Hüften, hob angriffslustig den Kopf.

„Zum einen sind die Hallen mit allen möglichen Sicherheitsmaßnahmen gegen Feuer geschützt. Überall befinden sich Sprinkler. Außerdem haben wir nicht das Recht, ein Feuer zu entfachen, über das wir keine Kontrolle besitzen und das deshalb wahllos Körper zerstört. Viele von uns, Valerie, empfinden ihren Zustand hier als durchaus angenehm, oder haben sich im Verlauf der Jahre damit arrangiert - sie wollen nichts anderes.“

„Aber ... seine Gabe. Sie muss doch einen Sinn besitzen“, stieß Valerie verzweifelt aus und rückte näher an Daniel heran. „Hier haben wir keine Zukunft, Renick und ...“, sie brach ab.

„Renick hat recht mit dem, was er sagt. Wir dürfen uns nicht über den Willen der anderen Mitbewohner hinwegsetzen. Es wäre Unrecht, mehr als das."

„Trotzdem!", schrie sie auf, als habe ein gedungener Mörder ihr gerade ein Messer von hinten mitten durch das Herz gebohrt. „Es ist ungerecht! Warum sollen wir unser Glück, das Glück vieler, für das Leben einiger weniger opfern?"

Daniel sah auf und begegnete Renicks Blick. „Fragen können wir diesen Anton. Jede Fähigkeit lässt sich bis zu einem gewissen Grad trainieren. Vielleicht - lernt er, sie gezielt einzusetzen."

Renick ließ keinen Zweifel an seiner diesbezüglichen Skepsis aufkommen, als er Daniel antwortete. „Paranormale Fähigkeiten lassen sich im Allgemeinen nicht trainieren. Oft werden sie mit zunehmender Dauer des Experimentes sogar schlechter. Du solltest dir und Valerie keine allzu großen Hoffnungen davon versprechen.

„Der Mensch hängt von Natur aus an seinen Träumen", erwiderte Daniel. „Und ich will nicht, dass unser Traum endet!" In seiner Stimme mischten sich Wut und Verzweiflung. „Meine Eltern wollten unter allen Umständen und ohne Rücksicht auf meine Wünsche einen großen Musiker aus mir machen. Ich sollte auf das Konservatorium und ... es war ihre Vorstellung, ihr Traum von meinem Leben. Mein Traum ...", sagte Daniel und betrachtete dabei seine Hände, „ich wollte seit meiner Kindheit etwas mit den Händen arbeiten. Mit Großvater habe ich als Kind geschnitzt. Ich kauerte neben ihm ... Erinnerungen ... Ich brauche den Traum! Er ist wichtig für mich - für uns; er gibt uns Hoffnung auch in dieser ausweglosen Situation. Was wären wir ohne unsere Träume?"

Sanft drückte Valerie seine Hand.

„Bald werden die ersten Besucher den Friedpark stürmen", sagte Renick. „Vertagen wir unser Gespräch auf heute Abend", verabschiedete er sich, und noch ehe Valerie und Daniel etwas erwidern konnten, war der Platz, an dem er sich gerade noch aufgehalten hatte, verwaist.

„Ist es nicht gefährlich, so an seinen Träumen festzuhalten?", fragte Valerie verunsichert. „Zum Beispiel an unserem Traum, einer gemeinsamen Zukunft auf der anderen Seite des Lichts?"

Daniel zuckte mit den Schultern. „Ich weiß es nicht, Valerie. Ich weiß es wirklich nicht. Früher war es mein sehnlichster Wunsch, einfach nur ich zu sein und das tun zu können, was ich selbst wollte. Obwohl ich nicht an Gott glaube, habe ich zu ihm gebetet - flehentlich, inbrünstig, voller Zuversicht, so als müsste ich nur fest genug an ihn glauben - vergeblich. Nicht das Geringste hat sich in meinem Leben geändert, im Gegenteil, es wurde Tag für Tag und Woche für Woche unerträglicher. Weshalb sollte er sich jetzt erbarmen?" Er berührte ihr Haar mit den Lippen, und im matten Sonnenschein glänzte es wie Tau in einem Spinnennetz.

„Tu etwas!", beschwor ihn Valerie. „Lass nicht zu, dass unsere Liebe so endet. Versprichst du mir das?"

„Was in meiner Macht steht, werde ich tun, Valerie. Das verspreche ich dir", sagte er in feierlichem

Ton, und sein Gesicht glühte, als habe er Fieber.

„Dann wird alles gut, das fühle ich."

15.08.2015   Kurz nach Mittag

In die Stille drang das Klappern einer Tastatur. Als Adam die Augen wieder öffnete, stand er hinter der Dame am Empfang. Ihre rot lackierten Fingernägel vollführten einen wahren Hexentanz. Der Geruch von Vanille stieg aus seiner Erinnerung auf und verband sich mit der jungen Frau.

„Bezüglich Ihrer Reklamation", las Adam und beugte sich neugierig geworden vor, bis sein Kinn ihr Haar berührte. "... von Frau Leipold, können wir Ihnen mitteilen, dass der Schimmelbefall oberhalb Ihres rechten Schuhansatzes durch Verunreinigungen von Eiscreme verursacht worden ist. Leider kommt es zu unserem größten Bedauern in letzter Zeit vermehrt zu diesbezüglichen Verletzungen unserer Mitbewohner, deren Grund in spielenden Kindern zu suchen ist.

Wir entschuldigen uns für die Unannehmlichkeiten, die Frau Leipold dadurch entstanden sind, und haben Sie bereits in unsere Krankenabteilung verlegt. Nachdem ihre Verletzung therapiert ist, wird Sie voraussichtlich ab dem kommenden Montag wieder an ihrem gewohnten Platz für Besuche zur Verfügung stehen.

Hochachtungsvoll ..."

'Alter Freund', dachte Adam, als er sich aufrichtete, und sah dabei traurig und erschrocken zugleich aus. 'Es ist nicht gut, über zu viel Freizeit zu verfügen. Sogar hier, in einem Themenpark, herrschen Hektik, Ruhelosigkeit und Verzweiflung, weil der Ausdruck im Gesicht des Verstorbenen nicht gelungen ist oder die Bestellung des neuen Kleides für die geliebte und seit ihrem Umzug so vermisste Mutter nicht rechtzeitig gemacht wurde, trotz mehrerer Mahnschreiben. Alles gerät aus den Fugen ... ist so das heutige Leben?' Erst jetzt fiel ihm das Datum im Briefkopf auf.

'17 Jahre!' Adam griff sich an die Stirn, taumelte betroffen rückwärts, bis er die Trennwand im Rücken spürte. 'Seit 22 Jahren friste ich hier mein Dasein', folgerte er, und im ersten Augenblick überstieg diese Zahl sein Erkenntnisvermögen.

'Komm zu uns!', vernahm er im Geiste die Aufforderung von Elli, damit er endlich wieder in den Kreislauf der Natur eintreten würde, der durch die widernatürliche Konservierung seines Körpers ausgesetzt worden war.

„Guten Morgen", begrüßte ein älteres Ehepaar die Dame am Empfang, ehe ihre jüngere Begleitung ein kurzes unhöfliches 'Morn' zwischen den zusammengekniffenen Lippen hervor presste.

„Ebenfalls einen wunderschönen Guten Morgen", begrüßte sie die Sekretärin, rollte ihren Stuhl nach hinten und schritt in angemessener Eile zu den etwas unsicher wirkenden Herrschaften an den Tresen.

„Wie kann ich Ihnen behilflich sein?"

„Wir möchten ... wenn es so weit ist ... der letzte Umzug ansteht, in Ihrem Unternehmen ... unseren ... äh ... Lebensabend verbringen", stammelte die

Frau in dem Bemühen, ihr Anliegen im Tenor von Friedpark zu formulieren, wobei sie nervös, fast ängstlich zwischen ihrem Gemahl und ihrer desinteressiert dreinblickenden Tochter hin- und herschaute und vergeblich auf Unterstützung hoffte.

„Sehr schön," erhielt sie zur Antwort, gefolgt von einem wenig professionellen Lächeln, das wie einstudiert wirkte und das gesamte Gesicht der Dame vom Empfang in Schieflage brachte. „Haben Sie einen Termin?"

„Oh! Nein. Ist das ... ich meine ... haben wir jetzt den weiten Weg umsonst gemacht?", fragte die Frau, zupfte zuerst an ihrer Hose und nestelte anschließend an dem Kragen ihrer Bluse herum.

„Lassen Sie uns nachsehen", meinte das Gerippe am Empfang so leise, das die Worte unmittelbar nach Verlassen ihres Mundes kraftlos und ungehört zu Boden stürzten. „Sie haben Glück, meine Herrschaften. Herr Rottmann ist aufgrund einer Terminverschiebung frei. Wenn ich Sie bitten dürfte, solange Platz zu nehmen." Sie deutete auf die Sitzgruppe und entließ die Drei mit der Frage: „Wen darf ich bitte melden?"

„Sagte ich das nicht? Wiener. Karl und Johanna Wiener, wie die Einwohner von Wien", fügte sie scherzend und sichtlich erleichtert über den Gesprächstermin hinzu.

„Mutter!", rief ihre etwas korpulente Tochter sie zur Ordnung. Ihr war die Peinlichkeit des Besuches in Friedpark deutlich anzusehen.

'Früher muss sie sehr schön gewesen sein', schoss es Adam beim Anblick der Tochter durch den Kopf. 'Doch jetzt sieht sie aus, als hätte ihr jemand nicht das Leben ausgesaugt, sondern die Hölle in sie hinein gepumpt.'

„Sieh nur", sagte Frau Wiener zu ihrem Gemahl, einem großen, bleichen, schwergewichtigen Mann, mit weichem Mund und kleinen Augen, glänzend wie Nagelköpfe, packte ihn am Ärmel und schleifte ihn zu einem der zahlreichen, an strategisch gut einsehbaren Orten platzierten Bildschirme. Es ergoss sich eine stete Berieslung des Unternehmens, seiner Produkte und aktuellen Angeboten über die beiden.

„Besiedlung des Mars. Mein Gott!", entfuhr es Frau Wiener in begeistertem Tonfall. „Du in dieser schmucken Uniform."

„Das ist ein Raumanzug, Mutter", klärte ihre Tochter sie auf und seufzte kopfschüttelnd über so viel Dummheit.

„Ist doch egal, wie dieser hübsche Anzug bezeichnet wird, jedenfalls könnte ich mir deinen Vater sehr gut darin vorstellen. Auf dem Mars, Karl ... wo du doch so gerne Raumschiff Enterprise siehst. Ob die auch Frauen in die Weiten des Weltraums entsenden? Sag doch auch mal was!", herrschte Frau Wiener ihren schweigsamen Gemahl an und stieß, als Ansporn, mit dem Ellbogen kräftig in die Seite, sodass dieser kurz nach Luft schnappte, während sie in Gedanken längst ihrem neuen Heimatplaneten zustrebte, um dort ihr spätes Glück zu finden.

„Also ich weiß nicht, Hanna - muss es denn so weit fort sein? Wie sollen unsere Bekannten zu Besuch kommen ...", antwortete Karl in völliger Verkennung der Realität, dessen Ärger über den Spleen

205

seiner Holden, ihn geistig lahmlegte und täglich mehr zwang, sich nach innen zu kehren, nur weg von der Realität. 'Jeden Tag', dachte Karl und das nicht zum ersten Mal, 'stehst du mit mir auf, wir verbringen die Stunden bis zum Abend gemeinsam und trotzdem bin ich mir nie sicher, ob du mich auf der Straße wirklich erkennen würdest.'

Erschöpft sanken seine Lider herab, die er nur mit Mühe offen halten konnte. Seit Wochen schlief er schlecht, wobei schlafen nicht einmal die richtige Beschreibung für den Zustand war, in dem er sich in letzter Zeit befunden hatte. Etwas Unbekanntes hielt ihn wach, trieb ihn immer wieder aus dem Bett. Dann lauschte er in die Richtung, in der er das Fremde gehört zu haben glaubte. 'Da war es wieder!', rief dann ein Gedanke in ihm. „Ich muss mich setzen", murmelte er matt und schlurfte von seiner Tochter gestützt zu der Sitzgruppe. „Danke, Juliane", hauchte er und lächelte dankbar.

„Hast du deine Tabletten genommen?", fragte sie besorgt und versank neben ihrem Vater in den Polstern. Er nickte, indem er kraftlos den Kopf auf die Brust sinken ließ.

Adam hatte genug gesehen und gehört, und gerade als er die Empfangshalle verlassen wollte, flog Herr Rottmann, wie von einem Wirbelwind verfolgt, auf die Interessenten zu.

„Frau und Herr Wiener, nehme ich an", dröhnte sein Bariton durch die Halle, der - so seine Kollegen, - selbst Tote aufweckte. Herr Wiener schreckte mit einem schmatzenden Geräusch auf und kämpfte sich mit Unterstützung seiner Tochter aus den weichen Sitzen.

„Wenn ich Sie hier herüberbitten dürfte", fuhr er in etwas gedämpfterem Ton fort, nahm Frau Wiener am Arm und begleitete sie charmant lächelnd zu seinem Schreibtisch.

„Schön!", stellte er zufrieden fest, nachdem Familie Wiener endlich ihre Plätze eingenommen hatte. „Sie interessieren sich für ein Engagement in unseren Räumlichkeiten", formulierte Rottmann betont langsam, wobei er jedes Wort genüsslich auf der Zunge zergehen ließ, damit er in Ruhe seine Kunden nach ihren etwaigen Möglichkeiten taxieren konnte. „Haben Sie dabei einen speziellen Wunsch?" Er richtete seinen Blick direkt auf Frau Wiener, weil ihr Mann bereits in einen für ihr Unternehmen charakteristischen Zustand überging.

„Die Besiedlung des Mars", verkündete Johanna Wiener mit einer Bestimmtheit in der Stimme, die keinen Zweifel an ihrer Entscheidung aufkommen ließ. „Also diese schmucken Uniformen ..."

„Raumanzüge", verbesserte ihre Tochter sie gereizt.

„Lass Mutter das machen", bat Karl seine Tochter und legte ihr beschwichtigend die Hand auf den Oberschenkel. Er beugte sich zu ihr hinüber und flüsterte ihr ins Ohr: „Sie hat es sich nun einmal in den Kopf gesetzt, dass wir hier unseren Lebensabend verbringen. Niemand kann sie jetzt mehr davon abbringen. Ich habe mich längst damit abgefunden, Juliane. Sich darüber aufzuregen, bringt doch nichts." Er tätschelte ihren Fuß und sank zurück in die Kuhle, die sein Körper im Polster hinterlassen hatte.

„Wir müssen dazu doch kein Attest von unserem Arzt mitbringen, das unsere Tauglichkeit für die Tätigkeit bescheinigt?", wollte Frau Wiener wissen, bevor Rottmann überhaupt den Mund öffnen und sich zu ihrem Anliegen äußern konnte.

„Sagen Sie doch endlich mal etwas, junger Mann. Wir haben einen weiten Weg auf uns genommen, um uns hier beraten, und nicht begutachten zu lassen", keifte sie dann, öffnete - weiter vor sich hin grummelnd - ihre Handtasche und griff zielsicher nach einem darin befindlichen Gegenstand. Rottmann, der schon das Schlimmste befürchtete, rutschte tiefer in seinen Stuhl, als wollte er mit dieser untauglichen Maßnahme seine Angriffsfläche verringern.

„Der Mars", schossen die Worte aus ihm heraus, während er vorsichtshalber die Hände in Abwehrstellung brachte. Als Frau Wiener ihr Asthmaspray an den Mund führte und tief einatmete, fühlte Rottmann wie das zischende Geräusch des Mittels dafür sorgte, dass ihm ein Felsblock von den Schultern fiel.

Adam musste trotz seiner misslichen Lage schmunzeln, und deshalb wollte er das Informationsgespräch nicht vorzeitig verlassen. 'Ich bin zurück', dachte Adam, 'und wie wenig hat sich die Welt in den vergangenen 17 Jahren geändert. Jedenfalls nicht so viel, dass ich mich nicht mehr in ihr zurechtfinden könnte. Aber ... im Grunde stören mich die verlorenen Jahre nicht; vielleicht morgen, oder übermorgen.'

Er betrachtete die Familie, allen voran Johanna Wiener, deren Entschlossenheit er insgeheim bewunderte. Oder zeigten sich in ihrem Verhalten bereits erste Anzeichen von Altersstarrsinn? Ihr Gatte, so sein erster, flüchtiger Eindruck, hatte bereits vor Jahren seinen eigenen Willen eingebüßt und folgte seiner Frau jetzt wie ein gut dressiertes Schoßhündchen. Und die Tochter? Ihr war das alles offensichtlich gleichgültig, solange sie ihre Eltern nur sporadisch besuchen musste.

Adam fühlte für einen kurzen Augenblick eine bleierne Müdigkeit, die seine Gedanken wie ein Gutenachtlied einschläferte und seinen Körper bis auf die äußersten Konturen auflöste.

„Der Mars", wiederholte Rottmann, dabei erleichtert die Anspannung ausatmend, „ist eine unserer beliebtesten Themengruppe, gerade im Hinblick auf die aktuellen Pläne der NASA. Das Interesse ist dementsprechend groß ... Die Flut der Bewerbungen für die wenigen, noch verfügbaren Plätze - Sie verstehen, Frau Wiener?"

„Junger Mann, wenn mein Gemahl und ich uns in unserem vorgerückten Alter noch dazu aufraffen, unser Dorf zum ersten Mal in unserem Leben für längere Zeit zu verlassen, um eine größere Reise anzutreten, dann werden Sie uns doch wohl keine Hindernisse in den Weg legen wollen."

„Mutter!", zischelte ihre Tochter. „Jetzt lass Herrn Rottmann endlich seine Arbeit machen und unterbrich ihn nicht bei jedem zweiten Wort. Wenn für die Mission noch Mitarbeiter gesucht werden, dann wird er dir das schon mitteilen. Und wenn nicht, es gibt Hunderte anderer Möglichkeiten."

„Ich will zum Mars!", herrschte Frau Wiener ihre Tochter an und ihr Gesicht wurde dabei streng, blassfleckig und älter als das von Ötzi, dem Mann vom Tisenjoch. „Und", - mit einem wenig interessierten Rundblick über die Bildschirme ... „nicht im Mittelalter unter grobschlächtigen Barbaren versauern oder die mir verbleibenden Jahre mit dem belanglosen Geschwätz vergreister Landfrauen verbringen."

„Der Mars", setzte Rottmann zum dritten Mal an, „bietet in der ersten Planungsphase für - rechnen wir kurz, - drei Geologen, zwei Biologen, dazu die fünfköpfige Crew und zwei weitere, später zu klassifizierende wissenschaftliche Mitarbeiter Platz. Moment noch", bat er und trieb mit seiner bedächtigen Art die Geduld von Frau Wiener nahe an das Gipfelkreuz des Erträglichen.

„Die Geologen - hier erfolgt, wie ich gerade sehe, in Kürze ein Neuzugang - sind vollständig besetzt, ebenso die Biologen. Die Crew", er scrollte den Bildschirm mehrmals auf und ab, "... ah, hier! Die Stelle eines technischen Assistenten ist frei und", er tippte wiederholt auf die Tastatur, als kommuniziere er mittels Morsezeichen mit dem Computer, „hier haben wir einen Ethnologen ... wozu auch immer er eingestellt wurde, und ... wünschenswert wäre ... den Verantwortlichen zufolge ein Ingenieur mit guten handwerklichen Kenntnissen." Er sah auf.

„Die nehmen wir", erklärte Frau Wiener in ihrer resoluten Art und fügte hinzu: „Wo müssen wir unterschreiben?"

„Mutter", mahnte ihre Tochter kaum hörbar und verstummte sofort, als deren Blick sie streifte.

„Karl hat in den vergangenen dreißig Jahren sämtliche Reparaturen in unserer Wohnung eigenständig ausgeführt und mit seinem Beruf, muss er dort oben doch ein gefragter Mitarbeiter sein. Er war Landschaftsgärtner. Blühende Gärten und nicht überall diesen rötlichen Sand! Wenn Sie den Mars besiedeln wollen, junger Mann, dann müssen Sie für ordentliche Verhältnisse sorgen oder glauben Sie, dass wir Frauen den lieben langen Tag damit zubringen, diesen roten Staub aus den Wohnungen zu entfernen?"

Rottmann schrumpfte auf seinem Sitz wieder merklich zusammen.

„Für mich bleibt damit die Stelle als Mitglied der Crew", folgerte sie, hob dabei die Hand und deutete mit dem Finger auf den Bildschirm. „Was sagte dieses Ding? Welcher Schulabschluss ist für diesen Posten erforderlich?"

„Nun ja - wir sind in diesem Punkt sehr flexibel. Allerdings sind mir in Ihrem Fall die Hände gebunden ...", versuchte Rottmann Frau Wiener die Situation so schonend wie möglich zu erklären. „Ich müsste dazu kurz meinen Vorgesetzten kontaktieren. Wenn Sie sich so lange gedulden wollen - oder sich eventuell doch für eine andere Themengruppe erwärmen könnten, dann ..."

„Wenn es eine Frage des Geldes ist, junger Mann, dann kann ich Ihre Befürchtungen zerstreuen. Wir haben ein Leben lang jeden Groschen gespart, nur um uns im Alter etwas leisten zu können. Das ändert hoffentlich ihre Einstellung", unterbrach sie ihn barsch, und in ihrer Stimme lag ein merkwürdiger, alter Zorn. „Diese Reichen schicken ihre verkorksten Stammhalter doch auch auf die besten Schulen. Da erkaufen sie sich die berufliche Zukunft ihrer Gören, indem sie großzügig Spenden entrichten oder irgendwelche Erweiterungsbauten finanzieren, die dann obendrein noch ihren Namen tragen. Also, junger Mann! Sie wissen Bescheid, und jetzt beeilen Sie sich, wir haben schließlich nicht den ganzen Tag Zeit."

Für Adam schien die Zeit stillzustehen. Selbst der Schock über die verlorenen Jahre trat in den Hintergrund, büßte für kurze Zeit seine Bedeutung ein. 'Er verliert den Faden', dachte Adam und schien darüber keineswegs verwundert. Der kleine Mann mit dem schütteren Haar, dessen markante Stimme so wenig zu seiner Erscheinung passte wie die grüne Krawatte zu dem dunklen Anzug, wirkte hilflos. 'Gut', führte Adam seine Überlegungen weiter, 'diese Frau Wiener hat eine Schraube locker', und er selbst war sich nicht sicher darüber, ob sie - sollte ihr die Teilnahme an der Marsmission verweigert werden - nicht einen großkalibrigen Revolver aus ihrer Handtasche ziehen und wild um sich schießen würde. 'Sie lässt Rottmann keinen Augenblick aus den Augen, taxiert jede seiner Bewegungen. Vermutlich hat sie ihn in dieser kurzen Zeit besser kennengelernt als er sich selbst in den vergangenen Jahren seines Lebens. Ihr Mann kauert mehr auf seinem Stuhl, als dass er darauf sitzt, starrt Löcher in die Luft und lässt das Gespräch wie ein laues Lüftchen an sich vorbeiziehen. Wenn Rottmanns Blick auf ihn fällt, lächelt er zurückhaltend, dankbar für die Aufmerksamkeit, senkt aber sofort den Blick und murmelt völlig ausdruckslos ein paar unverständliche Worte, die er ausstößt, als müsse er sie zuerst abwägen und sorgsam verpacken, damit sie Gefallen finden.'

Im Eilschritt stürmte Rottmann zu einer in der Ausstellungswand verborgenen Tür und verschwand dahinter.

„Völlig inkompetent", urteilte Frau Wiener, die Fahrt aufnahm und sich allmählich ihrer Höchstgeschwindigkeit annäherte. „Wer soll denn da oben sauber machen? Dieser rötliche Staub, der geht doch nie wieder raus, wenn man ihn nicht sofort entfernt", behauptete sie und steigerte sich zusehends in die Rolle der Putzfrau der Nation hinein, die in ihrem Kampf für eine saubere Gesellschaft jedes Opfer auf sich nehmen würde, selbst die gefährliche Reise in einer Zigarettenschachtel zum Mars. „Von ihren sogenannten Wissenschaftlern wird sich keiner die Hände schmutzig machen ... Das sind doch alles eingebildete Schnösel", wetterte sie, während ihr Gemahl unter dem Blitzlichtgewitter ihrer Augen zu einem formlosen Klumpen Fleisch mutierte, den sie - sofern ihr der Sinn danach stand - in jede gewünschte Form kneten konnte.

„Sag doch auch etwas dazu, Kind!", herrschte sie Juliane an, die aufschreckte, nach Luft schnappte wie ein Fisch und ausweichend meinte: „Die Plätze sind euch sicher, Mutter. Geeignetere Kandidaten gibt es nicht wie Sand am Meer."

„Was soll das denn jetzt heißen?", keifte sie zurück. „Dass ich nicht sauber genug putze! Willst du dass damit sagen, Juliane? Wer hat denn früher jeden Tag deinen Saustall von Zimmer aufgeräumt? Du etwa?"

„So habe ich es nicht gemeint", hauchte Juliane und krallte die Fingernägel in ihren Rucksack. „Nur, dass es nicht viele Interessenten mit deiner Qualifikation gibt."

„Das will ich meinen", bestätigte Frau Wiener im Brustton der Überzeugung und nickte in Richtung der Werbewand. „Achtung! Er kommt zurück."

Bleich und fest entschlossen, das Feld nicht wieder kampflos dieser grässlichen Fuchtel zu überlassen, setzte er sich geräuschvoll, ohne Frau Wiener eines Blickes zu würdigen, und tippte fast eine Minute lang Daten in den Computer, bis dieser der Geduldsfaden endgültig riss.

„Junger Mann!", sagte sie gefährlich leise, ein untrügliches Zeichen dafür, dass jetzt jedes falsche Wort, die kleinste, unbedachteste Geste den brodelnden Vulkan zum Ausbruch bringen konnte. „Ihre Spielchen ziehen bei mir nicht. Diese Psychotricks können Sie sich meinetwegen für Ihre Frau aufsparen - das arme Ding", fühlte sie sich bemüßigt einzuflechten, „aber wir zwei beiden werden jetzt Tacheles reden. Verstanden! Was kosten die Plätze?"

„Ich ... wir ... es ist uns leider nicht möglich, Ihren Wünschen zu entsprechen", entgegnete Rottmann, der plötzlich, wie seit Ende der Schulzeit nicht mehr, zu stottern anfing.

214

„Wo genau liegt das Problem?" Frau Wiener schraubte sich behände von ihrem Stuhl hoch und stand wie ein heraufziehendes Unwetter vor Rottmann, der von ihrem Schatten erdrückt wurde.

„Sie ... leben noch", informierte er sie und verkroch sich hinter seinem Bildschirm, in Erwartung des Erstschlages.

„Muss ich meinen Gemahl und mich erschießen, oder genügt es, wenn ich Sie niederstrecke?", kreischte Frau Wiener ihr Gegenüber an, und brachte ihr Gesicht so nah an das von Rottmann heran, dass ihr Oberlippenbart fast seine Nase kitzelte.

„Sie ... Sie", stammelte Frau Wiener. „Sie Hanswurst! Sie können mir ebenso gestohlen bleiben wie Ihr viertklassiges Unternehmen. Ich gehe zur Konkurrenz, und wenn ich dafür 100 Jahre alt werden muss! Komm, Karl! Wir gehen!", befahl sie in Feldwebelmanier, wuchtete ihren Körper in die Senkrechte zurück und marschierte, als hätte sie ihr Leben lang nichts anderes getan, wie ein hoch motivierter Elitesoldat in Richtung Tür.

„Entschuldigen Sie", beeilte sich der Angesprochene zu sagen, ehe der Sog seiner Frau ihn ergriff und von dem aus sämtlichen Poren schwitzenden Rottmann fortriss. Juliane schulterte ihren Rucksack, und sagte: „Sie ist, wie sie ist", was Rottmann als 'Ich bin, der ich bin' interpretierte.

Adam schüttelte sprachlos den Kopf. 'Der Tod hat zweifelsohne auch seine guten Seiten.' Er verließ die Empfangshalle, indem er die Wand hinter Rottmanns Schreibtisch passierte.

„Bei Gott!", staunte der Mann und rückte seinen Hut gerade. „Das nenne ich reisen." Er saß auf dem Sitz von Captain Kirk, lässig, die Augen halb geschlossen, eine Hand in der Hosentasche, die Beine weit von sich gestreckt und erzählte seinem Sohn von der Serie.

„Damals - warte, 1978 ... habe ich sie erstmals gesehen und ... da fuhr ich diesen klapprigen Fiat Ritmo. War billiger als ein Golf und eine Rostlaube sondergleichen. Damit habe ich deine Mutter ins Krankenhaus gefahren, - in der Nacht deiner Geburt. Ja - und Platz war da nicht viel, wenn ich sie mit diesen Dimensionen hier vergleiche", schwadronierte er drauflos. „Und eines Tages ...", hörte Adam ihn noch sagen, als er weiter den Pfeilen auf dem Boden folgte, die den Rundgang markierten.

„Magst du Gruselfilme?", fragte eine weibliche Stimme unmittelbar an seiner Schulter. Es war eine leise Stimme, ein wenig rau, als sei sie erkältet oder seit jungen Jahren Kettenraucherin, mit einer akzentuierten Aussprache.

Unwillkürlich drehte Adam sich nach ihr um und erwartete fast, eine frühere Bekannte wiederzusehen, deren Name ihm unweigerlich entfallen sein würde. Solche Peinlichkeiten kamen mit den Jahren in Friedpark, seinem sanften gedankenverlorenen Dasein, mit zunehmender Häufigkeit vor.

„Ich habe dich doch nicht erschreckt?", meinte die Stimme, die zu einer jungen Frau gehörte.

„Ein wenig." Adam war überrascht und setzte aus seinen Erinnerungen ein Lächeln zusammen, das sie sofort erwiderte.

216

„Natalie", stellte sie sich vor. Mit ihrem heiteren Gesicht, der kurzen Hose, in der ein T-Shirt mit dem Aufdruck einer Rockgruppe steckte und den Sandalen eher einer Touristin als einer Mitbewohnerin entsprach. „Früher war ich Schauspielerin. Und meine erste und zugleich letzte, größere Rolle, spielte ich in einem Horrorfilm. Vielleicht hast du ihn gesehen: Der X-Virus."

„Nein, bedauere. Zu meiner Verteidigung kann ich nur vorbringen, dass ich seit Jahren keinen Film mehr gesehen habe."

„Ein moderner Zombiefilm. Die Kritiker haben mir durchweg eine gute schauspielerische Leistung attestiert, und es folgten gute Angebote ... wenn der Baum nicht gewesen wäre. Und du? Frisch geschlüpft? Ich habe dich hier noch nie gesehen und im Allgemeinen vergesse ich kein Gesicht."

„Frisch geschlüpft?"

Misstrauisch geworden rückte Nathalie zwei, drei Schritte von Adam ab. „Du bist nicht neu hier?", fragte sie und musterte ihn von oben bis unten. „Schon deine Kleidung! Generation Golf", stellte sie ihn zeitlich einordnend fest und kniff die Augen zusammen, als eine bestimmte Ahnung in ihren Gedanken Gestalt annahm.

„Hübsche Bezeichnung. Frisch geschlüpft", meinte Adam amüsiert. „Aufgestellt wurde mein Körper 1993. Vor 17 Jahren wurde ich abgebaut, verpackt und im Keller für schlechte Zeiten eingelagert. Ist meine Identität damit ausreichend geklärt?"

„Aber ...", stieß Nathalie überrascht aus. „Das kann ... nicht sein. Du müsstest dann ... einer der Ersten ...

gewesen ... das ist unmöglich ...“ Sie schluckte trocken. „Sie sind tot oder hinübergegangen ...“

„Beruhige dich, Nathalie. Früher hätte ich gesagt, ich bin kein Gespenst, sondern real; jetzt bin ich als Gespenst real.“ Adam lachte fröhlich und steckte Nathalie damit an. „Ich frage mich nur, weshalb ich aufgewacht bin. Gab es hier in den letzten Tagen Veränderungen?“

„Mir ist nichts bekannt.“

„Es muss einen Grund geben“, sagte Adam wie im Selbstgespräch und beobachtete dabei, wie ein älterer Mann behutsam die Statue von Spock berührte.

„Fühlt sich wie Plastik an“, stellte er enttäuscht fest. Also ich für meinen Teil wollte das nicht. Welche Menschen tun so etwas?“

„Oft sind es die Hinterbliebenen, habe ich mir sagen lassen, die nicht loslassen können oder wollen. Es gibt jetzt sogar besondere Sterbeverfügungen, die verhindern, dass der Körper des Verstorbenen konserviert und öffentlich zur Schau gestellt wird“, antwortete dessen Frau.

Nathalie deutete mit der Hand auf das gebrechlich wirkende Ehepaar. „Wenn diese Leutchen wüssten, was sie sich damit ersparen“, seufzte sie. „Zuerst fand ich mein Dasein ganz lustig, aber mit den Jahren ... und ich bin erst im Fünften. Wenn ich an Renick denke, der ist jetzt 17 Jahre hier.“

„Renick!“ Adam war fassungslos. „Er ist noch hier! Ich meine, sein Körper wurde bisher nicht abgebaut?“

„Nein.“ Nathalie strich mit den Händen ihr langes, rötlich blondes Haar bis hinter die Ohren und

entblößte damit ihr etwas rundliches Gesicht. „Solange sein Standplatz bezahlt wird."

„Renick!" Adam schüttelte den Kopf und schauderte ein wenig. „Als die Arbeiter mich in den Keller
fuhren", erinnerte er sich halblaut, „hielten Karl und
er ihr Versprechen mir gegenüber und begleiteten
mich bis zum Lastenaufzug. Dann ist die Dunkelheit
gekommen. Weißt du, was das für ein Gefühl ist?",
fragte er Nathalie als Kindergeschrei ihn aus seinen
Erinnerungen aufschreckte. „Als würde man ertrin-
ken. Zuerst werden die Gedanken langsamer, der
Geist schläfrig, wie bei einem längeren Aufenthalt
im Kühlhaus, und entgegen der drohenden Gefahr
bemächtigt sich ein friedliches Gefühl des Körpers
und - in diesem Augenblick sah ich ihn zum ersten
Mal, den Tunnel. Er wirkte gar nicht bedrohlich,
eher wie der lang ersehnte Pfad zu den Inseln der Seligen. Ich streckte die Hand aus, oder glaubte es zu
tun, und das Letzte, woran ich mich erinnere, ist das
besorgte Gesicht von meiner Oma, die vergeblich
versucht meine Hand zu packen. Ich höre sie noch
flüstern, und wäre ich nur einen Augenblick länger
bei Bewusstsein geblieben, dann wäre ich gerettet
gewesen." Adam kehrte sich von den Bildern ab und
machte ein Geräusch, dass Nathalie fühlen, aber
nicht hören konnte. Sie blickte zu Boden.

„Wo steht er? Noch immer an seinem alten
Platz?"

„In Halle drei, bei den Handwerkern. Den Gang
entlang, bis zum nächsten Durchgang, dann rechts
und du kommst direkt darauf zu. Am sichersten
triffst du ihn abends im Seitengang, beim Notaus-

gang, wenn er die Stadt betrachtet und in Erinnerungen schwelgt", erklärte sie ihm und lächelte ihr wärmstes Lächeln.

Unwillkürlich musste er grinsen. „Immer noch der Alte, der mit den Geistern der Vergangenheit spricht. Sie lassen ihn nicht los und bereiten ihm offensichtlich bis heute schlaflose Nächte. Grübelt er immer noch über die ungeschriebenen Geschichten seiner Heimat - seines Viertels, wie er sagt? Und irgendwann zwischen Mitternacht und Morgendämmerung wird er ganz still, wie nur ein Totenbeschwörer still werden kann, der am Boden kniet und merkwürdige Linien und Zeichen in den Staub zeichnet? Früher, sagte er oft zu mir, habe ich diese kleinen Geschichten des Lebens übersehen, als wären sie etwas völlig Fremdes und deshalb meiner Wahrnehmung nicht zugänglich. Ich musste erst sterben, um diese Kostbarkeiten zu entdecken. Ja, ich sehe Renick noch vor mir, wie er allmählich zu sprechen aufhörte, den Kopf an das Fenster lehnte und stumm zur Stadt hinüber blickte."

„Kanntest du ihn lange?", fragte Nathalie.

„Vier Wochen", antwortete Adam. „Als er aus seinem Körper fiel, hatte er manche Schwierigkeiten zu bewältigen - keine Schmerzen, zumindest nicht solche wie im Leben zuvor. Trotzdem! Renick fürchtete sich vor dem Schmerz. Er ist dumpf und sinnlos und er lässt deinen Geist altern, sagte er nur."

„Darf ich dich etwas Persönliches fragen?"

„Nur zu, Nathalie", erwiderte Adam und zugleich spürte er die schwere Last der Erinnerungen, schwerflüssig und träge geworden unter dem Gewicht der Zeit, und er wusste, dass er jetzt nicht mehr auf Ruhe hoffen konnte.

„Könntest du von hier fortgehen?" Ihre Stimme klang ängstlich.

Adam zögerte einen Moment. „Ja, das könnte ich, wenn ich es wirklich wollte."

„Und diesen Tunnel ... Würde ich ihn ebenfalls sehen?" 'Ich werde Antworten auf alte Fragen sammeln', überlegte sie und spürte die Hoffnung neu in sich aufkeimen.

„Ich denke nicht", entgegnete Adam kurz, während Nathalies Gesicht sich verfinsterte und ein wütender Neid auf Adam raubte ihr für kurze Augenblicke jeden menschlichen Zug.

„Verschwinde! Geh hinüber!", ließ Nathalie ihrer Enttäuschung freien Lauf, und das hätte Adam bereits als ein böses Omen werten sollen.

„Es besteht ...", setzte er an, bevor sie ihm das Wort abschnitt.

„Lass mich in Ruhe!", schrie sie und schluchzte auf. „Es gibt kein Entrinnen ...", sagte sie noch, bevor ihre Gestalt durchscheinend wurde.

„Warte!", rief Adam ihr nach als sei er ihr diese Erklärung schuldig: „Einige könnten mir unter Umständen folgen."

06.08.2015   Im Laufe des Tages

Wie ein Wirbelsturm rauschte Karl von Stetten heran. Er schwitzte, als er vor seiner Statue auf und ab schritt, ganz offensichtlich bereits in einem fortgeschrittenen neurotischen Zustand.

„Womit habe ich diese menschenunwürdige Strafe verdient?", fragte er sich, seinen früheren Körper und jeden Besucher, der durch ihn hindurchschritt. „Nichts habe ich mir zuschulden kommen lassen, und nun dieses jämmerliche Dasein, welches jeden Komforts entbehrt. Ich dürfte überhaupt nicht hier sein", rief er in beschwörendem Tonfall und hob theatralisch die Hände über seinen Kopf, als ginge es für ihn um *Sein oder Nichtsein*.

„Von meinen menschlichen Trieben sollte ich im Augenblick des Übertritts befreit werden, stattdessen ergießt das Schicksal einen übel riechenden Strom aus Hass- und Schuldgefühlen über mich aus. Weshalb hasse ich mich, und worauf gründen meine Schuldgefühle?" Von Stettens Stimme bebte vor Furcht, als die Worte aus seinem Mund stolperten. „Ach", jammerte er. „Könnte ich doch nur meinen Psychiater konsultieren - die Ursachen für mein Leiden müssen in einem früheren Leben ihre Begründung finden." Von Stetten spürte eine emphatische Verbindung mit sich selbst in der Vergangenheit und konnte deshalb weder den Aufenthalt in Friedpark akzeptieren noch den Blick in die Zukunft ausrichten.

„Herr von Stetten, Ihre Worte über die jenseitige Welt haben mich tief berührt." Adele war zu ihm getreten und blickte ihn wie früher ihren Beichtvater dankbar und aus großen Augen an.

„Lieb von Ihnen", entgegnete von Stetten gerührt und räusperte sich vernehmlich. „Es freut mich zu hören, dass meine skizzenhaften, dazu frei vorgetragenen Ausführungen Ihr Interesse, ja ich darf wohl annehmen, Eingang in Ihr Herz, gefunden haben. Wie ich bereits erörtert habe, waren sie - glaube ich - so weit gediehen, dass ich sie in einem schmalen Büchlein in die Öffentlichkeit entlassen wollte. Leider spielte mir das Leben diesbezüglich einen für dieses Vorhaben nicht unerheblichen Streich." Mit einer einstudiert wirkenden Geste strich von Stetten sein Haar glatt, legte den Kopf bewusst ihn Schieflage und spähte an Adeles Ohr vorbei in jenes Reich, in das er, aufgrund von ihm bisher unbekannten Begebenheiten, bis jetzt nicht übersiedeln durfte.

„Als kleiner Junge musste ich, in einem meiner früheren Leben, jeden Sonntagmorgen mit meinem Vater in den Tempel pilgern, und dort beobachtete ich die frommen Männer, wie sie beim Rezitieren der Gebete sich sanft vor- und zurückwiegten, wie Schilfrohre im Wind. Ich verstand die Sprache der Gebete nicht, es war hebräisch, aber wichtig für mich war, dass ich begriff, wie die Seele über Jahrtausende hinweg in Körpern reinkarniert."

„Ich kann mich an keine früheren Leben erinnern", meinte Adele und fügte im Scherz hinzu: „Selbst mein letztes Leben ist mir oft ein großes Rätsel. Das

223

mit dem Jenseits, und dass wir uns dort mit Freunden weiterentwickeln, widerspricht eigentlich meinem Glauben, aber es war tröstlich zu hören. Sie haben mir Hoffnung gegeben, Herr von Stetten. Hoffnung, dass dieses Dasein hier in ferner Zukunft sein Ende finden wird und wir dann in dieses von Ihnen so schön beschriebene Reich übergehen."

Von Stetten schwieg lange, vielleicht auch nur eine kleine Weile. Adele wusste es nicht. Ihre Augen waren plötzlich ebenso leer wie die seinen, nur dass sie, im Gegensatz zu ihm, Erinnerungen nachhing. Sie sah ihre Handfläche, die zwanzig Pfennig für den Opferstock, der nach der Predigt durch die Reihen wanderte, und dann auf den leuchtend roten Automaten mit den leckeren Kaugummis. Lange hatte sie gezögert, bis das kindliche Verlangen so übermächtig geworden war, dass sie den einen Groschen in den Schlitz und den anderen geflissentlich Gott geopfert hatte.

Er neigte sich ein wenig zu Adele hin, seine Arme schwangen vor, die Hände geöffnet. „Keine drei Monate nach Ausbruch des Krieges fiel ich im Felde. Im letzten Ringen presste ich die Hände auf die grässliche Wunde, und ich fühlte weder Schmerz noch Furcht, sondern einzig Verwunderung. Neben mir die Kameraden, ihre verschmutzten, von Todesangst gezeichneten Gesichter und über mir das Licht. Frohgemut schwebte ich hinauf und spürte, wie das Lebenslicht in mir wieder aufflackerte. Von meiner Familie umringt, gelangte ich in den Ruheraum. Dort verabschiedeten sie sich von mir, wobei neue Energie in mich einströmte", flüsterte von Stetten so leise, dass seine Worte von Adeles pochendem Herzen fast übertönt wurden.

„Dann glauben Sie nicht, dass es eine Bestrafung für schlechte Taten oder Gedanken gibt?", fragte Adele, weil sie wusste, dass sie auf diesem Gebiet nur wenig wusste, gerade so viel, um Fragen stellen zu können.

„Bestrafung", antwortete von Stetten ohne zu zögern. „Welch ein garstiges Wort. In dem von Ihnen angesprochenen Sinn existiert sie nicht. Sie reinkarnieren mit einer selbstbestimmten Lebensaufgabe in den neuen Körper, und sollten Sie diese - aus welchen Gründen auch immer - nicht oder nur ungenügend erfüllen, dann wird nach Ihrem Tod darüber gesprochen, wo Sie von Ihrem vorgezeichneten Pfad abgewichen sind. Die einzige Bestrafung, sofern Ihr Geist an diesem Begriff klebt, besteht darin, dass Sie die Aufgabe in einem späteren Leben wiederholen müssen." Er warf einen Seitenblick auf Adele und trat näher an sie heran.

„Aber wir sitzen hier fest, wie Ratten in ihrem Käfig", flüsterte er ihr ins Ohr und verließ damit die gewohnten Wege seiner Philosophie, die er Wort für Wort zugeschliffen hatte, bis sie im richtigen Ton erklungen waren, und verfiel in den von ihm so gehassten Jargon der Alltagssprache, derer sich lediglich die Dienerschaft, die Bauern und die gewöhnlichen Menschen bedienten. Restlos brach von Stetten jedoch nicht mit der früheren Weisheit, denn sie war für ihn notwendig, wollte er in dieser Tristesse auch nur einen weiteren erbärmlichen Tag überstehen. „Oder irre ich mich?", griff er den verlorenen Faden auf, zwischen Hoffnung und ewiger Verdammnis schwankend.

„Wie die Ratten, ja. Die ersten Körper in Friedpark waren wohl schlecht gearbeitet", berichtete Adele ihm mit undeutlicher Stimme. „Es wird behauptet, sie hätten hinübergehen können - Sie wissen schon, Herr von Stetten, durch diese dunkle Röhre. Aber das liegt bereits Jahre zurück."

„Schlecht gearbeitet?", wiederholte von Stetten ihre Worte. „Wie soll ich das bitte verstehen? Verdarben Sie wie schlecht gelagertes Fleisch? Pfusch an Leib und Seele?"

„Nein", unterbrach Adele von Stetten. „Es lag wohl an dem Mittel. So genau weiß ich das nicht, Herr von Stetten. In meinem Alter interessiert man sich nicht mehr so für dieses neumodische Zeugs - Handys, Computer, Filme, bei denen die Darsteller aus der Leinwand fallen. Konservierte Körper."

„Und? Was wurde aus ihnen?", malträtierte er Adele mit Fragen. „Waren sie nun tot?" Seine Miene sprach Bände, von der Niedergeschlagenheit seines Herzens, der Trübsinnigkeit seines Geistes, und sie verriet die große Mühe, die es ihm bereitete, seine Ängste vor dem Überschäumen zu bewahren.

„Die Zusammensetzung des Konservierungsmittels war bei der ersten Generation noch wenig ausgereift und die 'Seelen' dadurch nicht an den Körper gebunden", erklärte Lara von Stetten, die kurz zuvor bei ihm aufgetaucht und seine letzten Worte mit angehört hatte, mit gedämpfter Stimme, voll Bedauern.

„Und jetzt ringen sie mit den Marmorstatuen der Griechen um das Wohlwollen der Götter", resümierte von Stetten und dachte dabei: 'Den Verlust fühlen - wissen, was dem Untergang geweiht ist. Das ist es, was ich seit meinem Unfall am besten kann.'

„Mit den Gegebenheiten müssen wir uns arrangieren oder in die Depression flüchten", brachte Lara ihr Dasein auf die kürzestmögliche Formel, und von Stetten konnte nicht beurteilen, ob ihre Worte ihn ermahnt, getadelt oder einfach auf den Arm genommen hatten. „Adele", fuhr Lara fort, während von Stetten sie irritiert musterte. „Was ist gestern passiert?"

„Gestern?" Adele legte fragend die Stirn in Falten und schüttelte nachdenklich den Kopf. „Was soll den passiert sein, Kindchen?"

„Der Anfall von Anton Rubinger", half sie Adele auf die Sprünge.

„Ach das meinst du!" Sie winkte vergnügt ab, als stellten ein paar zerborstene Neonröhren keine der Erinnerung notwendige Begebenheit dar. „Der Mann vom Amazonas. Netter Kerl, nur geht ihm seine Auferstehung, das ganze Drumherum, schwer auf das Gemüt. Ich habe ihn nur zu beruhigen versucht, da kam es wohl über ihn und - ich bin ja nicht nachtragend, und deshalb nehme ich ihm sein Benehmen auch nicht übel. Jedenfalls hat er mich plötzlich angegriffen, beschimpft, und dabei sind ein paar Neonröhren zu Bruch gegangen. Regneten herunter wie bei einem Platzregen ... Die Besucher haben geschrien wie hungrige Babys, und gelaufen sind sie ... Es war köstlich. Aber weshalb fragst du danach?", wollte Adele wissen. Ihre Neugier war geweckt.

„Die Neonröhren", sagte Lara und räusperte sich vernehmlich in von Stettens Richtung, der sofort die Hände in die Höhe riss und meinte: „Ich bin verschwiegen wie ein Grab." „Wir vermuten, dass Rubinger dafür verantwortlich ist."

„Paranormale Fähigkeiten", überlegte von Stetten laut. „Phänomene wie das eben Geschilderte sind in diesem späten Lebensabschnitt ungewöhnlich. Nicht ausgeschlossen, nur höchst selten." Als er Lara, die mit verkrampften Schultern vor ihm stand, anblickte, schien er für sie bedeutungslos zu sein; er existierte nicht nur nicht, sondern erschien als Person in seiner Realität als unmöglich.

„Ich wollte nur behilflich sein", grunzte von Stetten versöhnlich und fiel in ein längeres Schweigen.

„Kann ich mir nicht vorstellen", sagte Adele in die Stille hinein und ließ die Geschehnisse noch einmal Revue passieren. „Sicherlich nur Zufall. Und selbst wenn, was ist damit gesagt?"

„Es könnte für uns die Erlösung sein", klärte Lara sie auf und betrachtete nebenbei von Stettens Gesicht, in dem dieselbe verzweifelte Sehnsucht geschrieben stand, die sie, selbst seit sie von Rubingers Gabe wusste, heimsucht hatte.

„Wenn ich einen Aspekt anmerken dürfte", erwachte von Stetten aus seinem Schweigen. „Der Möglichkeit, dass dieser Anton Rubinger seine Fähigkeit gezielt auf bestimmte Objekte konzentrieren kann, muss ich vehement widersprechen. In der Geschichte ..."

„Die Geschichte sagt auch nichts über unser Dasein aus", unterbrach Lara ihn barsch. „Was sind wir denn? Eine Attraktion für die man Eintrittskarten verkauft. Er kann uns vielleicht aus diesem Gefängnis befreien. Nie zuvor in den vergangenen Jahren ist es einem von uns gelungen, Objekte innerhalb Friedparks zu beeinflussen."

Adele nickte dazu und richtete sich knirschend etwas auf. „Die Techniker konnten sich auch keinen Reim darauf machen." Sie fuhr mit der Hand über ihr Gesicht, als müsse sie einen Schleier wegwischen, der sie von der Wirklichkeit trennte. „Manchmal wünsche ich mir meinen Körper zurück", gestand sie Lara. „Nicht so wie jetzt, wenn wir uns zurückziehen. Sie sind eng, und das Gefühl, erstarrt zu sein, kriecht wie kaltes Eis in das Bewusstsein - es ist bloß wie ein weiterer Tod. Eines Tages, sage ich mir dann, vielleicht schon bald, legst du ihn ganz ab und kommst einfach nicht wieder, weil du den Eingang ins Paradies gefunden hast." Sie seufzte leise, schloss die trüben, ewig tränenden Augen und erlag für einen flüchtigen Augenblick ihrer kindlichen Vorstellung von diesem fernen Ort.

„Wir werden einen Weg finden, Adele", versprach Lara, die wusste, dass Adele in Gedanken längst an einem anderen, heimeligeren Ort verweilte.

„Ach, Kindchen." Adele lächelte so sanft, dass selbst von Stetten für einen Moment ein glücklicher Mensch wurde. „Du musst dir keine Sorgen um mich machen. Ich habe in meinem Leben schon viele Enttäuschungen hinnehmen müssen, und da kommt es auf eine mehr oder weniger ganz gewiss nicht an. In den ersten Tagen dachte ich: 'Du musst es dir nur mehr wünschen, dann öffnet sich das Tor und du kannst es passieren.' Wie Ihr seht, bin ich immer noch hier. Jetzt gibt es Stunden, da habe ich gar nicht mehr das Bedürfnis, woanders zu sein. Hier habe ich Unterhaltung, nette Gesellschaft, und von den Menschen kann mich niemand sehen, so kann ich sie und ihre Schrullen in Ruhe beobachten. Besser so als Träumen anzuhängen, auf deren Erfüllung wir keinen Einfluss haben."

„Ich kann dich gut verstehen", pflichtete Lara ihr bei, den Blick starr auf einen Fleck am Boden gerichtet, als rechtfertige sie sich vor einem nicht vorhandenen Gegner.

„Ich bin schon so lange hier, habe zu oft meine Nächte im Seitengang zugebracht und die Stadt, ihre fernen Lichter angestarrt. Darüber habe ich meine eigenen Wünsche und Hoffnungen vergessen. Was soll ich auf der anderen Seite mit meinen Verwandten, Freunden noch reden, ihnen sagen, was nicht längst schal geworden ist? Hier habe ich meine Bleibe ... und dort?" Adele gab sich selbst keine Antwort.

„Auf der Erde sind wir nur, unserer Weiterentwicklung wegen", konnte von Stetten sich nicht enthalten anzumerken. „Dort drüben sind wir hingegen mit unserem höheren Selbst vereinigt." Er schwelgte in seinen durch zahlreiche Rückführungen gewonnenen Erfahrungen. „Die umfassende Sichtweise - es ist überwältigend, mit Worten nicht zu beschreiben. Weil die Dürftigkeit der Sprache, unserer Sinne, hier an ihre natürlichen Grenzen stößt. Die multidimensionale Wahrnehmung ..." Er verstummte.

„Er redet so schön von dieser anderen Seite", lobte ihn Adele und stand ganz still da. „Ich könnte ewig seinen Worten lauschen."

Von Stetten lächelte ergeben.

Renick tauchte an der Seite von Lara auf. Er wirkte müde, seltsam ausgelaugt, als habe er seit Tagen nicht mehr richtig geschlafen. „Habt ihr Rubinger gesehen?" Seine Körpersprache verriet seine innere Anspannung.

„Nicht seit gestern", antwortete Adele, während Lara nur verneinend den Kopf schüttelte.

„Jetzt wird mir dieser Kerl aber langsam unheimlich", polterte von Stetten verärgert. „Er muss doch aufzutreiben sein, schließlich verliert das Haus nichts."

„Am Ende ist er doch ein bisschen verrückt. Aber spielt das eine Rolle? Es gibt viele Dinge, die verrückt sind, und immer Menschen, die bereit sind, an sie zu glauben. Also suchen wir ihn und dann werden wir sehen, wie weit er unsere Hoffnung trägt." Sie zwinkerte tatendurstig.

„Ganz Ihrer Meinung, Gnädigste." Von Stetten schloss sich ihren Worten an und spürte, dass Renick ihn ansah, aber er drehte nicht den Kopf.

'Nimm dich in acht vor Kreuzwegen', hörte Renick seine Mutter ihm warnend nachrufen. 'Du läufst schon zu lange im Kreis herum. Pass auf, dass du mir nicht unter die Räder kommst.'

'Stehe ich wieder an einem Kreuzweg?', fragte sich Renick. 'Der Erste seit Jahren. Du solltest ihn sorgfältig prüfen, ehe du losrennst oder dich entscheidest. Aber zögere nicht zu lange', mahnte Renick sich selbst. 'Du kannst auch stehen bleiben - wie damals und die Möglichkeit ungenutzt vorüberziehen lassen. Kreuzwege haben immer etwas Hypnotisierendes. Der Zwang, den sie ausüben, lähmt mich ... Ich hätte längst alles hinter mir lassen sollen ...'

„Wie denkst du darüber, Renick?", unterbrach Lara seine Überlegungen.

„Ich ...", begann Renick mühsam. „Er ... ich habe kein gutes Gefühl ..."

Lara sah Renick an, als habe er den Verstand verloren.

„Renick!" Besorgnis sprach aus ihrer Stimme. „Wie soll ich das verstehen? Rubinger kann uns nichts anhaben, oder?"

„Zerstörte Hoffnungen ... sind schlimmer als ..." Renick oszillierte. Er fühlte sich bedroht ohne genau zu wissen warum. Diese Ungewissheit brachte ihn aus dem Gleichgewicht und seine Gestalt zum Flackern. „Verloren sind wir ohnehin", flüsterte er leise und sank wieder hinab in seine erloschenen Träume.

Mit sieben Jahren hatte er Maurer werden wollen, wie der Vater von Herrmann, der mit kleinen Steinen große Häuser baute, als spiele er mit Lego-Steinen. Dann sein bis dahin größter Wunsch, ein Fiat Spider, bei dessen Anblick die Mädchen Schreie des Entzückens ausstießen und für eine Fahrt mit ihm bereitwillig ihre Unschuld opfern würden. Die Sehnsucht nach seinem Viertel, der Heimat und der verlorenen Unbeschwertheit der Kindheit - der Wunsch zurückzukehren, der ihm zeit seines Lebens versagt geblieben war. Wie die Jahreszeiten wechselten seine Wünsche, ebenso die kleinen und großen Hoffnungen. Sie verwandelten sich - das satte Grün der Natur im Frühling, im Verlauf der Monate stets blasser, bis der Herbst, mit einem letzten farbenprächtigen Schauspiel sich gegen den kleinen Tod aufbäumte. Der Tod hatte sein Dasein geändert, nicht aber das Mühlrad, das in seinem gleichmäßigen und unerbittlichen Lauf weiterhin seine Hoffnungen zerrieb.

'Adam', dachte Renick und vor ihm tauchte das Bild eines Mannes in mittleren Jahren auf, der gemütlich in die Runde blickte, und dessen rechtes Ohr von einem Bleistift über die Jahre leicht nach außen gedrückt worden war. Selbst jetzt hörte er sein Lachen - und sein beredtes Schweigen, als sein Vertrag ausgelaufen und die Arbeiter gekommen waren, ihn wie ein Paket verschnürt und in der Aufbewahrungshalle deportiert hatten. Karl, den er damals begleitet hatte, krümmte der Kummer über den Verlust seines Freundes noch tiefer als es die Jahre seines langen Lebens überhaupt vermocht hätten. 'Am Tag darauf ging er hinüber, und Adam?'

'Warum', verfluchte Renick seine damalige Entscheidung, 'habe ich nicht die Hand von Karl ergriffen, als er sie mir anbot? Furcht vor der Ungewissheit? Der ewigen Dunkelheit? Die Angst davor, dass ich meine Heimat nie mehr wiedersehen würde? Die Nächte meiner Kindheit waren dunkel, und sie haben mich ebenso wenig geschreckt wie die Vorstellung des Todes. Die Nacht ist nicht unser Metier - wird es nie sein, und doch habe ich Freunde dort. Was also hätte mir geschehen können?' Wie damals, als er gezögert, nicht die Hand von Karl ergriffen hatte, beschlich ihn jetzt wieder das Gefühl, das alles möglich war, dass das Leben sich jeden Augenblick ganz überraschend ändern konnte.

„He, Renick!" Lara war beunruhigt, legte ihm die Hand auf die Schulter und löste einen kaum wahrnehmbaren Funkenschauer aus.

„Es ist gut, Lara." Widerwillig kehrte er in die Realität zurück. Er wollte, einem inneren Impuls folgend, protestieren - schwach, ja gewiss, wie sonst sollten die Schwachen protestieren - aber er unterdrückte die Regung. „17 Jahre sind es jetzt schon. Früher oder später stirbt auch der letzte Funke Hoffnung."

„Papperlapapp!", wischte Adele seine Niedergeschlagenheit beiseite und schrieb geheimnisvolle Zeichen in die Luft. „Du bist doch noch ein junger Spund, Renick. Also stell dich nicht so an! Ich habe Männer erlebt, die waren doppelt so alt wie du, und die haben sich nicht so klaglos ihrem Schicksal ergeben", schimpfte sie und es gelang ihr sogar, ein zorniges Gesicht aufzusetzen.

Renick rieb sich heftig die Hände und schauderte bei den Gedanken an die letzten Minuten, bevor er Adeles Worte mit einem dankbaren Lächeln quittierte.

„Na also!" Lara spürte, wie ein schweres Gewicht von ihrem Herzen zu Boden plumpste.

„Jammerlappen", krächzte Adele, als ein plötzlicher Hustenanfall sie packte. So konnte Renick nur noch hören: "... ich suche jetzt nach Rubinger." Sie verblasste wie ein zu oft gewaschenes Leinentuch, das langsam in der Sonne trocknete.

Inzwischen hatte sich auch von Stetten wieder in der Gewalt. „Nach meinen Sitzungen fühlte ich mich wie Mose, als Gott ihm einen Blick auf das Gelobte Land gestattete, es zu betreten ihm jedoch verwehrte. So viele Jahre hielt mich die Hoffnung am Leben, dass ich eines Tages heimkehren würde

- nicht nur in der Erinnerung, sondern als reales Bewusstsein, wiedervereint mit den Freunden. Hätte ich damals schon gewusst, was mich in Wirklichkeit erwartet, ich weiß nicht, was ich in diesem Fall getan hätte", sagte er. „Ich frage mich nur, wem ich diesen Zwischenstopp in Friedpark verdanke. Weder Vater noch meine Schwester haben zu meinen Lebzeiten darüber gesprochen, und ich bin mir nicht einmal sicher, ob sie überhaupt Kenntnis von diesem Ort besaßen."

„Adele hat recht", sagte Renick bestimmt und Lara spürte die Tatkraft, die jetzt wieder in seiner Stimme mitschwang. „Jammerlappen sind wir! Helfen wir ihr bei der Suche. Und dann nehmen wir uns diesen Rubinger zur Brust."

Treuherzig erwiderte von Stetten seinen Blick, wohl ahnend, dass tief in seinem Innersten das verletzte, ängstliche und zur Einsamkeit gezwungene Kind verborgen lag, das in Situationen wie diesen durchbrach und seine Kräfte lähmte, als wollte es ihn vor weiteren Verletzungen beschützen.

„Ich war ... bin", verbesserte sich von Stetten, „stets ein furchtsamer Charakter gewesen", gestand er Lara und Renick. „Oh, natürlich habe ich Wissen angehäuft wie andere Menschen Geld oder gute Taten, und sogar - ein Umstand der mich selbst heute noch in Erstaunen versetzt - die Reinkarnationstherapie gewagt ... Die Bücher, Rohmaterial für den Schutzwall, den ich errichtete, um mich vor der mir feindlich gesinnten Welt zu schützen. Lesen als Ritual gegen die Macht der Wahrheit, die hier drinnen schlummert." Er tippte sich mit dem Zeigefinger an den Kopf. „Sie führte Angriff um Angriff gegen das schwächelnde Ich. Die Wahrheit ist, liebe Freunde, wenn Ihr mir diese Anrede erlaubt, dass ich aufgegeben, mein Leben leichtfertig fortgeworfen habe. Ich habe es vergeudet. Nicht einen Tag habe ich gekämpft, versucht an mein früheres Leben anzuknüpfen - stattdessen flüchtete ich mich in die Abenteuer von Huckleberry Finn, dem Zeitreisenden aus H. G. Wells Roman, der mühelos durch die Jahrtausende reist und zahlloser anderer Helden, die vollbrachten, wozu ich mich nicht in der Lage sah. Wissen als Schutzamulett gegen die eigenen Dämonen. Erst mein später Glaube an ein Leben nach dem Tod wusste sie ein wenig zu besänftigen. Aber jetzt ist Schluss!", rief von Stetten kampfbereit. „Gehen wir!"

Zoe kam hüpfend auf ihre kleine Gruppe zu. Sie bemerkte Renick, hob gestikulierend die Arme und verkündete mit vor Aufregung schriller Stimme: „Nathalie hat heute Morgen einen der Ersten getroffen!"

17.08.2015 Gegen fünf Uhr

Valerie weinte. Ihre Augen waren rötlich gefärbt und quollen deutlich hervor. Daniel kniete neben ihr, hielt ihre Hand und richtete den Blick abwechselnd auf ihr Gesicht und den Sprühregen winziger Funken, der ihre Hände umspielte.

„Seit ich hier bin", klagte sie und zog geräuschvoll die Nase hoch, ohne ihn anzublicken, „habe ich nichts dazugelernt. Ich habe mich in das Leben hier eingefügt, so gut ich konnte und mich an ein paar Dinge erinnert, die mir zu Lebzeiten unangenehm waren, als ich noch dort draußen lebte und zweimal am Tag meine Kleider wechselte. An diesem Tag - du weißt schon -, ich lehnte lange am offenen Fenster und bekam eine ordentliche Gänsehaut. Die Nacht war warm, noch etwas feucht vom Regen. Der Himmel war dunkel und wolkenlos. Ich hab´ geahnt, dass morgen ein heißer Tag werden würde - ein Tag ohne mich. Dann hab´ ich mir vorgestellt, wie ich über der Welt schwebe, meiner Beerdigung beiwohne und anschließend meine Eltern nach Hause begleite. An Weihnachten würden sie auch ein Geschenk für mich unter den Baum legen, gemeinsam weinen und sich erinnern, wie es früher war, als ich ..." Ihr Redefluss versickerte in den trockenen Schluchzern, die ihre Brust blähten und zusammensinken ließen wie einen mächtigen Blasebalg.

Valerie blickte zur Seite, und Daniel sagte: „Ich liebe dich." Es kam ohne sein Zutun über die Lippen und es klang ehrlich und ein bisschen verwegen.

„Ich weiß", antwortete Valerie schniefend und lachend zugleich. „Und ich höre es gern. Obwohl - du kennst mich kaum, eigentlich überhaupt nicht. Du hast mich nie als lebenden Menschen gesehen und meine Hand gehalten.. Hättest du mich in der Straßenbahn angesprochen oder wärst du einfach an mir vorbeigegangen?"

'Seltsam', dachte Daniel. 'Wir sitzen hier und sprechen über unsere Gefühle in einem Ton wie beim nachmittäglichen Kaffeeklatsch. Fühlen wir wirklich? Oder ruft die Erinnerung nur ein Gefühl, ein veraltetes Engramm ab? Fühle ich mich glücklich bei dem Gedanken, dass sie mich gern hat?'

„Ich hätte dich angesprochen", sagte er.

„Und was hättest du gesagt?"

„Liebe Unbekannte, ich liebe Sie. Wollen Sie mich heiraten?", flüsterte er Valerie ins Ohr, und es klang simpel wie ein Kindervers und war dennoch trügerisch.

Valerie prustete kichernd los. „Das soll ich dir glauben, du gemeiner Lügner - du!"

„Ja", hielt er dagegen und versuchte, seiner Stimme einen überzeugenden Klang zu verleihen. „Bis über den Tod hinaus."

„Bis über den Tod hinaus", wiederholte Valerie. „Wie lange wird das sein?"

„Ich pfeif auf die Zeit! Die Menschen lieben, obwohl sie wissen, dass sie eines Tages sterben müssen und der Tod sie trennen wird. Nichts währt ewig - rein gar nichts. Natürlich gibt es Dinge, die den Menschen überdauern, aber auch sie gehen früher oder später zugrunde. Dazu zählt letztlich auch die Zeit und wir können nur hoffen, dass unser Glück noch ein paar Minuten, Tage oder Wochen länger andauert. Wir sind wie eine Kerze. In der Dämmerung wird sie angezündet und breitet ihr warmes Licht über uns aus. Jeden Abend, bis sie aufgezehrt ist, und danach wird es nie wieder hell. Kein Geräusch, kein du und keine Berührung, nur Dunkelheit."

„Dann lass uns hier im Dunkeln sitzen bleiben", sagte Valerie bedrückt. „Immerhin haben wir in diesem Augenblick uns und dieses beklagenswerte Stückchen Liebe, das uns verbindet." Sie kuschelte sich an Daniel, und im Hintergrund tuschelten die Geister miteinander, sangen ihre nächtlichen Lieder und schlichen wie Diebe in der Nacht durch das inszenierte Reich des Todes. Sie tanzten ausgelassen, die alten Tänze, die aus der Vergangenheit über die Erinnerung bis in das Jetzt, kalt und erbarmungslos, herüberwehten und die Gedanken an die Zukunft einfroren, damit sie ihren Zusammenhang und Sinn verloren.

„Hier bist du, Valerie!", rief Harry stellte sich geschickt in Position und ließ im Licht der Notbeleuchtung seine Muskeln hüpfen.

„Daniel?", murmelte sie und wirkte dabei müde und nervös.

„Harry", begrüßte er Daniel kurz, der schweigend nickte und dachte: 'Im Verhältnis zu seinem übertrainierten Körper schrumpft sein Kopf auf die Größe einer Stecknadel.' Dabei sah er den gedrungenen Körper von Harry in der Dunkelheit nur, weil er unmittelbar vor der Notbeleuchtung stand, die ihr Licht über ihn ausbreitete.

„Hast du ... ihr es schon gehört?", donnerte Harry los, und die Worte zogen wie ein drohendes Unheil am Horizont herauf und über ihre Köpfe hinweg. Sie verwandelten den Seitengang in die Eingeweide eines Ungetüms und es schien Valerie, als flüchte selbst der grünliche Schein der Notbeleuchtung aus Harrys näherer Umgebung, um in den Ecken und Winkeln vor dem Kommenden Zuflucht zu finden. „Nathalie ...", polterte es wie ein erstes Warnzeichen aus ihm hervor, dem ein Augenblick der Stille folgte. Er jagte Valerie einen kalten Schauer über den Rücken. „Sie ist auf einen der Ersten gestoßen. Einer von ihnen ist zurück ... seit gestern bereits."

Harry blickte gespannt auf Valerie und Daniel.

„Woher will sie das wissen?", fragte Valerie, nur um die unerträglich gewordene Last der Stille abzuschütteln. „Nathalie ist eine Träumerin. Mehr Kind als Zoe."

„Er hat es ihr selbst bestätigt und ...", antwortete Harry und legte bewusst eine Pause ein. „Und ihre Frage, ob er Friedpark verlassen, also hinübergehen könnte, wenn er es wollte, hat er ohne zu zögern bejaht."

„Hinübergehen? Wohin?", fragte Daniel verwirrt und fuhr fort, ehe Valerie was sagen konnte: „Ins Jenseits?"

„Es ... das Jenseits existiert", merkte Harry gefährlich leise an und heizte damit die bereits merklich kühler werdende Atmosphäre von Neuem auf. „Dein Körper ist tot", schleuderte er Daniel die Worte wie Steine an den Kopf. „Er steht hier in einer der Hallen, als Statue, konserviert für eine halbe Ewigkeit, während dein Bewusstsein, oder von mir aus auch deine Seele, unabhängig davon weiter existiert. Ist das nicht Beweis genug?"

Daniel schluckte hart, als müsse er einen zu großen Bissen hinunterwürgen. „Wir existieren", entgegnete er gedehnt, weil er noch nach den passenden Worten suchte, „weil unsere früheren Körper auf künstliche Weise an der Verwesung gehindert werden." Erschrocken stellte er fest, dass er über dieses Thema kaum etwas wusste. 'Ich habe mich nie mit den möglichen Konsequenzen des Todes auseinandergesetzt.' Er konnte nur den Kopf schütteln über so viel kindliche Naivität. 'Nicht mehr sein wollte ich! Nur weg aus dem unerträglich gewordenen Leben, mit seinen Erwartungen und unerfüllbaren Ansprüchen, die wie Krebsgeschwüre an mir genagt haben. An das Danach habe ich keinen Gedanken verschwendet.'

„Es ist jetzt nicht die Zeit für Belehrungen, schon gar nicht für Glaubensfragen", beendete Valerie das Thema und entschärfte damit die Spannung zwischen ihnen, bevor sie zur Gefahr werden konnte. „Wo ist er jetzt?"

„Sie suchen ihn?", beantwortete Harry ihre Frage. „Irgendwo muss er sich ja aufhalten."

„Und wenn nicht?" Valerie schenkte Nathalies Bericht so wenig Glauben wie früher den Schlagzeilen gewisser Tageszeitungen, die in blutroten Überschriften Lügen propagierten, zur Steigerung der Auflage, und am kommenden Tag auf einer der letzten Seiten den geforderten Widerruf so klein wie möglich abzudrucken. „Was, wenn sich ihr Be-

richt als Hirngespinst ihrer blühenden Fantasie ent-
puppt? Und weshalb rückt sie erst jetzt mit dieser
unglaublichen Geschichte heraus?"

„Sie behauptet, dass sie über die Begegnung nachgedacht habe und darüber eingeschlafen sei. Und ...
weshalb sollte sie so eine Geschichte erfinden?"

Valerie zuckte mit den Schultern. „Wenn er vor
mir steht, glaube ich ihr", sagte sie mit einer Bestimmtheit, die jede weitere Erklärung unterband.

„Gut. Dann gehe ich jetzt." Seine Gestalt verblasste, bevor Valerie den Mund öffnen konnte.

'Ich Idiot!', schalt Daniel sich selbst einen Narren. 'Jetzt bin ich wieder an einer Wendemarke vorbei gestolpert, ohne sie zu bemerken. Wenn ich
mich beeile ... Nachher ist es vielleicht nicht mehr
möglich, den Weg zu korrigieren.' Laut sagte er:
„Ich hätte ihm erklären müssen, weshalb ich mich
bisher nicht mit dem Jenseits beschäftigt habe."

„Harry ist ein eitler Angeber, was seinen Körper be-
trifft, aber er ist nicht dumm. Er hat dich schon richtig
verstanden." Valerie sprang auf und ging bis zum
Durchgang. Die Dunkelheit griff nach ihr mit langen
Schattenfingern. Sie spürte, die Hoffnungen ihrer Mitbewohner, auch sie griffen nach ihr. Als sie sich um-
drehte, hatte Daniel sich nicht von der Stelle gerührt.

„Bist du mir böse?"

„Nein, warum auch?" Valerie setzte ihr bezauberndstes Lächeln auf. "In den ersten Tagen hier
habe ich mich lange mit einer älteren Frau unterhalten. Ihre Statue stand zufällig neben meiner - bis sie
abgeholt wurde. 'Hallo! Wie geht`s?', begrüßte sie
mich. 'Ich habe viel zu tun', erwiderte ich aus Ge-

wohnheit. 'Soso. Was denn? Nichtstun, wie?' Wie sie das sagte und wie sie mich dabei ansah ... 'Nichtstun!' Tagelang habe über ihre Worte nachgedacht. 'Nie wieder gehe ich nach draußen', schwor ich mir. Und dann bin ich rausgegangen und habe versucht, mich mit ihr und meinem Schicksal zu versöhnen. Was ich damit sagen will: Wie das Leben sich auch abspielt, welche Pfade es auch einschlägt, es bleibt geheimnisvoll. Ob wir leben oder sterben, hierbleiben oder nach drüben gehen, ist bedeutungslos. Wir müssen uns arrangieren oder wir gehen daran zugrunde."

'Es annehmen oder daran zugrunde gehen', hallten ihre letzten Worte in Daniel nach. 'Wie recht sie damit hat.' Er näherte sich Valerie und ergriff wieder ihre Hand. „Obwohl ich erst kurze Zeit tot bin, habe ich das Gefühl, als schwinde mein Bewusstsein dahin. Die Gedanken werden substanzlos. Bis jetzt dachte ich, weshalb darf ich nicht wie die anderen sein, die friedlich eingeschlafen sind und mit Erde zugedeckt werden? Annehmen oder daran zugrunde gehen", wiederholte er ihre Worte ein weiteres Mal. „Schließen wir uns der Suche an! Vielleicht liegt unsere Erlösung wirklich in seiner Macht."

„Du hast dich verändert."

„Ja. Wahrscheinlich habe ich es nur satt, ständig ein Spielball zu sein. Die vergangenen Jahre war ich zu oft deprimiert." Daniel schnaubte, und er spürte, zumindest in der Erinnerung, wie sein Herz krampfte.

Valerie schwieg, wartete, bis er sich wieder beruhigt hatte, und sagte dann: „Gehen wir?"

„Ja", antwortete Daniel.

Das Licht ging an. Sie hörten das Geräusch von Gustavos Putzmaschine, der die Gänge abfuhr und dabei leise die Melodien aus seinem Kofferradio mitsummte. Wenn er im Vorbeifahren mit den Frauen der Reinigungsfirma ein paar Worte wechselte, hatte er stets einen Scherz auf den Lippen, über den er selbst am herzlichsten lachte.

„Sie werden ihn bis zur Hallenöffnung nicht mehr finden. Wenn er überhaupt nicht nur in Nathalies Einbildung existiert."

„Ob Hirngespinst oder nicht! Es bringt uns zumindest auf andere Gedanken."

Sie verließen den Seitengang und warteten bei der Themengruppe Wissenschaft, bis Gustavo mit seiner Maschine vorbeigefahren war. „Ah, Maria!", hörten sie ihn wenig später rufen. „Du wieder aussehen, wie Sonne, das mir Herz wärmt."

„Schau mal", sagte Daniel, beugte sich zu dem Mann am Teleskop herunter und begegnete seinem Blick mit jener Aufmerksamkeit, die Kinder Zauberern gegenüber an den Tag legen. „So ein Teleskop hätte ich mir als Kind gewünscht. Als ich abends am Fenster stand und die Sterne beobachtet habe. Ja", seufzte er, und er wusste, dass er sich anhörte wie ein nörgelndes Kind. Valerie schüttelte nur kommentarlos den Kopf. „Aber dafür war natürlich kein Geld da, und außerdem war es brotlose Kunst. 'Was gibt es dort oben schon zu entdecken?', hörte er seinen Vater in einem Tonfall schimpfen, der abschätziger nicht sein konnte. Damit war das Thema für alle Zeiten erledigt."

„Können wir jetzt?", unterbrach ihn Valerie und hob den Kopf, weil sie Stimmen hörte, die aufgeregt miteinander sprachen und dabei mit jedem Wort lauter wurden.

„Was ist?"

„Sei kurz still!", raunte sie nur und konzentrierte sich, bis Gustavo hinter der Freimaurergruppe auftauchte und die Musik seines Kofferradios die wenigen verständlichen Wortfetzen endgültig zerfledderte. Die Melodie klang in Valeries Ohren fürchterlich.

„Komm!", befahl sie und rannte los, ohne eine Erklärung, oder darauf zu warten, dass Daniel ihr folgte.

„Was ist denn?", rief er hinter ihr her und sah sie gerade noch bei dem Industriellen an seinem mächtigen Schreibtisch abbiegen, der die Möblierung seines Büros wie ein Besiegter seine neuen Herren anstarrte.

„Sie haben ihn!" Wenn Daniel es nicht besser gewusst hätte, dann hätte er jede Summe darauf verwettet, dass sie außer Atem war und schnaubte wie ein zu schwer beladener Ackergaul.

„Warte doch!" Keuchend verlangsamte er seine Schritte und setzte sich ungefragt bei dem Industriellen auf die Tischkante. „Sie gestatten?", fragte er höflich, und als er keine Antwort erhielt, wertete er dies als Zustimmung. 'Fridolin Hornig', prangte in goldenen Lettern protzig auf dem Namensschild, und selbst für Daniel war dieser Name keine unbekannte Größe. 'Die Hornig-Werke', verriet ihm sein Gedächtnis, während er das grobschlächtige Gesicht, den strengen Blick unter den Augenbrauen, eingehend musterte. 'Größter Maschinenhersteller Deutschlands, wenn ich mich richtig entsinne. Trotzdem konnte dich dein Vermögen nicht davor bewahren, hier als bessere Schaufensterpuppe deinen Lebensabend zu verbringen.' Daniel rutschte von der Kante, klopfte dreimal symbolisch auf Holz und wandte sich zum Abschied an Fridolin: „Soll ja bekanntlich Glück bringen."

Lauschend folgte Daniel den durcheinanderwirbelnden Stimmen, die sich mit Gelächter, Jubelschreien und vor Freude und Erwartung ausgestoßenen Schluchzern zu einem donnernden Getöse vermischten. Wenige Schritte später stieß er auf ein Sammelsurium an Geistern, das sich in und um die Themengruppe der Kreuzfahrer herumdrängte. Andere stiegen auf den mit Vorräten beladenen Karren und versanken zwischen den gestapelten Säcken und Fässern, weil ihre gesamte Aufmerksamkeit auf Renick und den Fremden an seiner Seite gerichtet war.

„Hast du ihn gesehen?", wurde Daniel von einem älteren Mann gefragt, der bei der Müllabfuhr beschäftigt war.

Daniel verneinte. „Nein, tut mir leid. Ist es denn sicher, dass er einer der Ersten ist?"

„Renick kennt ihn von früher. Er hat seine Identität bestätigt. Soll Adam Schirmer heißen und vor 22 Jahren im Friedpark eingezogen sein."

„22 Jahre", wiederholte Daniel entsetzt.

„Hier bist du", hörte er Valerie schreien, damit ihre Worte ihn überhaupt erreichten. „Nathalie hat nicht gelogen", klärte sie ihn auf. „Er heißt Adam Schirmer, und er wird seit 17 Jahren im Untergeschoss aufgebahrt. Bisher hat er weder eine plausible Erklärung für den Grund seines Erwachens noch dafür, weshalb er so lange im Koma lag."

„Im Koma? Hat er diese Worte benutzt?"

„Weiß ich nicht, Daniel. Jedenfalls könnten noch mehr von ihnen dort unten sein, sofern ihre Körper nicht zu stark beschädigt sind. Das hat er, dieser Adam Schirmer, gesagt."

17.08.2015   Früher Vormittag

Der Großteil der Bewohner von Friedpark lagerte in der Themengruppe der Kreuzfahrer und bot für Renick ein ungewöhnliches, fast groteskes Bild. Zwischen den Kreuzrittern in ihren Rüstungen, den mit Waffen und Vorräten beladenen Fuhrwerken, verteilten sie sich schreiend oder kreischend wie pubertierende Teenager, oder sie sprachen wild gestikulierend miteinander, während in den hinteren Reihen die Hälse lang und länger wurden, nur um einen Blick auf Adam werfen zu können. Die ersten Besucher blieben stehen, lasen die Informationstafeln über die Kreuzzüge und schlenderten neugierig und, aufgrund der wirklichen Toten, mit einer Gänsehaut durch die Themengruppe. Sie vermischten sich mit den Geistern, deren Umrisse bei jeder Berührung blasser und weniger konturiert wirkten. Zahllose Geister standen inmitten der Fuhrwerke, sodass nur ihre Köpfe wie ein weiteres Gepäckstück aus den Säcken, Kisten und Fässern herausragten.

Adam beobachtete den Tumult, den sein Erscheinen ausgelöst hatte, mit gemischten Gefühlen. Er wusste von Renick um die Erlösungsvorstellungen, die mit ihm verbunden waren. Zum anderen freute er sich, wieder einmal unter Menschen zu sein, auch wenn es sich nur um deren blasse Abbilder handelte.

Vor ihm herrschte das reinste Chaos, das nur gelegentlich von einfachem Tumult unterbrochen wurde. Renick konnte Adams Worte nicht mehr verstehen, und das nicht nur, weil das Gekreische immer lauter wurde, sondern weil dieser den Versuch aufgab, den Aufruhr überschreien zu wollen. Er flüsterte nur noch.

„Papa! Ist das ein echter Ritter?", fragte sein fünfjähriger Knirps seinen Vater, auf dessen Schultern er wie ein Prinz thronte. Er befingerte die Nase des Ritters, der unmittelbar neben Adam stand, während sein Vater sich die Brille zurechtrückte. *'Walter Küper'*, war der Infotafel zu entnehmen. *'Bestritt mit Konrads Heer den zweiten Kreuzzug, das im Oktober 1147 bei Doryläum eine schwere Niederlage erlitt. Dabei erlag Walter Küper seinen Verletzungen durch einen Seldschuken.'*
„Nein, Jockel! Er ist Schauspieler und mimt nur den Ritter", erklärte er seinem Sohn.
„Aber er bewegt sich nicht. Schläft er?" Jockel war enttäuscht und bohrte dem Ritter seinen kleinen Zeigefinger ins Ohr.
„Ja, er schläft", war die schroffe Antwort, worauf Jockel frustriert die Hand zur Faust ballte und Walter Küper damit mehrmals auf die Nase schlug.
„Blöder Ritter!" Und als sein Vater weiterging, trat er dem komischen Ritter noch schnell mit dem Fuß gegen die Schulter.
„Können wir uns nicht an einen stilleren Ort begeben, Renick Es wird mir allmählich zu viel und was sie von mir verlangen, das kann ich ihnen sowieso nicht geben."

„Ich weiß, Adam ... Aber das bringt uns nicht weiter." Dieser spürte, wie besorgt Renick über die momentane Entwicklung des Geschehens war. „Mindestens die Hälfte der Bewohner hat ihr Dasein satt. Wie soll ich ihnen vermitteln, dass du höchstens eine Handvoll von ihnen mit hinübernehmen kannst."

„Was willst du ihnen sagen? Dass ich die personifizierte Erlösung für sie bin? Nein, Renick! Ich werde sie auf keinen Fall belügen. Wie lautet dieses Sprichwort: Lieber ein Ende mit Schrecken, als ein Schrecken ohne Ende!" Adam fühlte sich mit jedem Augenblick unwohler, zumal er plötzlich müde wurde, als zapfe ihm jemand die Energie ab.

„Dann geht das Geschrei um die Verteilung der Plätze los", versuchte Renick ihn umzustimmen. „Hier stehen an die 700 konservierte Körper ..."

„Diesem Problem müssen wir uns ohnehin stellen", unterbrach Adam seinen Freund. Die Angst kroch über seinen Rücken nach unten und verbündete sich dort mit der aufsteigenden Eiseskälte, als könne nur eine gemeinsame Front ihn zur Flucht bewegen.

„Jetzt nicht! Ich kenne sie ... Außerdem warst du lange fort. Die Menschen haben sich geändert."

„Wenn es um den Glauben geht ..."

„Willst du mit mir philosophieren?", unterbrach Renick ihn gereizt. „Hast du dir in den Stunden seit deinem Erwachen nicht überlegt, was du damit unter Umständen auslösen könntest? Du hast dir doch früher immer so viele Gedanken über alles gemacht. Schon immer haben Gerüchte um die Ersten kursiert. Ihre Verbindung ins Jenseits."

„Erinnerst du dich an unseren Lieblingsplatz?"
Als Adam das fragte, verwehte er wie ein Nebelgebilde bei aufkommendem Wind, und damit brach das Chaos erst richtig los.

„Wo ist er hin?", brüllte eine Frau in der ersten Reihe und schwang drohend die Faust. „Er hat kein Recht, ohne uns hinüberzugehen!" Sie erntete dafür lautstarke Zustimmung.

„Hol ihn zurück, Renick!", schrie ein Greis, mit grauem Haar und weißem Bart.

„Ins Untergeschoss!", kreischte eine weibliche Stimme. „Wir müssen ins Untergeschoss. Die Aufbewahrungshalle! Dort leben bestimmt noch andere von ihnen!"

„Ja!", brüllten einige im Chor, während andere die weitere Eskalation abwarteten.

Erste leere Plätze zeigten Renick, dass zumindest ein Teil der Bewohner ins Untergeschoss drängte, um sich mit eigenen Augen von der Präsenz weiterer Erster zu überzeugen.

„Nehmt doch Vernunft an!", rief Renick vergeblich, und als er einsah, dass er mit jedem Wort nur Öl ins Feuer goss, gab er auf und folgte Adam.

„Früher stand hier eine englische Telefonzelle", begrüßte Adam ihn mit matter Stimme und schmunzelte bei der Erinnerung, wie viele Stunden sie dort zugebracht hatten. „Damals wie heute, mein Freund, sind wir nicht mehr als Truggestalten. Ihre flüchtigen und blutleeren Gestalten kleben an meiner Netzhaut und erfüllen mich mit Grauen. Einem Grauen, dem ich hier nicht entfliehen kann."

„Du hast die Wahl", entgegnete ihm Renick leise und sanft. Die Luft jedoch roch nach Ärger. „Ich hingegen muss mit dem Wissen leben, dass ich nicht aus eigener Kraft sterben kann, dass nur ein Wunder mich von diesem Nicht-Leben befreien kann."

Adam nickte müde und wartete auf eine bestimmte Frage, die Frage, die er früher an den Tagen im Dämmerzustand so oft gehört hatte, selbst jetzt noch. Aber Renick würde sie nicht stellen, er brachte die Worte dafür nicht über die Lippen. So war Renick. Also musste er sie für ihn stellen, trotz des Zements in seiner Brust, der langsam aushärtete. Er wollte nicht.

In den Träumen, sofern er von Träumen sprechen konnte, verfolgten ihn die Bewohner von Friedpark, schreiend und mit vor Wut entstellten Gesichtern, als wollten sie ihn in Stücke reißen. Er war darauf gefasst, darauf, dass er über ihr Verhalten weinte, aber er tat keines von beidem. Er rannte nur. Irgendwann knickten seine Beine ein, er stolperte, krachte hart zu Boden und kniete später dort, die Arme um den Körper geschlungen, den Kopf wie zum Gebet gesenkt.

Zu Tode erschöpft hob Adam den Arm und bot Renick die Hand. „Gehen wir", sagte er nur und suchte dessen Blick.

Renick neigte den Kopf zur Seite. „Wo warst du all die Jahre? Im Koma? Was passierte mit dir, als Kurt und ich dich verlassen haben?"

Langsam, wie in Zeitlupe, sank die Hand nach unten, bis sie schlaff an seiner Seite hing. „Was soll ich sagen", antwortete Adam. „Die Arbeiter haben meinen Körper abgestellt, das Licht gelöscht, und ich kann mich nur noch daran erinnern, dass ich schläfrig wurde. Und dann nichts mehr. Keine Träume, keine Erinnerung. Wie lange ich fort gewesen bin, habe ich erst gestern erfahren. Das ist die ganze Wahrheit."

Adam taumelte, verblasste zusehends und mit beängstigender Schnelligkeit.

„Du hättest nicht freiwillig nach unten gehen sollen", warf Renick ihm vor, obwohl er wusste, dass Adam mit seiner Weigerung nichts geändert hätte.

„Jürgen hat es versucht, und dieser ältere Mann - wie hieß er noch - ach ja, Ludwig Krummbiegel. Ihr Widerstand hat nur ihr Leiden verlängert. Du hast es miterlebt, mein Freund, wie sie täglich und zuletzt stündlich an Kraft verloren haben. Dann haben sie aufgegeben und sind hinübergegangen. Wenn sie deine Statue abbauen und nach unten bringen, gibt es kein Entrinnen. Du erleidest einen weiteren Tod."

Renick seufzte so leise, dass sich das Geräusch fast im Summen der Lüftung verloren hätte. Trotzdem wollte er Adam nicht so leicht davonkommen lassen. „Du hast Karl das Herz gebrochen. Er liebte dich wie seinen eigenen Sohn, vielleicht noch mehr. Einen Tag nach deinem Abbau ging er hinüber."

Eisige Luft strich Adam über den Nacken, sickerte in seine Glieder und verbreitete sich über das Geflecht der Adern über den gesamten Körper. 'Ich kann nicht mehr klar denken, wenn ich mich so fühle', brandete es in ihm kalt und klebrig auf und es roch nach klammen Kleidern.

„Was ist aus den anderen geworden?", bedrängte Renick ihn weiter, nur um das Schweigen zwischen ihnen nicht länger andauern zu lassen.

Für einen Moment wirkte Adam verwirrt, aber dann begriff er plötzlich und sagte mir rauer Stimme: „Das kann ich dir nicht sagen. Die Statuen sind gut verpackt - wie soll ich wissen, wer sich hinter all der Folie verbirgt." Adam wurde schwächer, jedes Wort fiel ihm schwer. Erst jetzt bemerkte Renick, dass seine Gestalt an Intensität einbüßte, fast so, als würde jemand sie kontinuierlich herunterdimmen. „Ich bin unendlich müde, mein verärgerter Freund", floss es träge über seine Lippen. „Weiß du, wo ich Nathalie finde?" Mit immer länger werdenden Pausen beschrieb er Renick ihr Äußeres, bevor er kraftlos zu Boden sank.

„Unsere Horrorqueen?"

„Bring mich zu ihr, bitte. Schnell!"

„Adam! Du darfst dieser Müdigkeit nicht nachgeben!", brüllte Renick, und pure Verzweiflung sprach aus seiner Stimme. „Du musst dagegen ankämpfen!" Er wirkte nervös und überfordert und sah zum ersten Mal alt aus. „Was willst du von ihr? Sie wird dir am allerwenigsten helfen können ..."

Adam nickte. Es sah trotzdem aus, als schüttle er den Kopf. „Sie benötigt meine Hilfe. Ich kann sie mitnehmen ... sie, dich und vielleicht zwei, drei weitere ... Ich will nicht ... noch einmal ... 17 Jahre dahindämmern ... es muss ein Ende haben ... Jetzt. Bring mich zu ihr, Renick ... oder noch besser ... bestimme du ... und ... hierher", presste Adam mühsam über seine Lippen. „Nicht mehr ... viel ... Zeit.

Geh!" Nach dem letzten Wort war seine Gestalt bereits so durchscheinend geworden, dass Renick nur wenig mehr als einen hauchdünnen Schattenriss seines Körpers wahrnehmen konnte.

„Ich kann dich in diesem Zustand unmöglich alleine hier zurücklassen. Was, wenn dich jemand aufspürt?"

„Geh!", mahnte ihn Adam und seine Gestalt wurde wieder um eine Nuance kräftiger.

„Alter Dickschädel", polterte Renick schroff, den Tränen nahe. Ohne ein weiteres Wort verschwand er.

'Rieke', dachte Adam und die Buchstaben ihres Namens rieselten wie pulvrige Schneeflocken in sein Bewusstsein. 'Hübsch war sie', sagte die Erinnerung und zauberte ihr Bild auf seine innere Leinwand. 'Mit Lavendelaugen und einer Haut, die so weiß war wie frisch gefallener Schnee. Als du ihr zum ersten Mal begegnet bist, wusstest du, dass du ein Herz hast, denn du spürtest den Schmerz darin als sie an dir vorüberging. Deine Freunde mussten dich am Hemd packen, und wie einen alten Handkarren mitziehen.' Schwach glaubte er, ein fernes Lachen zu hören, das ihn anzuspornen versuchte. 'Später, am Bach - sie war immer noch so schön, dass es wehtat, sie anzusehen, doch bei dir hatte sich etwas verändert. Du warst verwirrt, ein wenig zornig. Aber sie lief auf dich zu, und ihr habt euch eine kleine Ewigkeit angestarrt.'

Die Szene wechselte. Adam wiegte den Oberkörper hin und her.

'Jetzt kannst du sie deutlicher sehen als je zuvor. Ihren schmalen Mund, die wohlproportionierte Nase und die Augen, die so wenig zu ihrem Gesicht passten, wie ihre Grübchen, wenn sie lachte.' Alles war so klar und so exakt von seiner Erinnerung reproduziert, dass Adam jedes einzelne Haar zählen konnte.

'Ich hab´ dich lieb', hörte er sich sagen. Die Worte kamen unkontrolliert über seine Lippen, erschienen ihm in der Nachschau zu gefühlvoll betont.

'Alles nur Erinnerung?', fragte Adam sich. 'Oder können Tote etwas fühlen?'

'Nichts ist der Anstrengung wert', raunte ihm die Erinnerung schonungslos zu, riss Riekes Gesicht von seinem inneren Auge, zerknüllte es und warf es achtlos zu Boden. 'Liebe, Hoffnung - nichts als Begriffe einer zutiefst verängstigten Spezies, die der Wahrheit nicht in die Augen blicken kann. Die Vorstellung des Todes, des Nicht-mehr-Seins, zehrt an diesem waidwunden Tier, das um sich selbst und um seine Endlichkeit weiß. Jenseits', flötete die Stimme, und allein ihr Klang verhöhnte sein gesamtes Weltbild. ‚Jenseits von was? Von diesem flüchtigen, unbedeutenden Leben, das, wenn es überhaupt von Wert ist, nur in der Vorstellung des einzelnen Individuums existiert?'

„Ich habe keine Ahnung." Adam verlor den Faden, kämpfte mit dem Dunkel, das ihn zu umhüllen und verschlucken drohte, und als er wieder klarer sehen konnte, wusste er nicht, ob er seine Einwände bereits vorgebracht hatte, als die Schwäche ihn überrollte.

Heimgesucht von Erinnerungen, die er in vielen Jahren hungriger Suche nicht auffinden konnte, jetzt drangen sie an die Oberfläche. Wortfetzen wehten an ihm vorbei, unterlegt mit Gelächter und dem schrillen Geschrei von Kindern, Schritte von festem Schuhwerk ... Geklapper, schnell, langsam, verstummend und dann erneut auftauchend, wie ein Spaziergänger im Wald, der immer wieder zwischen den Bäumen zu sehen ist.

„Entschuldige!", schluchzte Nathalie, und die Sorge, die in ihrer Stimme mitschwang, ließ Adam das ganze Ausmaß seines Zustandes erahnen. Noch halb versunken in Erinnerungen und Tagträumen kämpfte er sich mühsam in die Wirklichkeit zurück. „Ich wollte dich nicht verletzen", sagte sie noch, ehe die Verzweiflung ihr die Kehle zuschnürte.

„Alter Freund", hörte Adam die vertraute Stimme von Renick und öffnete die Augen einen Spalt weit.

„Alter Sonstwas", scherzte Adam und stellte Renicks Gesicht scharf, das aussah, wie eine Zeichnung in einem Bilderbuch, an dem bereits Aristoteles gezahnt hatte. „Ich glaubte dich schon verloren. Wie ... viele?", fragte er und versank in Dunkelheit.

„Adam!", brüllte Renick und starrte in dessen kalte, glanzlose Augen, deren Anblick für Fremde nicht ungefährlich war.

„Nur ein kurzes Nickerchen", bettelte Adam in kindlichem Ton.

„Was können wir tun?", fragte Zoe, die wie angewurzelt neben Nathalie stand und trotz ihrer Anspannung nicht einmal den kleinen Zeh bewegen oder hüpfen konnte, wie sonst.

„Wir verlieren ihn", flüsterte Lara.

„Wer bist ... du?", stöhnte Adam.

„Renick! Erinnerst du dich nicht?"

„Nein ... Ja. Doch ... jetzt." Seine Augen waren noch immer leer, und der Umriss seiner Gestalt wurde jetzt bedenklich schwächer. „Nimm meine Hand und ... Elli? Du hier?", rief Adam plötzlich mit einer Kraft in der Stimme, die alle verwunderte.

„Schnell!", befahl Renick. „Berührt seine Hand - seinen Arm und ..."

'Gleich, Elli ...', sagte Adam in Gedanken und schloss die Augen, während Lara, Nathalie und Zoe ihn gleichzeitig an den Händen ergriffen und dabei zu Tode erschraken. Sie spürten, wie sie hineingezogen wurden in die Schwärze. Plötzlich fielen Lara die ersten Zeilen eines Kinderliedes ein, das ihre Mutter ihr immer vorgesungen hatte, wenn es ihr nicht gut ging: 'Lasst uns froh und munter sein und uns recht von Herzen freun.'

Nichts ... und dann, langsam, unendlich langsam kehrte Renick zurück. Noch immer kniete er am Boden, nur dass er nicht mehr in Adams Augen blickte, der ebenso verschwunden war wie Zoe, Lara und Nathalie. Klar und deutlich, als wiederhole sich das Erlebte, hörte er den leisen Aufschrei von Zoe, fern wie erinnerte Träume, hörte Lara eine Melodie summen, lieblich wie das zufriedene Glucksen eines Babys, und er hörte, wie Nathalie leise zu weinen anfing, als die Dunkelheit nach ihr suchte, sie aufspürte und einsaugte. Die dunklen Flecken - oder was immer es war - verschwanden, als sich seine Erinnerungen wieder mit dem Bewusstsein verknüpften.

„Adam!" Mit den Händen berührte er die Stelle,
an der Adam nur wenige Augenblicke zuvor noch
gesessen hatte. Er fühlte die Verlassenheit, heiß
und unerträglich. 'Es muss einen Grund geben',
überlegte er und insgeheim fürchtete er sich vor der
Antwort. 'Vielleicht bedeutet es, dass ich hier, in
Friedpark, noch gebraucht werde.'

Ihr gemeinsamer Lieblingsplatz schien nach
Adams Hinübergehen ebenso weit entfernt und unerreichbar wie er selbst; zwischen ihnen erstreckte
sich eine ganze Welt. Renick hatte Angst. Zum ersten Mal spürte er sie bei dem Gedanken an die Zukunft. Deshalb stand er auf, flüchtete von diesem
Ort, als könnte er gleich wieder Daheim sein, in der
warmen Küche, umgeben von Menschen und angenehmen Gerüchen. Gefangen von diesem Bild, stolperte er beinahe über Murr, der kreischend protes-
tierte und ihn böse, aber nicht unversöhnlich, aus
schmalen Augenschlitzen anfunkelte.

„Murr", hauchte Renick zärtlich, froh über die
Ablenkung, und hob ihn hoch. „Willst du mir Beistand leisten?" Er atmete ungewöhnlich tief ein, als
schlürfe neue Zuversicht und kehrte in die Ausstellungshallen zurück.

Sein Erscheinen löste kaum weniger Aufregung
aus als Stunden vorher ihre Begegnung mit Adam.
Sofort bildete sich eine Traube um ihn, die schnell
größer wurde, als hielte ein prominenter Filmstar
eine Autogrammstunde ab.

„Wo ist er?", hörte Renick jemand schreien, und
augenblicklich folgten weitere Fragen nach. „Ja!

Wo hält er sich versteckt?" Zahlreiche Fäuste erhoben sich drohend gegen ihn und den Verlust der Hoffnung.

„Uns steht die Erlösung ebenso zu wie ihm!", kreischte eine als Putzfrau gekleidete Frau in den Fünfzigern, deren Statue Renick von der Reinigungsfirma Friedpark & Co gut in Erinnerung hatte. „Ja, genau!", stimmten einige der Umstehenden ihr zu. *Alle oder keiner!*", skandierten sie, und im Nu flutete die griffige Erlösungsformel wie ein Lauffeuer bis in den hintersten Winkel.

Renick versuchte sich Gehör zu verschaffen, während Murr sich schützend um seinen Hals legte, wie ein wärmender Pelzkragen. „Bitte, beruhigt Euch!", rief er laut und ohne den geringsten Erfolg. In diesem Moment liebte er die flüchtigen und vergänglichen Abendstunden, wenn die Besucher gegangen und der Tag allmählich seinem Ende entgegen gesunken war. Oft hatte er voller Sehnsucht stundenlang auf das metallene Klicken gewartet, wenn die Schlösser der Türen einrasteten und Ruhe einkehrte.

„Alle oder keiner!"

Ihr Gebrüll verstärkte seine Bemühungen. „Hört mir doch einen Moment zu", bettelte er über ihre Köpfe hinweg.

„Mutter! Mutter, sieh nur! Captain Kirk!", brachte ihn die sich überschlagende Stimme eines Jungen kurzzeitig aus dem Konzept, zumal dieser mitten durch ihn hindurch stürmte und wie ein Orkan in das Raumschiff Enterprise einbrach.

„Komm sofort hierher!", befahl seine Mutter in scharfem Tonfall, und unwillkürlich zuckte Renick zusammen, als sie ihren Rucksack durch seinen Kopf auf ihren Rücken schwang.

Zwischen das '*Alle oder keiner!*' mischte sich vereinzeltes Gelächter, in das nach und nach der größte Teil der versammelten Meute einfiel.

„Gut!", wandte sich Renick erneut an seine Mitbewohner. „Hört mir kurz zu. Bitte!" Die letzten Rufe verstummten und der Geräuschpegel sank auf ein erträgliches Maß herab.

„Uns interessiert nur, wo er sich versteckt hält", rief eine Frauenstimme, bevor Renick seine improvisierte Erklärung abgeben konnte, und erntete ein paar vereinzelte Rufe zur Unterstützung.

„Adam Schirmer ist fort. Er ist hinübergegangen ..." Weiter kam Renick nicht. In ihrer Enttäuschung gaben sie ihm die Schuld für Adams Übergang, für seine Flucht aus dem Gefängnis Friedpark, und als sei inmitten ihrer Gruppe eine Bombe explodiert stürzten sie, wie von einer Druckwelle beschleunigt, auf Renick zu.

„Verschwinde!", raunte Harry neben ihm. „Bevor das Chaos dich überrollt. Geh! Sie werden sich beruhigen, sobald ihre erste Wut über die Enttäuschung verflogen ist."

Renick nickte dankbar. Dann verwehte er.

„Sucht ihn!", brüllte ein tattriger Greis mit schlohweißem Haar und zerfurchtem Gesicht mit brüchiger Stimme. „So leicht soll er nicht davonkommen!"

„Lange werden sie nicht brauchen, bis sie uns hier aufstöbern", sagte Renick zu Murr und kraulte zärtlich dessen Kopf. Nachdenklich blickte er hinüber zu der Stadt, seinem Viertel, in dem das Haus seiner Kindheit stand. Die Erinnerungen aus dieser Zeit zogen sich von ihm zurück, die Lichter in der Wohnung noch brennend, wie ein Schiff, das ihn seiner Bestimmung überließ. Tief sog er die Luft ein und entließ sie langsam und seufzend, als sei es der verbrauchte Überrest seines letzten Atemzuges.

„Ich hab´ es geahnt!", ereiferte sich Holger, ein unsympathischer Mittvierziger, den sein Beruf bis in die Grundfesten seines Wesens zerbrochen hatte; Jahr für Jahr, wie der stete Pendelschlag einer Abrissbirne. „Wo sonst solltest du dich verkriechen?", fügte er stolz und mit triumphierendem Gesichtsausdruck hinzu, als sei ihm nach jahrelanger Ermittlungsarbeit endlich die Festnahme des meistgesuchten Terroristen gelungen.

„Du hast ihn entkommen lassen", schrie eine ältere Frau, die Renick nur von ihrer Statue her kannte, als aufgedonnerte Sekretärin, die sowohl im Leben als auch im Beruf längst über ihren Zenit hinaus war.

Renick wartete gelassen, bis sie ihr verbales Pulver verschossen und sich ihre Gemüter soweit abreagiert hatten, dass er, ohne schreien zu müssen, etwas erwidern konnte.

„Niemand hat ihn entkommen lassen. Seine Zeit war einfach abgelaufen - die Lebensenergie, die uns hier festhält, leben lässt - war verbraucht ... wie ..." Renick suchte händeringend nach einem passenden Vergleich. „Wie ein Akku, der sich nicht mehr aufladen lässt und binnen Minuten wieder verbraucht ist. Adam löste sich ... unter meinen Händen auf."

„Schauspieler!", brüllte Holger schroff und mit einem kehligen Unterton, der an das warnende Knurren eines Wolfes erinnerte.

„Lasst ihn in Ruhe", beschwor sie plötzlich eine männliche Stimme, aus der Trauer und Mitgefühl sprachen. Seine Worte wirkten wie ein Weckruf. Flüsternd, murrend, den eigenen Gedanken nachhängend, verließen sie nach und nach Renick, bis nur noch Holger und Adele sich in dem Seitengang aufhielten. Holger ballte die Fäuste, wobei sich sein Gesicht vor Wut verzerrt, eher er auf dem Absatz kehrt machte und wortlos in die angrenzende Halle stürmte.

„Es wird immer Narren geben", stellte Adele mit Bedauern fest. „Nur können wir ihnen hier weniger aus dem Weg gehen als früher." Tief gebeugt, krumm wie ein Windflüchter, blieb sie an Renicks Seite und blickte wehmütig nach draußen, auf eine Welt, die zum Greifen nah schien und doch unerreichbar war.

„Ich wollte mit ihm hinübergehen", gestand Renick ihr, noch immer Murr kraulend, der nach dem kurzzeitigen Tumult wieder friedlich und mit geschlossenen Augen die Behandlung genoss. „Der Tunnel, Adele ... ich habe ihn gesehen ... für einen kurzen Moment. Der Sog, als ob das Meer den Körper hinauszieht. Vergeblich. Die Umgebung ist gleichzeitig in Dunkelheit versunken und ... dann, war ich zurück ... Ich hab am Boden gekniet und auf die Stelle gestarrt, an der Adam ... ihn seine Lebenskraft verließ." Tränen füllten seine Augen, verschleierten die Stadt und hüllten ihn in Schmerz.

Die Luft roch nach Schweigen, als Adele ihr Spiegelbild musterte. Eine dürre Frau, die ebenso gut sechzig wie neunzig sein konnte und nur aus Knochen, Haut und ein paar Knoten Muskeln bestand. Sie senkte den Blick auf ihre alten, bedächtig dahinschlurfenden Füße, die Miene halb liebenswürdig, halb altersschwach und am Ende huschte ein Lächeln über Adeles Gesicht, wie ein sterbender Stern.

Lange Zeit später, als Adele bereits im Stehen vor sich hindämmerte, sagte Renick unvermittelt: „So wie früher wird es nie wieder sein. Das kurze Gastspiel von Adam - es verändert alles."

„Jeder Gedanke, jedes Ereignis verändert die Welt, das eigene Dasein. Mehr oder weniger", kommentierte Adele seine Bemerkung. „In ein paar Tagen fallen sie in ihre alten Gewohnheiten zurück und spätestens in einem Monat haben sie Adam und all die Hoffnungen entweder vergessen oder verdrängt. Dann werden sie selbst nicht mehr genau wissen, ob es Realität war, oder nur eine Wunschvorstellung. Menschen, Renick, sind erfindungsreich, wenn es um das Überleben geht."

„Zu gerne würde ich dir glauben, Adele", antwortete Renick skeptisch.

18.08.2015 Kurz vor dem Morgengrauen

Der Himmel war noch dunkel. Die Büsche zitterten bereits in Erwartung des nahen Tages. Daniel betrachtete Valerie, wie so oft in den letzten Tagen, und sie erschien ihm so zart und verletzlich, als sei sie aus Mondlicht gemacht.

Hinter ihnen am Empfang summte das Telefon, dann meldete sich der Anrufbeantworter und zeichnete die Nachricht auf, die eine aufgelöst klingende Frauenstimme in den Hörer schrie: „Hallo! Ist dort Friedpark? Schnell! Mein Mann ... er liegt im Bad ... atmet flach ... ich musste ihm einen Spiegel unter die Nase halten ... und ... ich sollte sofort anrufen ... wenn es ... damit Sie ihn ..." Es folgte das Rascheln von Papier. „Unverzüglich der Konservierung zuführen können. Hören Sie mich?", kreischte sie in ihrer Panik, und Daniel konnte hören, wie ein Gegenstand zu Boden krachte. „Verdammte Schnur!", schimpfte die Frau am anderen Ende der Leitung. „Kommen Sie sofort! Vertragsnummer ... 3498645 ... Müller. Bitte! Gut ... dann verständige ich jetzt den Notarzt ..." Sie legte auf und es folgte das Besetztzeichen, bis der Anrufbeantworter sich mit einem Klicken abschaltete.

Valerie schüttelte sprachlos den Kopf. „Die gehört angezeigt."

„Für kurze Zeit war es schön -, die Hoffnung, meine ich", flüsterte sie. „Lara, Zoe und Nathalie ... haben es verdient - glücklich zu sein."

„Wir werden eine andere Lösung suchen und finden, davon bin ich überzeugt", versprach Daniel voll Zuversicht. „Liebe kann Erlösung bringen. Denk immer daran", beruhigte er sie so gut er konnte, ohne ahnen zu können, wie seine Worte in der nahen Zukunft sich bewahrheiten würden.

Sie schwiegen und sahen dem neuen Tag dabei zu, wie er über den Horizont kletterte und die Schatten in die Ecken und Winkel vertrieb. Die ersten Mitarbeiter von Friedpark traten ihre Arbeit an, während die Reinigungsfirma die ihre beendete. Gustavo parkte seine Kehrmaschine, kniff auf dem Weg zur Umkleidekabine Maria in den Hintern, und gerade als sie sich von ihm verabschieden wollte, stieß sie einen spitzen, markerschütternden Schrei aus. Sofort stürzten drei, vier weitere Frauen herbei und erstarrten wie Lots Frau zu Salzsäulen, als sie die stark beschädigte Statue sahen.

Gustavo fand als Erster seine Sprache wieder: „Jetzt Unglück über Kopf hereinbrechen." Wie immer, wenn er sich Problemen ausgesetzt sah, zupfte er sein Ohrläppchen. „Wir Schuld haben ... die Geschäftsführer sagen."

„Als ob sie angezündet worden ist", mutmaßte Maria und schlug sich die Hand auf den Mund.

„Wir müssen es melden", wandte eine der Frauen ein. „Ich gehe und informiere jemanden von hier."

Sie lief los, drehte sich nach ein paar Schritten um, während ihre Mitarbeiterinnen in Richtung Umkleideraum rannten und das Weite suchten, nur um nicht in eine Sache hineingezogen zu werden, die ihnen den Arbeitsplatz kosten konnte.

„Verflixt und zugenäht!", fluchte von Stetten hinter Gustavo und spürte, wie der Ekel seinen Mund mit einem bitteren Geschmack verseuchte.

Minuten später traf ein Techniker, gefolgt von zwei Mitarbeitern der Werbeabteilung ein und begutachtete den Schaden.

„Ist ja scheußlich", presste der Ältere kurzatmig hervor, wendete würgend den Kopf ab und wünschte sich an seinen Schreibtisch zurück. „Schaffen Sie ihn fort!", ordnete er an, bevor er aus dem Amazonasgebiet flüchtete. „Machen Sie vorher ein paar Aufnahmen", rief er noch, ehe er den Ausgang der Halle erreichte.

„Haben Sie ein Handy?", fragte der Techniker den verbliebenen Mitarbeiter, der wortlos nickte und mit jedem Herzschlag die Grünfärbung seines Gesichts verstärkte. „Von jeder Seite. Ich hole inzwischen den Wagen."

Von dem Lärm aufgeschreckt drängten sich mittlerweile zahllose Mitbewohner um die stark in Mitleidenschaft gezogene Statue von Anton Rubinger, dessen Kopf, wie in einer billigen B-Horrorfilm-Produktion, zuerst angezündet und dann wieder gelöscht worden war, wobei Teile des Gesichts wie Wachs geschmolzen und unterschiedlich weit nach unten gerutscht waren, ehe sie erstarrten. Antons Kleidung wies erhebliche Brandspuren auf, und die durch die verrußten Löcher sichtbare Haut schimmerte im Neonlicht wie dunkles Glas.

Selbst Renick tauchte im Schlepptau von Adele auf und begutachtete mit Widerwillen die Überreste von Rubinger. 'Ich wusste es!' Renick senkte den

Kopf, als genügte ein kurzer Blick, um seinen ersten Eindruck zu bestätigen.

„Hat ihn jemand gesehen?", fragte eine Stimme. „Diesen Anton Rubinger?" Sie erhielt statt einer Antwort nur geflüsterte Worte - ein murmelndes Hintergrundrauschen, das sich schnell in betretenes Schweigen auflöste.

„Lebt er noch?", wandte sich Adele mit ihrer Frage an Renick.

„Möglich - ja, aber so wie sein Körper zugerichtet ist ... Wie beschädigt muss ein Körper sein, damit die Fessel zerreißt, die den Geist an ihn kettet? Der Einzige, der uns diese Frage beantworten kann, ist dieser Rubinger."

„Es ist wie dort draußen, Renick - im wirklichen Leben." Adele seufzte und schickte sich an, in ihren Körper zurückzukehren. „Kein Tag vergeht, ohne dass etwas Unvorhersehbares passiert. Jetzt bricht es hier herein, als hätten wir schon viel zu lange unsere Ruhe genossen und damit bereits Schuld auf unsere Häupter geladen."

Renick blickte Adele nach, bis ihr Körper mit dem Licht ihrer Umgebung verschmolz. 'Er ist gefährlich. Und er wird es bleiben, solange die näheren Umstände für diese Tat nicht aufgeklärt sind.' In Renick regte sich die Befürchtung, dass dieser - in seinem früheren Leben so unscheinbare und biedere Charakter - hier und jetzt, aufgrund seiner Gabe, zur neuen Erlöserfigur stilisiert werden könnte. Einer Ahnung nachgebend murmelte er halblaut: „Ich muss ihn finden, bevor er unsere Existenz bedroht."

Mit einem flauen Gefühl im Magen, wie Renick es nur in seinen letzten Stunden empfunden hatte, als der Tod bereits neben seiner Frau auf der Bettkante saß und auf ihn wartete, folgte er Adeles Beispiel und schlüpfte in seinen Körper hinein.

Ende

Volker Schopf

Andere Zeiten - Andere Menschen

In einer Berghütte werden fünf Menschen von
einer niedergehenden Lawine eingeschlossen.
Die Todesangst, der sie bis zu ihrer Rettung ausgesetzt sind, verändert ihr Leben.

Taschenbuch: 180 Seiten
BoD 9. Juni 2016

ISBN-13: 978-3741210105